新课标课外阅读能力提升丛书

NEW CLASS SIGN

穷孩子

QIONG HAI ZI

袁炳发 著

北京时代华文书局

图书在版编目（CIP）数据

穷孩子 / 袁炳发著 . -- 北京 : 北京时代华文书局，
2018.2
ISBN 978-7-5699-2232-5

Ⅰ . ①穷… Ⅱ . ①袁… Ⅲ . ①小小说－小说集－中国
－当代 Ⅳ . ① I247.82

中国版本图书馆 CIP 数据核字（2018）第 001906 号

穷 孩 子

QIONG HAIZI

著　　者 | 袁炳发

出 版 人 | 王训海
选题策划 | 梁明德　吴　霜
责任编辑 | 周连杰
装帧设计 | 格林文化
责任印制 | 刘　银　訾　敬

出版发行 | 北京时代华文书局　http://www.bjsdsj.com.cn
　　　　　北京市东城区安定门外大街 136 号皇城国际大厦 A 座 8 楼
　　　　　邮编：100011　电话：010-64267955　64267677
印　　刷 | 三河市三佳印刷装订有限公司　0316-3650105
　　　　　（如发现印装质量问题，请与印刷厂联系调换）
开　　本 | 155mm×220mm　1/16　印　张 | 21　字　数 | 259 千字
版　　次 | 2018 年 3 月第 1 版　印　次 | 2018 年 3 月第 1 次印刷
书　　号 | ISBN 978-7-5699-2232-5
定　　价 | 46.00 元

目 录 Contents

穷孩子

穷孩子

穷孩子

穷孩子

穷孩子

一把炒米

　　炊事班老班长和一个大个子战士，还有一个小个子战士，在一次作战中没有突围出去，与队伍失去联系，被敌人围困在一个叫苇子沟的山上。

　　已是第七天了。

　　这七天，三个人是靠吃野菜啃树皮活过来的。

　　此时，三个人都很无力地靠在一棵粗壮的老榆树上，三个人的目光都很贪婪地望着米袋里的那一把炒米。

　　望着那一把炒米，老班长的喉结蠕动了几下，小个子战士艰难地咽了下唾沫，大个子战士的那张嘴很大地张着……

　　谁也没有敢动那一把炒米。老班长有话：不到关键时刻谁也不许动。

　　这句话是昨天夜里老班长端着枪说的。

　　昨天夜里，老班长刚刚睡去，就被一阵撕扯声惊醒。老班长睁眼一看，见是大个子战士与小个子战士争夺米袋里的那一把炒米。

　　老班长气怒地抓过枪，拉上枪栓骂道："妈个蛋，都给我住手！这点米不到关键时刻谁也不能动，谁动我就崩了谁！"

　　第八天的夜里，夜色漆染一般的黑，老班长拿过那个米袋，走到大个战士面前，说："你赶快把这把米嚼下去，趁今晚儿没有月亮，天黑突出去。我们在北面打枪把敌人吸引过来，你就在南面突。突出去找到队伍来救我们。"

大个子战士激动地接过米袋，稍迟疑一下就把米抓到嘴边。这时，小个了战士却 ·把夺过米袋，对老班长说："还是叫我吃吧！我个了小，突围灵巧。"

老班长被小个子战士的突然的举动激怒了，他夺过米袋，一拳就打在小个子的鼻子上，骂道："灵巧个屁，个子顶不住枪杆高！"

小个子战士就再不敢言语，就流着泪抹着鼻内流出的殷红的血。

大个子战士狼吞虎咽地把那把米嚼了进去。

突围开始，老班长和小个子战士在北面山坡上的一阵枪声把敌人吸引了过来。

突围出去的大个子战士，回望着苇子沟的北山村时，那里的枪声正一阵紧似一阵地激烈……

几天以后，大个子战士带着队伍来营救老班长和小个子战士时，却在苇子沟的北山坡上，发现了老班长和小个子战士布满了弹孔的尸体。

大个子战士痛悔地仰天长哭。之后，就和其他战士一起，把老班长和小个子战士的尸体掩埋在苇子沟的北山上。

几十年过后，一位大个子将军来到苇子沟，在苇子沟的北山上，立下一块墓碑，上写：

革命烈士刘冬生父子之墓。

身后的人

最近，将军总感到他的身后有个人站着，待他回头看时，这个人又无影无踪了。有这种感觉，是在将军离休以后。离休后的将军，在家侍花养鸟，闲下来时，就爱在逝去的往事中徜徉。将军喜欢仰靠在软椅上，闭目回想那些往事。将军想得最多的是他年轻时的事。那时的人，活得特坦诚，坦诚得就如一道简单的加减法——打仗＋胜利＝解放全中国。一想到打仗，将军的脑子里就闪现出千军万马，就听到了枪声和战场上的拼杀声。将军兴奋起来，忽地从软椅上站起，口中喊："班长！"喊声未落，蓦地将军就又感到身后有个人站着；将军就急转身看，那个人又无影无踪了。将军骂：真怪！将军就又坐在软椅上。将军想起一件事。那时，将军还不是将军，将军只是一名普通的战士。

一次，在执行任务中，遭到敌人的追捕。是苇子沟的张妈和她的儿子，把他掩藏在茅屋中的假间壁墙里，才免遭一难。他虽然免遭一难，但张妈的儿子却被敌人带走了。当时由于任务紧急，他未及等到张妈的儿子是死是活的消息，就匆忙赶回部队。全国新中国成立后，将军给苇子沟的当地政府去信查询过张妈家的消息。政府给将军的回函是：查无此人。因此，将军现在也无法知道张妈和她的儿子是否还活在这个世界上。

想到这儿，将军哭了。哭时，将军就又感到那个人又站在了他的身后。这次，将军没有转身去看。将军坐在那儿，手抵额头一阵沉思。

翌日，将军从银行取出自己几万元的存款，寄给了苇子沟政府的民政部门。

将军在汇款单附言栏内写道："我忘不了在战争年代，那些在我们身后的人，为解放全中国而做出的牺牲。"

弯弯的月亮

　　星子的老师是刚从师范学校毕业的，年轻漂亮，很招星子和同学们的喜欢。一天，老师在课堂上向同学们提问，老师问："同学们，弯弯的月亮像什么？"学生们几乎是异口同声地回答道："像——小——船儿——"年轻的教师听了同学们的回答后，高兴地说："好，同学们的回答很正确。"

　　这时，坐在前排的星子举起了手，可是老师没有发现，星子就仍举着手，还喊了一句："老师"。老师听见后，说："星子同学，有什么问题请讲。"星子站起来，眨动着那双晶晶亮的大眼睛，说："老师，我看弯弯的月亮像豆角。"老师听完星子的话，一脸的不高兴。她对星子说："你的回答是错误的。全班同学都说弯弯的月亮像小船儿，你为什么偏偏要说像豆角呢？难道就你特别有见解吗？"

　　班上的同学一阵哄笑，星子的眼窝里满是泪水。回到家后，星子把这件事告诉了曾做过小学教师的奶奶。奶奶说："星子，老师的批评是正确的，弯弯的月亮是像小船，我从前教过的一批又一批学生，他们也都是这样回答的。"星子听完奶奶的话，眼窝里又一次含满了泪水。这件事情以后，星子开始变得少言寡语，她很不喜欢这位年轻、漂亮的老师，在课堂上从不敢再向老师提出"特别"的问题……

　　很快，几年过去，星子考入一所师范学校；又很快地，星子从这所学校毕业。她回到故乡的小镇做了教师。走上讲台的第一课，星子老师穿着朴素、整洁的衣服，笑眯眯地说："同学们，在讲课之前，我首先提一个问题——你们说，弯弯的月亮像什么？"静默一会儿后，学生们几乎是异口同声地回答："像——小——船儿——"星子老师没有说同学们的回答是否正确，她那双美丽的大眼睛，像探视器似的在同学们的脸上扫来扫去。接着，她又问："同学们，有没有和这个答案不一样的？"

一个叫田菲的学生举起手，说："老师，我的答案和他们不一样，我说弯弯的月亮像豆角。"星子老师听后很高兴，说："田菲同学的回答正确。当然，其他同学的回答也正确。我只是启发同学们在回答每一个问题时，应该大胆发挥你们的想象力。多想出几个答案：比如弯弯的月亮除了像小船儿、像豆角之外，还像不像镰刀、弓？"学生们报以一阵热烈的掌声。星子老师的脸颊上，浮现出一种从心窝里涌出来的笑容。

几十年后，已退休闲居在家的星子，接到女作家田菲寄来的她自己创作、刚出版的第一部长篇小说《弯弯的月亮》。星子急忙翻开书，见书的扉页上这样写道：

赠给最优秀的老师星子：

感谢您没有扼杀我少年时期富于想象力的天性……

您的学生：田菲

星子看后，脸上又浮现出当年那种很愉快的笑容……

母亲的军帽

男孩和女孩恋爱了。

在小镇，女孩是一个很漂亮的女孩。

男孩长的也是端庄俊气，尤其当男孩走在正午的阳光里时，那高高大大的身影常叫女孩一脸的痴迷。

男孩经常带女孩去看电影。久了，女孩的父亲知道了，便极力阻止女儿和那男孩谈恋爱。

女孩的父亲是这个镇上的宣传干部。他对女儿说："和谁谈恋爱都行，就不准你和那小子谈！那小子是什么玩意儿你知道吗？他经常打架斗殴，是个地痞无赖、流氓成性的小混混。垮掉的一代就是指他这种人！"

男孩经常打架斗殴女孩知道，至于父亲说的什么"流氓成性的小混混"，女孩有些不相信。因为男孩在女孩面前从来都是很规矩的，甚至连她的手都没碰过一下。

显然，女孩是不想听父亲的话，她依然偷偷地和男孩保持着往来。

立秋那天是女孩的生日。

生日前夕，女孩对男孩说："我快过生日了，我想让你送我一件生日礼物。"

男孩问："你想要什么？"

女孩说："我想要一顶我最喜欢的绿色军帽。"

男孩听后，眉头微皱，想了想说："今年的生日怕是来不及了，明年的生日我一定送你一顶军帽！"

女孩笑容满面，说："拉钩！"

男孩的手指就和女孩的手指勾在一起。

回到家，男孩就对父亲说："爸爸，今年我想当兵！"

男孩的父亲听后，说："也好，去部队改造一下，免得在家打仗被抓进去。"

镇上落下第一场雪后，男孩参军了。

临行的前一晚，男孩约了女孩。

男孩对女孩说："你知道我为什么去当兵吗？"

女孩摇摇头。

男孩就说："为了明年你的生日，我能送你一顶军帽。"

女孩感动得扑进男孩的怀里，说："你真好！"

男孩捧起女孩的脸，在泛着白色月光的雪地上，第一次吻了女孩。

男孩当兵走了，留给女孩的是无尽的思念。

男孩当兵走后转过年的春天，老山前线的战斗打响了。

男孩所在的这个部队，经过强化集训后，便在一天的凌晨开赴前线。

男孩忘不了在临赴前线前的那场誓师大会。

那场誓师大会快要结束时，一位白发苍苍的将军走到台上，带领众多官兵一起高唱：

再见吧妈妈

军号已吹响

钢枪已擦亮

行装已备好

部队要出发

……

　　誓师大会结束后，男孩将一顶军帽连同通讯地址交到团部，并强调说："如果我牺牲了，请一定将这顶军帽按照我留下的地址寄出去。"

　　几天几夜之后，男孩和战友们抵达了边境线上。

　　一次又一次的战斗激烈地进行，枪炮声震耳欲聋，子弹嗖嗖地从每一个战士身边穿过。

　　在一次往阵地运水途中，一枚炮弹在离男孩的不远处落地。就在弹片要四处迸射时的那一刻，男孩突然被人扑倒。当男孩从硝烟弥漫中抬起头时，他发现自己的身体上面有四名战友，将他严严实实地压在身下。

　　男孩的心灵受到了强烈的震撼，他抱着四名战友哭了……

　　一营在弄压山枪战几天，伤亡很大，而且弹药的消耗量也很大。上级命令男孩这个排，火速给一营运送弹药。在排长带领下，全排迅速扛着弹药箱，向弄压山挺进。

　　男孩紧随在班长的后面，就在要接近弄压山半山腰的时候，一颗子弹怪叫着奔向男孩前面的班长，男孩来不及多想，一个大跨步就把班长压在自己的身下。

　　那颗子弹射向了男孩的头颅，19岁的男孩牺牲了，鲜艳的山茶花把男孩青春的面庞映照得特别红光。

　　战事结束后，班长特意赶到男孩的故乡，看望了男孩的父母，并把男孩生前戴过的一顶军帽交给了女孩。

　　在我叙述这个故事的时候，已经是30多年以后的事情了。

　　当年的那个女孩，现在成了我的母亲。

　　母亲一直把那顶军帽珍放在一个箱子里，任何人不许碰它。

　　母亲说：那是她一个人的军帽。

刘罗锅

这个故事是苇子沟新中国成立后好多年发生的。

苇子沟变成了县，有县就有县长。县长姓刘，是山东人，从山东参军后到东北，最后打到苇子沟。解放苇子沟时，队伍又继续向南进发，他留了下来。

当了县长的他，心理总惦念着山东老家益都的爹娘，还有一个罗锅的弟弟。

这样，他就回了老家一次，把爹娘和罗锅弟弟接到他任县长的这个县城。

到县城后，爹娘在家闲着，罗锅在街上开了个煎饼铺。

煎饼铺开张不久，罗锅的煎饼就在县城叫了响。

县城人全夸："罗锅的煎饼摊得好，脆生，有嚼头！"

于是，罗锅在摊煎饼时，就更仔细精心。

县城小，早晚总能见个面，见上面就总要打招呼。县城人不知道罗锅叫啥名号，只知道他是刘县长的弟弟，于是见了面也就直呼："刘罗锅，你好！"

刘罗锅也就回应："不客气！"

刘罗锅的煎饼铺每天总有不少食客，这些食客来自各行各业，到一起免不了要谈一些关于本城的新闻、趣事等等方面的事情。因此，刘罗锅知道的事情也就绝不亚于当县长的哥哥。

一段日子，刘罗锅突然听说，县长的独生子，自己的侄儿在外竟做那些夺财霸女的事情，百姓们又不敢告此恶棍，因为他们知道刘县长就这么一个儿子。

闻听此言刘罗锅不信。后来，有几次他回家取磨碎的玉米面时，发现有几个女孩披头散发哭哭啼啼地从刘家大门跑出来。

这时，刘罗锅信了，确确实实信了。

他本想把此事对当县长的哥哥讲，可又怕哥哥气急生病，误了县上的大事，就没讲。

又有一段日子，刘罗锅总闷头"吧嗒……吧嗒……"抽那乌黑发亮的烟斗。

一日，刘罗锅没有去煎饼铺，哥哥嫂嫂去上班，爹娘去街上闲逛。

这时，侄儿从外回来，见屋里就叔一人，便要走。

刘罗锅喊住了他："侄儿，别走，今天叔心闷着，陪叔喝两盅，咋样？"

侄儿就坐下陪他喝酒。喝了几盅后，侄儿突然心一阵绞痛，不一会儿全身就痉挛起来。

侄儿明白了咋回事，指着刘罗锅："你好狠……呢！"

说完就倒下了。

刘罗锅也倒下了。

刘罗锅和他侄儿的鼻孔里有不是好色的血慢慢流出来……

后经法医鉴定，刘罗锅和他侄儿喝的酒掺有剧毒药品。

最后结案：刘罗锅，用毒药将亲侄儿害死。

后来，做县长的哥哥知道事情原委后，大惊，无言。

县长的公子死后，县城人都拍手称快，说："刘罗锅行，真行！替民除了一害，只可惜搭了一条好人命。"

不久，县城的一些人就自发地在城郊树了一块墓碑，墓碑上刻有"除害英雄刘罗锅之墓"的字样，以寄哀思和缅怀。

神 童

我是从去年夏天注意上那个男孩的。

注意上那个男孩是从我居住的这个城市的书店开始的。

双休或节假日，如果没有特殊的事情需要去办，我总是要到书店逛一逛的。

这是多年养成的习惯。

去年夏天的一个双休日，我在书店二楼的文学书架旁翻看卡尔维诺的小说集时，很安静的书海中忽然传来一阵低低的"哧哧"笑声，它吸引了我。

我顺着笑声看去，就见到了这个倚着书架的男孩。

男孩想必是被书中的某个情节，逗得无法遏制地笑着，双肩一耸一耸的。

我这样想着时，就又抬头去看那男孩。

男孩十二三岁的样子，个儿高，头发茂密浓黑。

夏天的阳光，从书店二楼的窗外照进来，直射在男孩的那张稚气的脸上。

男孩的脸便在阳光中，显现出金子般的光色来。

男孩停住笑后，我发现他拿出笔，在一张卡片上迅速地记着什么。

男孩记完后，把笔纸收进衣袋里，那张脸在金子般的光色中，露出一种很舒心的笑容。

我大抵能知晓一些男孩脸上的笑意，他是得到了一种他需要的东西。

这一年的夏天，我每次来到书店，都会发现这个男孩倚在书架旁看书。

我发现男孩每一次依然在卡片上记录着什么。

在书店里遇到的次数多了，我和男孩脸熟起来，有时彼此点头示意一下，又都继续翻起书来。

有一次，我问男孩，你怎么总来书店？不上学吗？

男孩回答我，叔叔，我放暑假了。

我接着又问，放暑假不去补课吗？

这次男孩没有立即回答我，在脸上瞬间漫过一片令人难以察觉的忧伤后，男孩告诉我，他的爸爸妈妈都下岗了，没有钱参加补习。

我便没有继续深问。

暑假过去，学生们开学之后，我再来书店时，便一次也没有碰到过那男孩。

冬天来了，大雪也如期而至。

学生们寒假之后，我在书店里又开始和男孩频频相遇。

原来，男孩每年的寒暑假生活，都是在书店里度过的。

此时，我无法揣摩这个男孩，甚至无法抵达他的内心世界去探究。

他为什么读这么多的课外书？记录那么多的卡片？这对他的学业能有多大帮助呢？

这种疑问一直在心里困惑着……

春天以她特有的清香味道弥漫了这个城市。

在缕缕温暖的春天气息里，我读到了本城晚报的一则新闻报道：

《行走在奇幻的世界里——记神童小作家龙云》

报道称：龙云，今年十四岁，品学兼优，受家庭影响，自幼喜欢阅读和探险。爱好阅读的龙云有一天突然感到书架上的科幻小说不能满足他的兴趣，它们普遍缺少想象力和科学精神，于是突发奇想，用了半年的时间创作了　部二十余万字的科幻小说，被人誉为神童小作家。

　　这则报道的后面，还配发了神童小作家龙云的一幅照片。

　　龙云，正是书店里我们经常相遇的那个男孩。

　　从此以后，在那家书店里再也看不到男孩的身影。

　　不日，被包装的龙云形象铺天盖地地出现在各种传媒上。

　　还有龙云签字售书的通告。

　　还有龙云新书的预告。

　　两年以后，十六岁的龙云被一所著名高校破格录取，这也是我在报纸上看到的消息。

　　消息称，从前的神童作家已经成长为今天先锋文坛的新锐。

　　照片上的龙云没有了天真的模样，瘦削的脸旁上看不到眼睛，参差缭乱的长发遮蔽了它们，像极了日本动漫人物。

　　我仍旧常常去那家书店。

　　在书店，我的眼前总出现那个"唻唻"发笑的男孩，他倚在书架旁迅速记录卡片的身影。

　　我在久久思索，他真的是一个神童吗？

穷孩子

穷孩子王小草赢了。

王小草考上了清华大学。

消息顿时在小城的大街小巷被人热烈传颂。

王小草生在一个偏远省份的一个偏远小城。

王小草的家里真是穷。王小草的家住在西十条路以外的棚户区，这里找不到一座楼，哪怕是三层的小楼。

王小草和爸爸妈妈住在十平方的小屋，只有一间，做饭、洗脸、学习、睡觉都在这一间。

王小草的爸爸蹬三轮，每天日出而作，日落而归。小草的爸爸是小城里蹬三轮车人中最勤奋的一个，每天赚的钱也比那些人多。即便是这样，小草的爸爸赚的钱也供不上妻子吃药。

王小草的妈妈有哮喘病，平时不说话，只有大碗地喝了汤药才有力气说得出话来。

王小草的爸爸、妈妈在夜里睡不着觉时，经常长吁短叹。只有看见在桌角旁学习的王小草时，夫妻俩的眼睛才放出亮光来。

王小草家的墙角，夏天长蘑菇，冬天长钟乳岩。

王小草家的灯泡天天都迷迷糊糊的，像高三生总是睡不醒的眼睛。

人们还发现，王小草一年四季好像只穿一套衣服。确切一些说不是好像，真的只是穿一套衣服。

但王小草却有很多鞋。

王小草是聪明的孩子。许是穷则思变，他仔细研究过，四十元买四双鞋可以穿四个季度一整年，而一双四十元钱的鞋，只能勉勉强强穿一个季度零十天。

王小草家的天棚和四壁是白粉墙，没有占地方的家具。

王小草家穷的总是很干净，没有电脑、没有电视，更没有游戏机和mp3、mp4，当然也没有喜欢发出张扬的哗啦哗啦声音的滑板、旱冰鞋。

王小草考上清华大学后的一天，一群学弟学妹拥进王小草的家，炕上地下全是热切的眼睛，热乎乎的气息。

王小草长得很高。学弟学妹仰望着他，问学习秘籍。

但王小草的回答总是让他们失望而归。

又一天，家里来了一位《高考指南报》的记者，在采访王小草时，又同样问到了学习秘籍。

王小草回答：专心。

记者问：怎么专心？

王小草说：不分心。

记者再问：怎么不分心？

王小草指指左，记者的眼睛和头跟着向左；王小草指指右，记者的眼睛和头跟着向右。

王小草在屋子里原地转了一圈，记者也跟着在屋子里原地转了一圈。王小草最后仰头看着白白的天棚，长叹一口气，笑了，说：实在没有让我分心的东西。

记者听后也失望地走了。走着时，记者不甘心地摇着头嘟囔道：怎么可能？只是不分心就能考上清华大学？不对，这孩子是在保守。

岗 位

　　他下海近一年了。

　　他办的公司挺赚钱，生意越来越红火，公司里的人每天都忙得不可开交。

　　于是，他回家就动员妻子辞职到他的公司里来帮忙。

　　这事，他和妻子谈了好多次，都未谈成。

　　他妻子不愿离开自己工作了二十多年的教师岗位。

　　这天，他又和妻子谈。

　　他说："淑云，你把工作辞掉，到公司里来工作，趁着咱俩都不算太老，赚点钱，到老那一天就无后顾之忧了。"

　　她听后，摇摇头，说："不行，我想了好多天，怎么也舍不得离开自己的工作，也许我太热爱教师这个职业了。"

　　他说："你这人怎么这样固执？教师的职业有什么可热爱的。一年就一个教师节，顶多给一个磁化杯什么的，有什么意思！再说了，一个月的工资，还不如我每天宴请客人，赏给酒店小姐的小费多呢！"

　　她笑了笑后，对丈夫说："一个人热爱自己的职业，是和金钱毫无关系的。比如我们的校长，他的教龄比我还长，可他的月工资收入还比不上银行刚上班几年的职员，但他仍然做自己的校长工作。你知道这是为什么吗？原因很简单，我们的校长和我一样，热爱自己的职业。"

他也笑了笑后，对妻子说："什么热爱自己的职业，纯属神经病！金钱对人的诱惑力最大。我就不相信，一个连金钱都不热爱的人，还能热爱什么？！"

她说："你认为我是神经病，这很正常。因为一个视金钱万能的人，除了金钱之外，对什么都是麻木的。"

她又补充一句话："我的选择你无法理解！"

他说："我们都不要毫无意义地争论了，你就说辞不辞职？"

她说："不辞，绝对不会辞职。"

他站起来，显得有些气愤，指着她不无嘲讽地说："哼，你真是人民的好战士，生命不息，战斗不止呀！"

她说："好战士算不上，起码可以算一个合格的战士。"

他踱着步，想了好久，终于说："你这么固执，我也没办法，咱们离婚吧！"

她听后，瘦弱的肩头一颤，问："离婚？"

"对！离婚！"

"我们都是四十几岁的人了，最好不离婚。"

"那你就辞职。"

她眼里涌着泪，咬一下嘴唇，说："好，我们离婚吧！"

她又说："我搬到学校去住，你办手续吧。办好后，找我签个字。最后求你一件事，咱们离婚的事，暂时你别告诉女儿，她在外读书，会影响她学习的。"

说完，她双眼含着泪，走进卧室收拾东西去了。

他坐在沙发里，一根接一根地抽烟。

不一会儿，她红肿着眼睛，走出卧室。她肩上挎着一个兜儿，手里拎着一个红绸布的小包。

他见后，挺惊讶地问："我怎么从来都没有见到过咱家有这样的红绸布包呢？"

说着，他走过去很细地瞧这包，还用手摸这包。他摸到包里有一堆很细碎的硬体物。

他就接过这包，准备打开这包。

他还解释说："我这不是小心眼的检查，是好奇，请你理解。"

她说："绝对不是金子。"

包打开了，他目瞪口呆。

包内竟是数千个很细小的粉笔头。

见他困惑不解，她就解释说："这是我从教生涯中，每教一节课的记载。这里面有多少个粉笔头，就是我给学生们上了多少节课。"

她接着又说："我要看一看，自己这一生到底能给学生们上完多少节课。"

见她说的这样痴迷，他就非常感动地把包给重新系好，然后又把包给拎回卧室。

走出卧室，他就握住妻子的手，说："我终于理解了你的选择。"

听后，她扑进丈夫的怀里，很委屈地哭起来。

后来，她就一直在教师的岗位上默默地耕耘着。

几年以后，省报上一篇《春蚕到死丝方尽》的文章，介绍了一名叫陈淑云教师的优秀事迹。

文章说："陈淑云老师一心扑在教育事业上，多年劳累成疾，直到生命的最后一刻，还坚守在自己的岗位上，给学生们上完了最后一课。"

亲情树

很久很久以前，在一个遥远的地方，有人种下了一棵不知名的树，经风历雨这棵树越长越茂盛。待许多年后，有人经过这个地方，发现了这棵特别的树，大树穹枝环抱，每一个枝干都如同手足兄弟一般紧紧地相拥在一起，状甚亲密。于是，这个人灵感突发，给这一古树穹枝起了一个温暖的名字——亲情树。

又过了许多年，随着大陆地壳的变迁，这棵亲情树从那遥远的地方迁徙至有人居的所在，它的枝枝叶叶在岁月的更迭种不枯反荣，这棵树似一道温暖的目光，饱含深情地注视着身旁的芸芸众生。

邻居有一对双胞胎男孩，上小学四年级。两个小兄弟的模样长得实在太像了，外人几乎无法分辨。每天早晨当他们手牵手走下楼时，都能听到从他们身后传来的叮咛声："路上小心啊！"这是他们的父亲在不厌其烦地叮嘱他们。被父亲悉心地牵挂，是多么幸福啊！只是这时候以他们小小的年纪，还无法体会这深深浓浓的亲子之爱。

有一天，当父亲老去，他们各自为人父时，他们也会如父亲一般日日在儿女出门前，不忘叮咛："路上小心啊！"他们秉承着父爱，延续着亲子之情。他们的儿女呢？有一天也会如此。于是，一代又一代，亲情树绵绵不息地生长着……

有一次，在路上看到一对行动不便，身体有残障的夫妇吃力地推着一个轮椅，轮椅上坐着一个女孩，那女孩一看就是有智障的，她的双手不停地挥舞着，仿佛要去触摸那高天上的流云，她的嘴里还咿咿呀呀地不知在唱些什么。女孩虽然智障，但看上去却是欢快的，包括这对夫妇也是一样，脸上始终流露着欢快的表情。三个人穿戴齐整而干净。一家人看样子是要去热闹的休闲广场，他们要带着女儿一起去那里看人来人往、看车水马龙，看扭秧歌的、跳舞的，看吹拉弹唱的，他们要跟所有的正常人一样去享受这生活的温馨一刻。别人看他们的眼光很特别，可是他们不怕，依然从容地推着女儿向前走。亲情树护佑着这一家人，让他们在艰辛中感受到生活的暖意萦怀。

有一个大龄男子因为家穷一直没能说上媳妇，最后找了一个小矮人般的女子为妻。这个女子虽然长得小巧袖珍，但却心灵手巧，把家里的一切都料理得井井有条，让大龄男子过上了踏实的日子。后来，袖珍女子生下一个女婴，这女婴长大后也变成了一个小小矮人，虽然这样，父亲还是相当疼爱他的女儿，为了送女儿上幼儿园、上小学、初中，他可是没少费心思。人家见他的女儿长的怪异，怕影响别的孩子，所以总是拒绝；但父亲不信邪，最后禁不住他坚韧地软磨硬泡，小小矮人姑娘终于如愿以偿地上了幼儿园，而后上小学，现在又读初中了。

为了方便女儿读书，父亲每日风雨无阻地接送女儿。小小矮人姑娘果然争气，在班里她的学习成绩一直名列前茅，老师们都相当吃惊，没想到这孩子除了身体有缺陷，智力却是一点儿没毛病。父亲和妻子早商量好了，只要女儿喜欢读书，愿意读，他们就是吃尽千辛万苦也要供孩子。他们想孩子已经输在起跑线上了，不能让孩子再输下去了。有了文化，学到了知识，女儿的人生总不会没有一点指望吧，父亲就这样每日满怀希望，快乐地接送着女儿。亲情树在花开花落中变得更加枝繁叶茂了……

俗常的日子里，总有一些人、总有一些事温润着我们的目光，湿润着我们干涸的心灵。正是因为有了这些人、这些事，才使得青山不老，岁月常新，才使得扎根于我们心中的那株亲情树化成了不老的神话。

被天使敲开的门

　　一天，热心为学校卖杂志的小学生杰瑞，向一所几乎被人们遗忘的房子走去。几乎很少有人看见过这房子的主人，因为他难得走出家门。房子的主人是一个性情相当古怪的老人，对周围的人极不友善，仿佛随时都在提防着别人。当邻居们主动跟他打招呼时，他也很少开口说话，只是用眼睛瞪着对方，目光中充满了敌意。

　　杰瑞礼貌地敲了门，然后静静地等在一旁，门慢慢地被打开了。"小家伙，你想要干什么？"老人苍老而严厉的声音从里面传来。杰瑞对老人说："先生，您好！我现在正在为学校卖杂志，我来想问一问，您是不是也要买一本这样的杂志？"

　　杰瑞满心希望老人可以买一本他的杂志，他在等老人开口。这时，透过打开的门，杰瑞看到老人在壁炉架上放了一些小狗的雕像。"您喜欢搜集这些东西吗？"忍不住好奇，杰瑞问道。"是的，我搜集了很多这样的东西，我把它们都当成了我的朋友和家人，它们每天陪伴着我。"老人回答了杰瑞的提问。

　　此时，看到老人空荡荡，缺少人气的家，杰瑞觉得老人看上去非常的孤独。"您看看我们的杂志吧，这里面介绍了好多可爱的小狗。您这么喜欢狗，看了一定会喜欢的。"杰瑞小心翼翼地对老人说。"小家伙，不要再来烦我，我不需要你的杂志，不需要任何杂志。"

杰瑞感到很难过。

杰瑞忽然记起来，自己家里也有一个很漂亮的小狗雕像，那是去年他过生日时，琳达姑妈送给他的生日礼物，杰瑞一直好好地收藏着。杰瑞想，既然老人那么喜欢小狗雕像，自己何不把这个礼物送给他呢？如果看到了这个小狗，老人一定会很高兴的。想到这儿，杰瑞匆匆赶回家把这份礼物装进了包里，又反身回到了老人的房子前。

杰瑞再次轻轻敲响了老人的门，这一次老人迅速打开门，一看到杰瑞，他就气急败坏瞪着眼说："小家伙，你到底想干什么，我不是已经告诉你了吗？我不需要你的什么破杂志，快走开！""先生，我知道，我不是想卖给您杂志，我只是想送给你一件礼物。"杰瑞红着小脸对老人说。

随后，杰瑞拿出了自己的礼物："这是一只漂亮的金毛猎犬，我家里还有一个，我想把这个送给您。"老人见状，一下子愣在了那里。"什么，这个你要送给我？"老人几乎激动起来，多少年了，从来没有人关心过他，从来没有人送过他这样的礼物，也从没有人对他这样好。"孩子，你为什么要这么做？"杰瑞见老人脸上露出了欣喜的神色，他也高兴起来，欢快地说："因为您喜欢小狗啊！"

就从那一天开始，老人走出家门的次数越来越多，他开始慢慢习惯跟邻居或过路的人打招呼了，他开始接受周围的人，人们也开始接受他了。他和杰瑞成了最好的朋友，杰瑞几乎每周都要去看望老人，还会拉着老人的手，陪老人散散步。有时还会邀上小伙伴们一块儿去看老人收藏的那些可爱的小狗。

杰瑞用他的纯真与善良敲开了老人封闭已久的心门，让老人重新看到了这个世界的美好，也感受到了久违的温暖，老人那颗缺少关爱与慰藉的孤独的心灵，被这个可爱的小男孩重新温暖、润泽了。小杰瑞就像一个天使，用他的小手轻轻地、轻轻地敲开了那道关闭太久的门，他把阳光和快乐带到了门里边，从此永远地改变了两个人的生活。

话　趣

超哥是我的同事，单位里我是他的领导，私下我们是哥们，是那种坐在一起俩人可以喝一排啤酒的哥们。

超哥的女儿今年参加高考，很早我就对超哥说："你女儿高考那天我去助威，并且全家的中午饭我包了。"

超哥听后，圆胖脸上的那双细眯小眼睛，就很快地聚在一起，和我击掌："那好，说准了，有你作家助威，我丫头肯定会考出好成绩。"

言出必践。

六月七号是高考第一天。

起床后，我给超哥打去电话，告诉他先把女儿送入考场，我随后打车就到。

早餐后，我下楼打上一辆出租车。

我打量了一下司机。司机黑红脸，厚唇，一张脸深沉严肃。

我觉得这位司机挺有意思，便逗趣道："师傅，你干嘛绷着个脸？我又不欠你钱。"

司机斜视我一眼，像要酸脸的样子，被我一个手势打住，说："你儿子保准比你漂亮。"

司机听后，马上转换一脸笑容，说："真叫你说对了。我儿子确实帅，一米八大个，白净脸，学习还好。"

我问:"上大学了?"

司机目视前方,回答我:"上大二了,军事院校,毕业后就是副连职。我儿子当年高考打了近六百分,如果不是和一个姑娘谈对象,没准能考上清华或北大,连班主任老师都替他惋惜。"

司机又继续说:"大约是高二那年暑假之后,有一天儿子把那女孩带回了家,对我和他妈介绍说是他同学。"

说到这儿,我发现司机的脸色开始凝重起来。

"如果不是我老婆拦着,我当时就让儿子把那女孩带走。可老婆说,儿子大了,得给他一个面子,便把女孩留下来吃饭。"

我摇下车窗,望了一眼窗外。

"就是那次开始,儿子时不时地就把那女孩带回家来吃饭。时间久了,我和老婆对那女孩都不满意。女孩不懂事,手懒,眼里没活,在我家吃饭时,从不帮收拾碗筷。"

司机侧脸瞥了一眼窗外,很快又目视前方。他说:"不久,我儿子的学习成绩马上就下来了,从前几名落到后几十名,痛心啊!好在我儿子懂事,知道悬崖勒马,和那个女孩断了关系,全力以赴冲刺高考。"

司机吁了一口气,说:"我儿子要比一般孩子明事理。上大学后,每次回来,拖地洗碗帮他妈做饭,还告诉我,他大学毕业,就不让我开出租了。"司机越说越兴奋。这时,我手机响了。是超哥的电话,告诉我他女儿进入考场了,他在服装城正门等我。我放下手机,司机就又开始和我讲起了他的儿子……服装城正门到了,我打住司机的话,告诉他我到地方了。

司机言尤未尽,告诉我:"我儿子的故事多着呢!我给你留个电话,有机会我再讲给你。说完,他递给我一张出租车司机联系卡。

后来,因一次急事,我打电话约了那位出租车司机,用了他的车。

再后来,我和这位出租司机成了好朋友。

交往之后,我才发现,司机其实是个很沉默的人。

骨　髓

他现在是很有钱的阔佬了。

但他从未拿自己当阔佬，在家里家外从不错花一分钱。他衣着俭朴，老婆也不穿金戴银，这一切都因为他没有忘记自己当初是一个穷人，更没有忘记自己身无分文闯进这座城市，历经十几年的坎坷磨难，而跻身于这座城市的阔佬之列。假如他无意之中丢了一分钱或一角钱再或一元钱，那么，他必须回忆这一分钱或一角钱再或一元钱，是在什么地方丢失的，然后总结丢失的教训，告诫自己下次一定注意。

妻子十分掌握他的这种性格，便也从不轻易去花毫无意义的钱。

朋友们曾当着这一对夫妻的面，开玩笑说："你们呀这样节俭过日子，将来肯定会成为世界级的大富豪！"

夫妻俩听着这样的夸赞，脸上共同浮起一种舒心的笑。

后来，有一天他回到家里时，脸色非常难看。

妻子见状，挺惊异，便问："发生了什么事？"

他听后没语。

妻子便又问。

他就说："你别总问，叫我一个人冷静地想一会儿。"

他就一个人坐在那儿，一声不响地想着他该想的事情。

第二天，妻子见丈夫的脸色依然那么难看，便又问丈夫到底发生了什么事。

这一次丈夫说了。

丈夫说："昨天我突然发现自己的包里少了五百元钱，想不起这钱是做什么用了。"

妻子就说："我以为什么大事呢！那钱我拿来用了。那天你喝酒喝多了，本来打算第二天你醒酒时告诉你，可我这一忙就把这事给忘记了。"

丈夫听后，如卸重担一般长出一口气，说："这就好了，我以为我丢了钱呢！"

妻子如哄孩子一样，用手拍着他的肩，说："哪能呢，你又不是小孩子，说丢钱就丢钱。"

丈夫听后，笑了，说："你说得对，只有小孩子才能乱丢钱。"

这以后不久的一天，他在自己的办公室里时，一位朋友走进来，掏出五百元钱递给他。

他惊讶地问："这是什么钱？"

那位朋友说："真是贵人多忘事，那次咱们在一起喝酒时，我有急事，从你这里借的钱呀！"

他就认真地想，想半天想了起来，说："瞧我这臭记性，这事都忘了。"

回到家，他就对妻子说："那五百元钱是一位朋友借去了，今天还给了我。"

妻子听后脸就忽地红了起来。

丈夫说："你不该说那钱你拿去用了。"

妻子说："我不想看你难受的样子，因为你是我生命的骨髓。"

旅　伴

　　这次出差正赶上年关将近，一票难求，硬卧硬座都买不上，一肚子怨气产生勇气，买了软卧，心里这样想，领导不给签字报销就自己认了，能怎么地？反正委屈事儿不止一件。年终评先进，和选妃子等同；职称晋级，拼的是个人财富。我这样姿色平平又囊中羞涩的女人，没有什么好果子吃。

　　领导都是那德行。

　　领导不是那德行才叫怪。

　　人要是不顺，喝凉水都塞牙缝。瞧我的旅伴，包厢四人，一个年长的男人，一声不吭地躺在下铺闭目养神，从上车就没见他说过一句话，看起来是一个很古怪的人。上铺是一对姐妹，人到中年的姐姐面色苍白，是个病号，可能还是个重病号，是妹妹搀扶着她捂着胸进来的。

　　这种情况我也只好闭目养神，拒绝交流为上策。可是也做不到，中年女人一遍遍去洗手间，从我头上上上下下数次，铁石心肠人也看不下去，我就只好主动和她调了位置，把自己的下铺让给了她。

　　中年女人向我表示了歉意和谢意。那一瞬间，我突然觉得这个中年女人面熟，但又想不起来在哪里见过。

　　在中年女人和我调换位置复又躺下后，我忍不住问她妹妹，去省城给大姐看病？

她妹妹说，是的，那我不催她还不来呢！这不，到现在连单位的人都不知道她来省城看病的事。

妹妹说到这，被姐姐的一个手势打住了。

妹妹显然不说不快，又继续说，连这次的两张上铺软卧票，都是我花高价从票贩子那儿买来的。不买不行啊，我急着带姐看病去呀！

我又忍不住问，那你家姐夫呢？

妹妹听后低下头，不一会儿抬起头说，我姐姐这人呀，就是知道工作，工作，每天饥一顿饱一顿的，她吃得最多的是方便面，落下个胃疼病不说，连家也……

这次，我发现她姐姐不是用手势了，而是用眼神——一种冷冷的眼神把妹妹的话给打住了。

我心里疑惑，看生病的姐姐刚才那种冷冷的眼神，她和姐夫想必是离了。这是最好的解释理由，除此之外，想象不出她丈夫是做什么工作的，以至于忙得连妻子到省城看病都没时间陪。

我所在的郸城是本省最东部的城市，到省城几乎要横越全省，火车需跑十二个小时。到了晚餐时间，中年女人坚持不吃不喝，我和那个妹妹泡了大碗面，而列车员送来一份丰盛的晚餐，给那个默默无语的老头。吃完后，女列车员来收餐具，那是个爱说话的胖姑娘，大咧咧地说：这个老头不简单啊，儿子是郸城招商局局长，他的两顿饭都是列车长亲自安排的。我用鼻子哼了两声，算是回应，那对姐妹就像是没听见。

早餐的时候，胖姑娘给老头又送来一盘子水饺。我看着怪，就说，你们车长溜须也拍不到正地方，大清早上给这么尊贵的老爷子吃油腻的水饺？胖姑娘咯咯笑着说：还真是这么安排的，说老爷子早上就爱吃这一口儿，餐车现拨人包的呢。我说，儿子也是不孝，怎么能让老爷子自己旅行？胖姑娘又咯咯笑了，说，我也觉得怪呢。本来他儿子的秘书陪着，是隔壁包厢的票，车长要给老爷子调过去，赶上那三位是一家三口，又非常不买账，不同意，车长就想把秘书调到你们这边来。车长带着秘书过来，谁知那秘书走到你们这个包厢门口，看了看突然掉头回去了。不仅回去了，还在下站下车了，把所有的事情都安排给车长了。胖姑娘说完问了个问题：你说，他怕你们其中谁呢？

天知道这是怎么回事？当官的和当官的秘书，哪有一个是好东西呢？我不仅这么想了，也说了出来，不仅说出来了，还似乎一下打开了话匣子，喋喋不休。这种话题一旦开始很难刹闸的。不断批判揭露过程中，我还要征求姐妹俩的意见。妹妹面露诡异的神气，我不知道怎么回事，那位姐姐听了后，淡淡地说了一句话：妹子，凡事都不能一概而论。她那声音虽然微弱，但却有一种说不出来的优雅镇定，与一般女人决然不同，不由得我又看她一眼，结果我发现，这女人即使在病中，也有一种不言自威的端庄气度，让人产生敬畏来。

于是，我闭上了嘴。

终点省城下车的时候，车下早有一帮人接老爷子，全是西装革履油头粉面的老板式的人物，嚷嚷着把老爷子搀走了。姐俩下车很慢，我估计一定是车厢人走光了她们才动身。我出站之后好久才拦下一辆出租车，回头看见姐俩刚出来，我想了想，没有上车，一直等到姐俩走过来，我把出租车让给了她们。

在我今天叙述这个故事时，已经是事隔数月了。至于文中那位旅伴大姐的丈夫究竟是干什么的，这与我并不重要了。我想告诉大家的是，那位旅伴大姐竟是我居住的这个城市主管工业的副市长。

消息是从我们《郸城晚报》上知道的，她患胃癌医治无效病逝，是年五十岁。

晚报上刊登了大姐的遗像。面对遗像，我肃然起敬。

1976 年 7 月 28 日

下班刚进家门，妻便一脸的怒气，对我说："你行呀，还背着我玩浪漫，搞了一个叫燕的唐山女人！"

我丈二和尚摸不着头脑，对妻笑笑，说："你真会表扬我，我哪有那胆量？和你恋爱时，还是你先动手的呢！"

妻却一本正经："别和我装糊涂，什么胆量不胆量，色胆可以包天！"

听妻这样说，我知道事出有因，便问："到底怎么了？"

妻就啪地甩给我一张纸条，我急忙展开，见上面写着：

亲爱的：

　　也许是情缘所致，你我在孤独难耐的旅途中相识。是你排除我的寂寞，给了我无限的令我难忘的温馨。如果你要保持和我的联系，请按下面的地址通信：河北省唐山市南开区四马路二号楼 1 单元 201 号。

爱你的燕

读完纸条，我气得想哭也想笑，便问妻："你是从哪个垃圾箱里拣来的？"

妻说："从垃圾箱里拣来的我就不问你了。最关键的问题是，这张纸条是在你的书里发现的。"

"书！什么书！"

"台湾李某写的那本《外遇》。"

"这怎么会呢？"

"是呀，这怎么会呢？在我最真诚可爱的丈夫身上怎么会发生这种事情呢！但是，事情真真切切实实在在发生了，这你又怎么和我解释呢？"

"我无法解释。"

稍停，我又说："尽管我无法解释，但我敢对天发誓，我在外若搞女人，我不是人，是狗是鸡是鸭是牛是马是屎是尿是什么都不是的四不像！"

妻听后笑了，笑的表情挺冷酷，说："你是什么我不追究，但我要追出那个叫燕的唐山女人！"

我不语。

妻就又说："明天我就去唐山，按纸条上的地址，找那个叫燕的女人。"我知道妻说的是气话，便不再理她。第二天我去上班。中午下班时，见写字台上留有妻的一张纸条，告诉我她去唐山找那个叫燕的女人。

看后，我又气又急。女人啊，女人！转念又一想，妻此行也许是一件好事，她到了唐山真能找到那个叫燕的女人，妻对我的怀疑不是就烟消云散了吗？

然而，我怎么也没有想到，就在妻走后的第二天早晨，广播里的一条新闻竟使我听后险些晕倒：今日凌晨3时40分，我国河北省冀东地区唐山发生了强烈地震。据我国地震台网测定，这次地震为七点八级，如同400百枚广岛原子弹，在距地面16公里处的地壳中猛烈爆炸。

听完这条新闻，我周身上下直冒冷汗。我马上意识到我美丽可爱的妻子有可能遇难。因为按照路途的旅程算，我的妻子是发生地震的这天夜里到达唐山的。

我望着唐山的方位，默默地流下了一个男人轻易不流的泪。

当我带着很伤感的心情，去单位告假准备奔赴唐山时，我见我的同事小张那双红红的眼睛好像刚刚哭过。

我就问小张："你哭过？"

小张点头后就说："我深爱的一个女人，她居住的那座城市发生了地震。"

我忙问："她是不是叫燕？"

小张的思想一下高度集中："对！你……"

"她是不是给你写过一个纸条？"

"对！"

"纸条怎么弄到我的书里？"我气愤地质问。

"哎呀！"小张一拍手，说，"我借过你的书。"

我一切的一切都明白了，我狠劲狠劲地揪住小张的前衣襟，吼道："你奶奶的孙子小张，还我妻子！"

妻子真的没有归来。经官方确切消息，我妻子是这次地震死亡人数2427659人的遇难者之一。

妻子的遇难日期是：1976 年 7 月 28 日。

男　人

我和他的婚姻已经持续了七年，这七年让我心力交瘁，苦不堪言。

从结婚到现在，我始终生活在乌云里，没有一天阳光过。

如果我参加单位的饭局或者和朋友聚会，回来晚些，他总是鼻子不是鼻子脸不是脸盘查我，和谁吃的饭？几男几女等。更可气的是，他还半夜爬起来，偷偷查看我的钱夹。

早上睁开眼睛，他第一件事准会问："昨晚吃饭谁埋单？"

我不回答，他便会暴跳如雷，骂我傻×，说我埋单了，说他发现我钱夹里的钱没了。

如果我买了件新衣服，他就会左瞧右看，问："是不是哪个男的给你买的？"

类似这样的问话，我从来都是懒得回答他。

我喜欢写作，而且发表过一些比较有影响的小说。对此他不屑一顾，还经常讥讽我说："当老婆都当不明白，还总写鸡毛小说呢！"

有一天，我突然决定马上和他离婚——这是早就有的想法，只是没有行动。

我隐约感觉到，不和他离婚，我的生命迟早会被他一点点蚕食了。

我向他摊牌时，他一百个摇头不同意，说："不离，拖死你也不离！"

后来我采取分居措施，并向法院递交了离婚诉讼请求。

为了争取到儿子的抚养权，我的这场离婚官司打得异常艰难，最后我终于赢得了儿子，却失去了婚姻存续期间应该属于我的一部分财产。

法庭上，他把我贬损得一文不值，说和我过日子都不如和农妇幸福。更可气的是，法庭上他竟会因为一个家用喷气电熨斗，和我争得急赤白脸。最后我什么都放弃了，只要能跟儿子在一起，我真的什么都不在乎。

在家里闷久了，儿子一直嚷着要外出游玩，我决定带着儿子到坝上走一走、看一看，呼吸一下草原上清新的空气，也顺便放飞一下郁闷的心情。

淘气的儿子来到坝上，立刻被眼前蓝蓝的天空，一望无际的绿草地吸引了。他撒开小腿快乐地奔跑起来，可能是小家伙过于兴奋了，一不留心，就崴了脚。

小家伙疼得哇哇大哭，我急得在一旁直冒汗，却不知所措。这时，他突然像天降神兵一般，来到我和儿子面前。

他打开了自己随身背的一个大大的旅行包，里面分层而设，什么防寒衣物、手电筒、旅行水壶、打火机、瑞士军刀、小型指南针、各种应急药品、快餐食品……

他先是观察了一下儿子的伤势，发现小家伙的脚踝骨有一点红肿，就找出一瓶冰冻的矿泉水敷在了儿子的脚踝上，而后又对红肿处进行了简单的消毒，接着又敷上了药膏，并包扎了一下。

就这样，我们相识了。

旅行结束分手各自回到自己的城市之后，我们开始用手机短信聊天。

短信中，我们谈论着工作、生活、人生还有爱情。

随着日子一天天的消失，我们彼此有了更深的了解。

我知道他是一个单身男人，妻子几年前就离开了他；更重要的是，他喜欢阅读小说。

写字的女人，心里很容易接受温暖。

有一次他发短信给我：男人如果爱了，就要懂得责任、担当、忠诚，甚至敢为爱情牺牲生命。

看完短信，我哭了，哭得一塌糊涂，好像要把我经历的那七年婚姻中所承受的委屈全部哭出来。

我们情不自禁地相爱了。

有一天，他又如同天降神兵一般出现在我和儿子的面前。

他为了我和儿子留了下来，辞掉了在那个城市的工作，并在一家报社找到了工作，做旅游版的编辑，这份工作很适合他。他对我和儿子都是那么好。儿子在他的宠爱下，成了一个最快乐的小男孩；我在他的宠爱下，成了一个最幸福的女人。

那天是儿子的生日，白天我们带着他去游乐园玩了一小天；然后，我们把他送到了我父母家，因为晚上钢琴老师要过来给他讲课。等儿子上完课，再由他姥爷、姥姥陪着他回来一起吃生日宴。

我们两个送完儿子，就开始回家准备晚餐了。感觉时间差不多了，我们两个走出家门，去那家名叫"波利西斯"的蛋糕房给儿子取预定的生日蛋糕，儿子特喜欢吃那里的蛋糕。

取了蛋糕，我们便往家走。

当我们走到二楼时，忽然听到背后传来急匆匆的脚步声，没等我们回过神，已经冲上来三个人，他们不由分说，上来就抢我的包。他一下子冲到我的前面，用整个身体护住了我的身体。

怕我受到伤害，他拼着命保护我，哪知这竟是一伙亡命之徒。厮打中，其中一个家伙突然拔出刀子，残忍地刺中了他的颈部，血瞬间流了下来，染红了他身上穿的那件白色T恤，我把他紧紧地抱在了怀里。

那三个人感觉情况不妙，抓着我的包，三步并作两步跑下楼。我再低头看他时，感觉他的气息已经很微弱了。

他就这样死在了我的怀里。

困　围

　　伟去省城出差。列车的车厢里，坐在茶桌对面的那个人令伟感到无比惊奇。

　　惊奇的原因是，那个人长得太像伟了：鼻子、眼睛、嘴、脸型，甚至发型都一模一样。换句话说：他简直就是伟的化身。

　　太不可思议了！伟随着列车的颠簸，细细地看对面的那个人。

　　这时，对面的那个人恰巧抬起头，看到了伟，这个人也感到了无比的惊奇。很显然，这个人也发现伟长得特别像自己。

　　双方一阵惊奇之后，伟先开口问那个人：

　　"老兄，你叫什么名字，在哪儿工作？"

　　那个人说他叫强，在本省某大学供职。

　　伟听后，想：屁！净往高的上摸。还在大学供职呢，看样子顶多是个推销员。

　　那个叫强的人就反问伟叫什么名字，在什么单位工作。

　　伟说自己叫伟，在外省某大学供职。

　　强听完，想：这个叫伟的人，与自己素昧平生，也和自己长得一模一样，居然也是从事教育工作的，真是不可思议！

　　伟又问道："你老兄是什么学位？"

　　强说："博士。"

强又问伟："你呢？"

伟说："博士后。"

强说："噢！佩服，佩服！"

伟递给强一支烟，俩人都燃着。

烟雾中，强看着伟。从伟的谈吐举止中，强怎么也看不出他的斯文来。

强就又对伟说："我虽然只是博士，但我爱人是博士后。"

伟说："我爱人虽不是博士后，却经常出国讲学。"

强说："我爱人虽然没有出过国讲学，但撰写的论文曾获过国际金奖。"

伟听了，吸了一口烟后，说："我女儿也上大学了。"

强说："我女儿在国外攻读硕士学位呢！"

伟说："真看不出来你老兄好有福气呀！"

强说："你的福气也不薄呀！"

说完俩人一阵大笑。

笑毕，伟说："你我有缘，长得这么相像，看在我们的缘分上，将来我若有成为伟人的那一天，就请你做我的特型演员吧！"

强说："但愿如此，假如我先你一步成为伟人，你是不是该做我的特型演员呢？"

伟说："那是，那是。"

俩人又是一阵大笑。笑声中，列车到了终点。

走出站台后，伟很费神地想：刚才那个叫强的人就是我自己吧？

此时的强也在这样想。

我的名字叫袁炳发

我的名字叫袁炳发，是国内一名写小小说的作家，获过几次大奖，因此，被人称为前卫小小说作家。

因此缘故，本市的一家文学杂志主编，为了提升他们杂志的人气指数，邀请我做他们杂志的小小说栏目主持人。

谈此事时，这位主编通过我的一位朋友找到的我。

主编是在酒店安排我和这位朋友的。

我老婆曾经说过我，喝完二两酒后，天大的事都敢答应！

我就是在那天和主编喝完二两酒后，开始"啪啪"地拍着胸脯子，说："大哥，放心，你的事业就是我的事业，这个栏目还真得非我莫属！"

朋友也在一旁附和着："是啊，发哥为人仗义，这活儿还真就得他干！"

主编喝了一口酒后，说："当然，我选人如果有错，那还是主编的水平嘛！"

然后，我们三个人开始呲、呲碰杯。

碰了几杯后，我便醉得一塌糊涂了……

当我第二天酒醒后，我就开始后悔答应那个主编了。其实我也很忙，忙工作，忙写作，还忙应酬。从时间上来讲，我根本无暇顾及他的那个小小说栏目。

但言出必践，既然答应了，就得好好给人家工作，而且还要工作好，这是我的性格。

杂志社发了小小说栏目由袁炳发主持的启示后，全国的小小说作者都慕名给我的电子邮箱来小小说，而且每天来稿的数量令我目不暇接。

就在我每天忙着编辑这些电子稿件的时候，编辑部转给了我一封手写邮寄来的稿件。

这让我惊诧不已。现在全国电子邮件满天飞，而这个作者却顽固地、沿袭着古老的邮寄方式，这不能不引起了我对这封信的格外注意。

我立即拆封，阅读稿件。

再让我惊诧的是，这篇小小说的题目竟是《我的名字叫袁炳发》。

哼，小儿科！把我的名字用在作品的题目上，无非是想讨好我，让我把他的作品编发了。

略一思索后，我决定先看作品再说。

看完作品，我眼球大亮，这篇小小说堪称近年来国内少有的佳作。

于是，我立即编辑。一个月后作品面世。

后来，出乎我的意料，这篇小小说获了该年度的全国小小说优秀作品奖。

获奖之后，编辑部每天都收到大量的读者来信。信的内容基本一致：《我的名字叫袁炳发》是一篇抄袭来的小小说；而更具讽刺意味的是，原作者就是该篇获奖小说的责任编辑袁炳发。

我恍然大悟，突然想起几年以前，我确实以自己的名字命题，写过这篇《我的名字叫袁炳发》的小小说。

但让我想不明白的是，在当时我编辑这篇小小说的时候，我怎么竟然没有发现作者是抄袭我本人的小小说呢！

之后很久，直到现在，我仍然想不明白。

面对说谎的人

袁炳发面对说谎的人，一脸的怒气。他握紧拳头，想冲上去与那个说谎的人拼个你死我活。

当时是在公交汽车上，瘦猴儿般的袁炳发费了九牛二虎之力挤上了这辆公共汽车。刚站稳，气还未喘均匀，就听离他不远处的一位胖家伙和另一位刀条脸说："袁炳发那小子表面挺文静，背地里净做不义气的事！"

"咋不义气？"刀条脸问。

"他升处级没升上，和我有什么相干？他到领导那儿告我工作时间干个人活，把我本来能升一格的事也搁浅了。你说这义气吗？"

"不义气。"

"够人味吗？"

"不够人味。"

"再说，我工作时间干个人活，也比他工作时间总看不到他人影强吧？"

没等刀条脸答话，车上的人就把目光投向胖子和刀条脸。

此时的袁炳发，站在那儿觉得脸上一阵一阵的热，怒火一个劲儿地往上涌。

他狠狠地瞪了下胖子，就想：我和他都不认识，干嘛编些连影儿都没有的谎言来污辱我呢？

他正握紧拳头欲上前，却听胖子又说起来，他就站在那儿想再听听胖子还说些什么。

"……袁炳发那小子会'溜'，见着领导就后衣襟短，见着咱们没用的就后衣襟长。"

"听说他还会写小说？"

"会写个屁！净瞎编，不是他爱她，就是她爱他。"

"甭管咋编，一年稿费不少赚。"

"那稿费还不都填了领导的肚子。"

袁炳发实在听不下去了，面对说谎的人，他一脸的怒气。刚要冲上去，车却停了。站上等车的人又开始往车上拥。

胖子又要说，刀条脸却捅了他一下，说："别讲了，袁炳发那小子刚才挤上来了，在车门那儿站着呢！"

胖子就不讲了。

此时的袁炳发有点发愣，转头望去，见车门那儿站着一位戴着近视眼睛挺斯文的人。

刀条脸和那戴近视镜的人点头，打招呼："袁兄，好啊！"

"好，好！"戴眼镜的袁炳发也挺客气地点着头。

袁炳发这时才知道，在这个城市里，还有一个叫袁炳发的人，而且也会写小说。

袁炳发知道了胖子讲的不是自己，心里的火顿时就消了。

于是，袁炳发面对说谎的人就很愉快地微笑起来……

恶　疾

福山在江上捕鱼时，捕到一条很怪的鱼。

这条鱼并不大，足有二斤那么重。这怪鱼的头尾极小，而腰身却粗壮肥硕。再则，鱼的周身布满稠性很强的白毛，冷眼看去，看不出是鱼，倒像是一种带毛的小动物在摆头摇尾。

福山是捕鱼的后生，初涉捕鱼之道，难以辨认出这是什么鱼。于是，福山就请来镇上的汤爷，叫汤爷来给明辨。

汤爷是镇上的捕鱼高手，很受大家的敬重。汤爷大半生都以捕鱼为生，见多识广，在鱼上面的学问可大着呢。

汤爷来后，蹲在圆形的木盆前，细细地观看装在木盆里这条怪鱼。

汤爷一只手在木盆的水中搅动了几下，那鱼便用尾将水弄得噼啪作响。

汤爷站起身，用毛巾揩一下手后，对福山说："这鱼叫黄哈鱼，属罕见之鱼，珍贵之物，几十年也捕不到这样一条鱼。"

福山听后，面露惊奇。

汤爷又说："这鱼我还是在二十年前捕到过一条，后来再也没有见过。"

说着，汤爷的神思就好像沉浸在一种遥远的回忆之中了。

汤爷说："此鱼珍贵之处在于，腹中藏有鱼黄。鱼黄与牛黄有同等之功，祛凉、镇静极佳。"

福山的神情立即严肃了，一脸认真地听着汤爷讲。

汤爷说："可惜，那时我剖鱼腹时不慎，把鱼黄弄坏了，便没有卖上大价钱。你把这条鱼先养着，养上半年再剖腹取黄，便能卖个大价了。"

福山点点头，说."谢谢汤爷指点。"

福山就开始精心地养着这条鱼。

福山每天都给这条鱼换水，撒饲料，然后便蹲在木盆前非常喜欢地看这条鱼。

然而，在他精心喂养了一段时间以后，福山惊异地发现，这条鱼身上的那种稠性很强的白毛褪去了。褪去白毛后的鱼便显现了真面目。

这鱼就是一种很普通的草根鱼。

沮丧的同时，福山想：这条草根鱼为什么长出了哪些白毛来呢?

福山去找来有关于鱼的书。

书曰：鱼体生白毛，乃鱼病，属恶疾一种。

福山看罢方悟。

福山想起汤爷，笑了。

又几日后，福山在镇里的街上遇到了汤爷。

汤爷问："福山，那条鱼养的还好吧?"

福山说："还好。"

汤爷说："一定好好养着。"

福山说："是，我一定好好养着。"

说者听者都一脸的一本正经。

其实，那条鱼在前一天就被福山摆上餐桌了。

乐　爷

乐爷不姓乐，乐爷姓王，名子烈。

但无人喊他王子烈，逢人打照面时，人们都叫他乐爷。

乐爷笑哈哈地应。

乐爷每天举手投足，说话办事都是慈眉善眼，笑模悠悠。从日出到日落，都是这样的神态，一副万事愁不住的样子，大家就叫了他乐爷。

乐爷是小城的厨师，掌勺的手艺在小城爆响有二十余年。

小城那些经常光顾酒楼的美食家们，只要议论起哪家酒楼厨师的手艺高时，就都一致举手推举乐爷，说乐爷该是小城当今主灶的一代名厨。

乐爷年轻时就师从一位手艺不凡的名厨，名厨后来因某些原因封勺归山。

名厨临走时，告诉乐爷：掌勺做菜，一讲腕功，二讲火功，三讲色、味、形。

这些乐爷都记住了，而且一直记在心里。

乐爷凭着记在心里的这些，勤学苦练多年，终于在师傅离开的几年后，掌勺手艺在同行中技高一筹了。

经乐爷亲手制出的菜，火候到位，色鲜、味纯、形美，人吃人夸。

乐爷有三儿一女。老伴去世早，他又当爹又当娘，即使这样，乐爷每天仍笑着一张脸，和人打哈说笑。

就有人说：乐爷不愧是乐爷呀！

乐爷听后，就调头"哼"的一声走开，那意思分明是不乐还哭呀！

乐爷的儿子老大、老二、老三都大学毕业分配了工作，并先后成家。现在只有最小的女儿还在大学读书。人都说乐爷家的那几个大学生，都是乐爷手里的那把大勺给供出来的。

乐爷听后就笑着脸点头。

毕业后的三个儿子，看着父亲的年岁一年比一年高，就常劝父亲说："爸爸，你那大勺就别端了，腰都累弯了。"

乐爷听后，笑着脸和三个儿子说："这大勺我还得端，你们的妹妹还没毕业呢！"

三个儿子听后就都说："爸爸，妹妹读书的钱我们拿。"

乐爷又笑了，说："这钱你们拿是你们兄妹的情分，我拿是我的职责，因为我是父亲。"三个儿子见父亲这样坚决，就都不劝了，就由着父亲继续端他那大勺。

不久，乐爷的女儿大学毕业，并分配到一家大公司工作。

再不久，女儿处了男朋友。就在女儿要结婚的前一个月，有一天乐爷突然昏倒在他供职的那家酒楼的灶台边。

这一倒就再没起来。

在医院里，儿女们流着泪问乐爷想吃什么。

乐爷强打笑脸摆手摇头。

在乐爷临咽气时，乐爷拉着儿女的手，脸上第一次无了笑容，悲着脸对儿女们说："我一生中最大的遗憾是，在酒楼耍了几十年的大勺，却没有真正很体面地坐在酒楼里吃过一次饭。如果有来生，我一定要穿戴整齐坐在酒楼里，好……好……"

话没说完，乐爷就咽气了。

儿女们伏在乐爷的身上，哭作一团。

美食家钟先生

钟先生是我的朋友，四十几岁，中等个，微胖，人称美食家。

钟先生爱吃成癖。癖之程度：凡哈尔滨风格不同，独具特色的风味（小馆）酒店，没有他光顾不到的。

因为是朋友，我和他沾了许多的光。

我陪钟先生亲自品尝过的就有：北来顺的老羊汤，白家馆烤羊腿，一手店卤肉，吴记大骨头，正阳楼自制肉肠，希尔西天山涮蘑王，166涮牛肉，383鸡脖子，草市街的麻辣排骨串，老独一处的蒸饺、水饺，还有道外区烤肉一条街的石锅烤肉。

钟先生每去酒店，必换行头，着一件白色中式对襟布衫，脚下是软底黑布鞋，加上一条白色休闲裤，很派头，很神气。酒桌上，钟先生正襟危坐，先用湿巾净手，然后略整衣冠，拿出吃家的潇洒，拍拍手，唤来服务员点菜。

钟先生点菜有别于他人。

钟先生点菜从不看菜谱，唤来服务员后，只点一道酒家最拿手的招牌菜，至于杂七杂八的配菜，钟先生从不乱点，哪怕一道菜吃尽不够，再续一道。

钟先生说，吃的是招牌，别的都食之无味。

钟先生喜食，却不爱酒，只品菜，品到兴处，便轻轻击掌，赞不绝口。

钟先生为了吃，可以放弃一切，甚至爱情。

钟先生原有一娇妻，是省京剧院的一名演员，长相很标致，主唱龙江剧。因为钟先生的爱吃，妻子牢骚满腹很不满意。

妻子劝道："爱吃可以，只在家里吃。你爱吃啥，我就给你买啥，行不？"

钟先生对妻子的劝说不理，依然东西南北地吃。

妻子无奈，只好最后摊牌："你是爱吃，还是爱我，选择一个！"

钟先生最后选择了面包，却放弃了爱情，至今仍在独居。

离婚后的钟先生，仍潜心研究吃的学问，乐此不疲。一个很冷的冬日傍晚，钟先生来到我家，我女人给他斟上了一杯热茶。他接过茶杯，用另一只手掀起杯盖，用杯盖的边沿拂了拂浮在杯子上面的叶子，然后他的一双眼睛在上升的水气后面望着我，问："老炳，你知道南方菜为什么那么精致，而北方菜为什么粗犷豪气？"

我说不知道。

钟先生就很迅速地从衣袋里掏出一张报纸，翻到第二版说："你看。"

我接过报纸，是钟先生的文章：《浅论南北方菜的差异》。

读罢，我对钟先生生出一份尊敬来。

钟先生来了兴致，又说："我下一篇论文是关于韭菜的。宋代诗人苏轼'断觉东风料峭寒，青蒿黄韭试春盘'。把春韭描写得淋漓尽致。春季气候冷暖不一，需要保养阳气。韭菜性温，最宜人体阳气；而且春季常吃韭菜，可增强人体脾胃之气。因此，像韭菜炒鸡蛋、韭菜炒龙虾等菜肴要常吃。"

这时，我发现我女人在一旁用本子记了起来。也难怪，我不会做菜，我家来亲戚朋友都是我女人下厨掌勺。

钟先生见我女人在一旁认真地记着，就又兴奋地讲到了西瓜。

他啜了一口茶后，说："在作为水果生食时，西瓜更可做菜入馔。西瓜做菜最佳部位是瓜皮，西瓜皮又名翠皮或青衣，削去表层老皮后可切成丝、片、块，采用烧、煮、炒、焖、拌等烹调方法，可做出'翠皮里脊''糖醋瓜皮''清炒青衣丝''凉拌西瓜'等菜肴，其味皆清鲜爽口，不逊于任何一种瓜类蔬菜；西瓜瓤也可入肴，用其切块炖肉或挂糊炸，味道都很不错。"

应该说，钟先生对食品的研究很不一般了。

有一年的春天，钟先生约我去吃得莫利炖鱼。关于得莫利炖鱼我听说过，在哈尔滨以东200多公里的方正县伊汉通乡得莫利村，豆腐、宽粉条子和乌苏里江中捞上来的鲤鱼炖在一起吃，是村民们吃个热乎的老做法。村里人在路边开了小吃店，就用这道特色菜招揽过往客人，久之，得莫利炖鱼就成了食林新贵，得莫利村也因此成了"黄金码头"。据说，每年在此闻香下马的食客就达百万人之多。

春日的一个早晨，我和钟先生一行四人驱车前往方正县的得莫利村。

抵达得莫利村时，正好赶上饭口的时间，得莫利村的家家饭店都是客似云来。

我们走进电话预定的那家饭店。

入得厅堂，坐后，钟先生先净手，然后点了一道得莫利炖鱼。

四十分钟左右，得莫利炖鱼被服务员端上桌来。

钟先生说："炖这种鱼就得慢功夫，讲究的就是个火候。"

直径得有二尺的巨型陶瓷盆内，放着两条二斤以上的鲤鱼，还配有大豆腐，粗粉条子，红辣椒。

我们四人开"造"，那鱼肉真是鲜嫩无比，暗香盈口。

钟先生轻轻击掌，一句"美哉"脱口而出。

钟先生对我们介绍说："做这种鱼要选鲜活的二斤以上的鲤鱼，在清水里养一段时间，除去土腥味；捞出来，开膛去内脏，不过油，不断开，不打花刀，整条的下锅炖；至汤浓肉烂，粉条够火，豆腐入味为妥。"

……

饱腹之后，打道回府。车上，钟先生无限感慨："这个得莫利炖鱼，只能在这里能炖出那个味，换个地方就是神仙也没辙。"

大家附和着说是。

钟先生双眼凝望着窗外的远处，许久，说："天下的美味无尽，吃了这，又想那，没完没了，何时是个终止呀！"

钟先生说完这话后，一脸茫然，双眼里流出了很多的泪水。

我想，钟先生对美食的钟爱是达到一定的境界了吧。

黑色幽默

琼是一个很美的女孩。

琼有好多的人为她做媒。

琼呢，就常常背着手，踱着步，在媒人面前很一本正经地说："谢谢对本人的关照，但我这一生恐怕与做媒的人无缘深交。至于什么原因，我不想说出来……"

媒人听后就摇头不解。

后来，人们说琼是现代女孩，不想叫媒人在中间跑来跑去，想自己在浪漫的氛围中，寻觅那种一见钟情的男孩。

其实，人们对琼的猜测错了。

琼是一生不想嫁人。这种想法的产生和形成，是在她十二岁那年夏天中的某一天。

那年夏天里发生的那件不同寻常的事情对琼的一生都很重要。

那天，阳光很足，空气中流动的那种叫人无奈的燥热，把人变得慵懒而又无力。

琼从学校回来取忘在家的文具盒。当琼用钥匙旋转开门时，就听见父亲和母亲合住的那张大床上有异样的响动，琼就推开父亲卧室的门。

推开门的那一瞬间，琼惊呆了。

那一瞬间，琼承受住了一个十二岁少女脆弱心灵本该承受不住的一击。

琼在那张大床上，看到了父亲和一个她不认识的女人。

琼怒目圆睁，望着父亲和那女人。

女人走后，父亲走过来，说："琼，这事你无法理解。"

稍停，父亲又嘱咐说："这事千万别对你妈妈讲。"

琼抑着快要流出的泪，对着父亲骂道："你不是我父亲，你是流氓！"

骂完，琼就拿着文具盒，跑回了学校。

这件事她一直没有对妈妈讲。

从那天起，琼就在心里发誓，一生不嫁男人。男人没有好东西，就连自己一向崇尚的父亲，都敢在光天化日之下，把女人领到自己的家里来，更何况别的男人呢！

现在，琼以一种长大后的成熟思想，来看待她十二岁那年夏天，父亲和别的女人通奸的事情，她就更觉出父亲的某些做人的可耻来，她就更憎恨男人，不信男人。

同事们就都说琼怪。琼听后，只笑，不与争辩什么。

有一个男孩非常爱琼，爱到发疯的程度。

这男孩就在爱得发疯的情况下，每日必给琼写一封信。

初时，琼接到这男孩的每一封信，都不拆封，把它锁在自己的抽屉里。当琼接到这男孩的一百封来信时，她在信封的背面，发现男孩写了这样一行话：

> 如果你再不理我，我就为了爱情去自杀。

琼就在阳光较好的天气里，约了这男孩，把男孩领到她居住的十三层楼的阳台上。

琼问男孩："你真的爱我吗？"

男孩说："爱你一生无悔。"

琼就又问他:"为我你敢去死吗?"

男孩说:"万死不辞。"

琼就指着阳台,说:"那好,你现在就从这里跳下去。"

男孩听后,立即涨红了脸,连连后退,说:"别这样认真嘛。"

琼说:"你不是说为我可以去死吗?"

男孩说:"那只是爱的一种形式上的或者说程度上的表达,有时未必是真。"

琼说:"我需要的不是形式,也不是程度,我需要的是实实在在的表现。"

男孩觉得和琼再无话可说,就离开了琼的十三楼阳台。

后来,又先后有四位男孩,都被琼用同样的方式,吓得离开了琼的十三楼阳台。

到第五位男孩追她时,琼又照例把男孩领到她居住的十三楼阳台上。

当琼说为了我你可以从这里跳下去吗,男孩看看琼后,就毫不犹豫地说:"可以,不过你得给我一个时间。"

琼说:"爱可以不商量,死是可以商量的。"

男孩说:"我不能穿戴这么随便就去见上帝,起码我得弄一套新服装打扮一下。"

琼就说可以。其实琼内心想男孩是在故意和她推托。

第二天,男孩果真西装革履地来到琼的十三楼阳台上。

这时,天色正黄昏。打扮得气度不凡的男孩,站在十三楼的阳台上,望着夏天里西天彤红的天际。

望了一会儿,男孩就做了几个挺潇洒的甩臂动作,就挺豪壮地问琼:"我现在可以跳吗?"

琼就点点头。

就在男孩纵身要跳下阳台时,琼抱住了男孩。

这时，琼被这男孩的壮举感动得泪流满面。

琼终于和男孩结了婚。

婚后不到一年，男孩有三次要抱着琼从阳台上跳下去，都被琼死命地挣脱。

后来，琼知道了男孩以前有过神经不正常的病史。

现在，琼常常坐在一个地方凝思默想。

想着想着，琼就泪流满面了。

成人礼

学校举行成人礼这天，于小北起来的特别早。

十八岁了，成年人了！

想到这，于小北心里有种别样的青春旋律在激荡着。

于小北唱着"我不想我不想不想长大，长大后世界就没童话；我不想我不想不想长大，我宁愿永远都笨又傻……"

于小北边唱边在梳妆镜前精心地打扮着自己。

在步入成年人行列的第一天，于小北要把自己打扮成像花儿一样漂亮。

于小北蝴蝶一样飞到妈妈面前说，妈妈，从今天开始我是成年人了！古时成人礼仪男子加冠，女子加笄，我成人礼妈妈送我什么样的礼物呢？

妈妈说，你自己选一样吧。

于小北笑呵呵地勾着妈妈的手指说，妈，一言为定。等我参加完学校的成人礼，妈妈带我去买。

妈妈点点头。

学校的广场上，雄壮的国歌回荡在校园的上空，国旗在缓缓升起。

庄严的时刻到来了，在领誓人引领下，操场上两千多名学生高举握紧拳头的右臂高声念出自己的名字，霎时一股强大的青春的气息回荡在学校上空。紧接着操场沸腾了，学生们雀跃欢呼：青春万岁！

成人礼宣誓之后，学校宣布放假一天。

中午，妈妈带于小北吃的牛排套餐。

饭后，于小北把妈妈带到"真美首饰店。"

在一节柜台前，于小北指着柜台里的菊花银手镯，告诉妈妈，我想要它作为您送我的成人礼物。

妈妈脸上露出惊异的神情：这个？成人礼？

于小北满怀期待地使劲点着头。

妈妈看了一下这只银手镯，标价是 890 元。

妈妈又看了一眼于小北。

妈妈唤来售货员问，这只手镯打折吗？

售货员说打五折，折后价 445 元。

妈妈又和售货员说，可以把那零头 45 元抹掉吗？

售货员面有难色地说，这我得请示经理。

售货员请示后，告诉于小北的妈妈，零头不能抹。

于小北的妈妈想想后，果断地对女儿说，走，回家，不买了！

于小北带着商量的口吻说，妈妈，我喜欢，买吧！

妈妈口气仍旧决绝，不买，喜欢也不买。

于小北显然有些生气了，大声对妈妈说，您就那么在乎那 45 元钱吗？

妈妈说，他商家都那么在乎这 45 元钱，我凭什么不在乎？

于小北没再和妈妈继续争执，生气地跟在妈妈的身后，向家里走着。

下午，妈妈去上班了。

于小北躺在自己的小屋里生闷气。

于小北怎么也难以理解妈妈的这种行为。在她成人节的这一天，人生如此重要的时刻，妈妈仅仅因为 45 元钱，就不能满足女儿的心愿，这未免太不近人情了。

有好长一段时间，于小北和妈妈不说话，而于小北也没有在妈妈的脸上，看出什么歉意的表情来……

于小北并没有忘记那只美丽的菊花银手镯，星期日补课路过真美首饰店，有一次她实在抵挡不住诱惑，进去看她的手镯，结果那只她朝思暮想的手镯不见了。

于小北非常伤心，甚至偷偷哭过。

于小北对妈妈的怨气重新鼓荡起来，她竟有些负气地想：妈妈不给我买，等我将来自己买。

日子并没有因为那副银手镯改变什么，但是时间是最好润滑剂，不知不觉中，于小北的心情安定了下来。妈妈疼爱自己简直疼到骨髓里，就是有点儿抠门，没能满足自己的一个愿望，这又算得了什么呢？

母女俩和好如初。

转过年的夏天，于小北顺利地考上了南方的一所著名高校。

临行的前一夜，妈妈把于小北唤到近前，把银手镯戴到了女儿的手腕上。

于小北当时很是吃惊，刚要问妈妈，妈妈却用手势打住她说，那天下午下班前我就买下了它。当时没在你面前买它，是想让你自己悟出一些道理。

听着妈妈的话，看着手腕上的银手镯，于小北恍然大悟，懂得了妈妈的良苦用心，她知道了妈妈当时的行为是向她传递一种信息。

妈妈送给她的成人礼太深刻了，会是她一生的记忆。

于小北这样想。

朋　友

他俩是一对好朋友，这是大家公认的。

他们大学同窗几载，又同期毕业，一同分到这座城市的同一单位。

他俩同住一室，床头挂着相互赠送的条幅。

胖的条幅是：友情像盏明灯！

瘦的条幅是：友情像团烈火！

可见友谊之深，情义之长……

余暇，他俩一起喝酒，一起红着眼睛谈论社会，一起谈论未婚老婆的事。

一日，他俩酒后各自躺在床上，各自望着天棚，各自想着什么。好久，胖子陡地坐起，问瘦子："哎，听说局长在家休病假呢？"

"听说是。"瘦子答。

胖子随口骂："那个干巴老头早死好！守旧。"

瘦子也骂："我送交的那套改制方案硬是不给实行。他活着对社会都是一大损失。"

……

骂够了。俩人一起笑。笑够了，俩人一起睡。

翌日晚饭后，胖子燃着一支烟。烟毕对瘦子说："今晚我有事，去会儿就回来。"

"好。"瘦子答应。

胖子走后，瘦子躺在床上呆呆地想了一阵后，不知怎地，他一骨碌爬起来锁门出去。

瘦子在街上买些补养品，敲开局长家的门，走进局长的卧室。倏地，瘦子的脑"轰"地一下如炸开般，他看见胖子也在这里。

胖子起身冲瘦子笑笑，瘦子回笑，坐下……

他俩一同出来，一同往回走。都低头，都像想什么。一路无语，只是夜晚那凉爽的小风呼呼地刮着。

回到寝室。他俩都觉得昏沉沉的。

"喝酒吧。"胖子说，笑笑。

"喝吧。"瘦子也笑笑。

他俩就喝酒，只一会儿一瓶酒便咕嘟进去。

"知道吗？我到局长家是察言观色，看那个干巴老头儿几时去见上帝！"胖子说。

"我也如此。我此去是施用心理战术，逼他快死。虽拎礼品，可那是实则是黄鼠狼给鸡拜年——没安好心！"瘦子说。

哈哈哈……俩人大笑。

笑够了，他俩又红着眼睛一起骂开了那个干巴老头……

作家与鹅

作家想到一个宁静的地方来完成他的长篇小说。

于是，作家就告别了城市的喧嚣，来到一个叫巴林的僻静幽雅的林区小镇。

作家下榻在一家个体小旅店。

夜里，从阁楼的小木屋内望天上的星星，星星就特别的硕大明亮，清幽高远。

这时，作家的情绪就会特别的高昂。他就会立即抓起笔，开始伏案工作。一夜过去了，有阳光的辉煌漫进阁楼的小木屋。作家睁开疲惫的双眼，简单地洗漱，简单地用餐。之后，作家就又抓起笔，开始伏案工作。

写得挺入神时，作家又突然放下笔，皱着眉头长叹一声。

作家笔下的人物汤四爷闯入大山遇到一条凶恶的野狼，就在这条野狼扑倒汤四爷，那很尖利的牙齿就要咬向汤四爷的喉咙时，作家才放下手中的笔，才皱起了眉。

作家不忍叫苦难了一生的汤四爷就这样被野狼夺去他的生命。

正值作家笔抵下巴费神之际，窗外传来店老板娘从河边牧鹅归来的吵叫声。

老板娘扭动着肥臀赶着鹅。

老板娘抬头看见了阁楼窗口的作家，就对着作家笑笑。

作家也回之一笑。

一只跛脚的鹅落在老板娘的身后，老板娘回身就用牧鹅的柳枝抽这鹅，骂道："你这没用的货，哪次你都落在后面！"

说完，就又用柳枝抽鹅，把鹅抽得"呱呱呱"地叫着。

作家的心一阵紧缩，就跑下阁楼，就对老板娘说："这鹅本来就有疾在身，你怎么还能这样打？"

"打是轻的，过几天我还要宰它呢！"

作家就不语，就走回阁楼。

连续几天，作家也没再写出一个字来。

作家不忍叫苦难了一生的汤四爷就这样被野狼夺去他的生命。

作家这部小说卡壳就卡在这。

作家痛苦不堪。作家到阁楼下打来一盆水，准备洗一洗衬衣，然后返城。

作家把洗完的衬衣晾到阁楼下的衣绳上。返回阁楼，作家燃着一根烟。等这颗烟吸完后，作家突然发现自己手指上的那枚价值可观的金戒指不见了。

作家想：这戒指一定是刚才到阁楼下泼洗衣水时从手指上甩了出去。

作家就到阁楼下的院子泼水的地方去找。

老板娘见到后，就问作家："找什么？"

作家说："不找什么。"

老板娘就又对作家笑笑，走了。

作家也就又回之一笑，走回阁楼。

丢就算丢了。作家想。

翌日清晨，作家收拾行李刚要走，就见老板娘拎着切菜刀要杀那只跛腿的鹅。

作家就挎上旅行包慌慌张张跑下阁楼。

跑下阁楼的作家从衣袋里掏出一张五十元的票子，递给老板娘说："这鹅我买了！"

老板娘拿着这张五十元的票子，喜形于色地说："好，卖你，卖你！"

作家就怀里抱着这只跛脚的鹅走了。

老板娘扭动着肥臀把作家送到大门外。

作家就回首一笑……

到家后的作家，先是弄了食料喂这鹅，可这鹅不吃，且神色蔫蔫，两只眼睛似张似闭。

许是这鹅想它的家，慢慢适应新的环境后就会好的。作家这样想。

然而，出乎作家的意料，这鹅只在这新的环境生活了一夜后的清晨就死了。

作家就找来刀，给鹅剖膛，查找致死的原因。

怎么也不会想到，作家竟在鹅的食道里发现了他丢失的那枚戒指。

是这鹅把戒指吞进食道。作家明白了鹅死的原因。

作家把鹅送到郊外的树林中掩埋了。

回到家后，作家就很惆怅，就苦苦地想。

最后，作家拿起笔写道：

这条很凶恶的野狼扑倒了汤四爷，那尖利的牙齿就要咬向汤四爷的喉咙时，狼突然发现汤四爷那两只浑浊的双眼里有泪水流出。

狼先是挺惊愕，后就一步三回头地走了。

狼终于没有吃掉汤四爷。

后来，作家的这部小说终于没有出版。

出版社的编辑认为，不吃人的狼能叫狼吗？

乞丐与富婆

乞丐每天都在一家大型超市门前向过往的行人行乞。久之，乞丐便知道这家超市的老板是一个女富婆。

乞丐每天都能看见富婆自己驾车来超市。乞丐每天都仰着脸看着从超市门前进出的富婆，于是便有了很想向富婆乞讨的那种强烈的愿望。

每当富婆从超市的门前走出来，乞丐便迎上去，几次欲伸出的手都被富婆那不凡的气质及那一身珠光宝气震慑得缩了回来。

几次对富婆乞讨不成，乞丐几次后悔不迭。

后来，乞丐这样想：自己身为乞丐，饭都吃不上了，还顾及什么自尊和脸面呢？

有了这样的想法之后，乞丐便有了向富婆乞讨的勇气。一天，天正下着大雨，富婆撑着一把雨伞从超市走出，乞丐便顶着雨走向富婆，低着头对富婆伸出了一双手。

富婆先是愣了一下，然后凝神看了乞丐一眼，便从自己很精致的皮包内往外拿钱。当富婆把一张百元大钞拿出来，刚要递给乞丐时，天空突然闪出一道蓝光。这道蓝光闪过之后，乞丐与富婆同时感到脚下的地面一阵松软，瞬间他们便双双被送到一个黑暗的世界中。

不知过了多久，乞丐与富婆同时醒来。富婆在黑暗中感觉到乞丐的那双手紧紧地护着她的头部，富婆的心里就涌过一股暖流。

乞丐把自己的双手从富婆的头部挪开，无意中那双手碰到了富婆的一只手，乞丐发现富婆的这只手里紧紧地攥着什么。这时，富婆动了一下身子，把手里攥着的东西递到乞丐手里。乞丐知道富婆递到他手里的东西是钱。

乞丐明白，富婆递到他手里的钱就是地震发生时要施舍给他的钱。

黑暗中富婆发出一声无奈而沉重的叹息，说："唉，真是生死有命呀！"

乞丐说："富贵在天。"

然后俩人都无语，默默地守着黑暗中那一种令人心悸的宁静。不久，俩人又都沉沉地睡去。乞丐先醒了。醒来的乞丐觉得腹中空空的，口也干渴得很，乞丐便从胸前他挎着的那个脏兮兮的包内摸出仅有的一个面包和半瓶矿泉水。乞丐手里拿着面包刚要吃，却突然想到了富婆，想到了富婆的命比自己的命值钱。想到这儿，乞丐决定把生还的希望留给富婆。

于是，乞丐又把面包和水小心地放回包内。

这时，富婆醒了。醒来的富婆有气无力地问："饿死我了，有没有吃的？"

乞丐说："我这儿只有一个面包和半瓶矿泉水，都是我乞讨来的，你不嫌脏就吃吧！"

富婆说："现在还谈什么脏不脏。"说着她就要抢那面包吃。

乞丐闪开一些说："这面包你每次只能吃两口，因为我们要靠这个面包来延续生命。我们的生命延长一天，生还的希望就会大一些。我相信，会有人来救我们的。"

富婆听后点点头，顺从地吃了乞丐递过来的面包，只咬了两小口。然后，乞丐又让富婆喝了一小口水……这样，当富婆饿得支撑不住时，乞丐便依法炮制，而他自己只是捡点面包渣充饥。

他们靠着这个面包和半瓶矿泉水，在生死线上挣扎了七天七夜。

转来的清晨，乞丐和富婆都饿得昏沉无力。

富婆躺在那里一动不动，气若游丝。

乞丐躺在那里用涩涩的舌尖舔着干裂的嘴唇。乞丐想动一动身子，但是因为没有力气竟动弹不得。

两个人躺在那里等待死亡的来临。

富婆突然用极低的声音问乞丐："你结过婚吗？"

乞丐有气无力地答道："没有。"

富婆又问："你知道女人是怎么回事吗？"

乞丐答："不知道。"

富婆就又问："难道你不想在临死之前知道女人是怎么一回事吗？"

乞丐答："想。"

富婆就说："那就过来吧！"说完把乞丐的手拉过来，放在自己的胸上。

刚才还连翻身力气都没有的乞丐，这会儿突然有了力气。他翻身紧紧抱住富婆。正在乞丐非常投入地亲吻富婆时，突然头顶"哐当"一声，接着便是一道刺眼的白光射进来。乞丐还没明白过来是怎么回事时，富婆却异常兴奋地一下推开了乞丐，说："听，上边的人在救我们！"

白光的缝隙越来越大，当人们把乞丐和富婆救上来时，俩人都已处于昏迷状态，救援的人直接把他们送进医院抢救。

乞丐和富婆在医院里住了半个月。

出院后，乞丐仍做他的乞丐，富婆仍做她的富婆，相互间谁也没有因为这场地震而改变什么。

有一天，乞丐在富婆的超市门前乞讨时，富婆走了过来。富婆看了一眼乞丐，皱一下眉，然后走向乞丐，对他说："走，坐上我的车，我请你吃饭。"

乞丐就坐上了富婆的车。富婆驾车来到市郊的一个"汽车村"饭庄。在饭庄的一个包房里，富婆点了几道菜，然后给乞丐和自己斟上一杯酒，举起杯对乞丐说："来，为我们大难不死干杯！"

乞丐满脸受惊状和富婆干了杯里的酒。吃了饭，富婆买完单后，她从包里拿出一张支票，递给乞丐说："这张票子上的数额足够你享用一辈子了。我希望你拿着它远离这个城市。关于……地震时的事，我希望你能永远失去记忆。"

出乎富婆意外的是，乞丐并没有接受富婆的这张现金支票。

乞丐把支票还给富婆，说："你放心，当那天的一道白光闪过之后，我就对地下发生的事全部忘记了。"

说完，乞丐站起来向门外的街上走去……

"穷　人"

　　妻子常在亲属和家人面前，叨咕我们的日子如何如何清苦，如何如何贫穷。妻子甚至还常在她的父母面前，编造出"我们这个月又欠了外债"的谎言，惹得她的老爹老妈也跟着长吁短叹。这样，我和妻子便在亲属和家人堆里，得到个穷人的称谓。

　　有一次，我和妻子女儿回乡下探望父母。刚一到村口，便被母亲发现，这时就听母亲唤父亲："哎，出来接一下，穷人回来了！"

　　听后，我心里有点不是滋味。

　　到家后，当我把给父母买的一些营养品拿出来，放在炕柜上时，母亲急忙用双手挡着，并说："把这些东西带回去，退了！我们不需要这些东西。我和你爹又不是外人，你们这么穷，总买这些东西干啥！"父亲也在一旁说："是呀，只要回来看一看我们就行了。"

　　正在僵持之中，妻子又开始叨咕开了。

　　妻子说："城里的日子实在不好过，什么东西都很贵，连油盐酱醋都要天天涨价，这日子越过越难呀！"

　　听了妻子的这很不是火候的话，我气急了，对妻吵道："闭上你的臭嘴，这日子叫他妈你咒也咒穷了！"

　　父亲站起，指着我说："你吵什么？你媳妇说的不对呀？"

　　这时，和父母一起过日子的二弟、弟媳从地里干完活回来。二弟插话说："日子过穷了，怨男人没能力，和我嫂子吵什么？"

对父亲和二弟的斥责，我没有解释什么。

翌日，我和妻子、女儿回城时，母亲执意让我把那些营养品带回来。当我们走出村子挺远时，我回望村口，发现父亲、母亲、二弟、弟媳仍站在村口处，向我们招手致意呢！

我的心里一下便涌出一种很酸楚的感觉。

回到家，我对妻子说："你总叨咕穷，不感到晦气吗？其实，我们两个人上班，每月收入三千多元，供养一个孩子，这能说是穷人吗？"

妻子回答我说："算不上穷人，可也算不上富人呀！"

我觉得和妻子辩论不清这个问题，便不与她争辩了……

近一年的时间没有回乡下了。一天，二弟从乡下来到我家。当我见到二弟的第一眼时，心里一惊，二弟怎么瘦成这样？

二弟见我疑惑，就低下头，说："今年春我得了肺病，现在基本治好了。"

我问："怎么没告诉我？"

二弟说："爹和妈不让。"

我又问："为什么？"

二弟："因为你们……你们也不富裕。"

天呀，我猛然间知道了妻子总在亲属和家人面前，叨咕自己是穷人的真正原因了。我握着二弟的手，望着他苍白瘦弱的面孔，很心疼地问："二弟，治病欠外债没有？"

二弟说："欠了一万多元。"

我说："二弟，不用愁，大哥帮你还！"

二弟哽咽着点点头。

二弟走了。当我看到二弟那原本坚挺的腰，被生活的重担压得很弯时，我泪流满面……

怀　念

南方很热。

深秋了，还很热。

这是我对南方最深的感觉。

2003 年的秋天，我飞往南方的一个城市，去探望居住在南方城市里的姐姐。

姐姐家住在这个城市的远郊。姐姐告诉我：虹桥机场就在附近。

于是，姐姐家楼顶的上空，每天便不时地有飞机飞过。

飞机的轰鸣声每天都把人吵死了。

我发现姐姐的一家可能早已习惯了每天飞机从楼顶上飞过，因为飞机的轰鸣声没有引起姐姐全家人面容上的一点点不快。

我有些不习惯，甚至每天听到飞机的轰鸣声，就有一种恐怖感在心里陡然而生。

到姐姐家的第三天晚上，我和姐夫喝了一些酒。酒后，便迷迷糊糊地上床入睡。

半睡半醒之间，就感觉姐姐家的楼顶有一架又一架的飞机飞过，飞机在嗡嗡地叫个不停。

突然之间，我又看到楼顶上空的飞机增加许多，如群雁一般在空中盘旋着。继而，很多架飞机俯冲而下。我又看到从飞机的尾端有一串串的炸弹从空中掷下。

地上，便被炸出一个个炕。

之后，有一大片的楼群被炸得坍塌。整个城市的上空红光一片，城内面目全非。

一时间，弹片横飞，硝烟弥漫。

城内充斥的有被炸开了花的残缺不全的肢体，有瑟瑟发抖的老人孩子无助的哭泣，有衣不蔽体的妇女绝望的嚎叫，有丧家之犬哀哀的狂吠，有入侵者肆无忌惮的狞笑……突如其来的灾难，给整座城市涂上了一片凝重的血色。

战争光临了我们以及南方这座城市。

我很快地跑下楼。我接到上级的命令，为了阻止敌人陆军占领这座城市，我必须炸掉敌人必经的一座桥。

我站在桥下，挺直腰，拉开了炸药包的导火索。火花闪现的那一瞬间，一个熟悉的声音在耳过响起：为了新中国，冲啊！

一声巨响，我被一股热浪冲到一个无名高地上。我又抱住了一个爆破筒，在与敌人同归于尽之前，又一个熟悉的声音在耳边响起：为了胜利，向我开炮……

为庆祝胜利，举国狂欢。

地上，欢庆的锣鼓响彻云霄；天上，威风凛凛的战斗机与之遥遥呼应。

这时，我听到了他老人家的声音：中华…人民…共和国…成立啦！这声音撼动了全世界。

我和战友高兴得手舞足蹈。

在我忍不住大喊大叫之时，睡在我身旁的姐夫推醒了我。姐夫望着怔怔的我，问：怎么了？是不是做噩梦了？

我不置可否。

复又躺下之后，又想起刚才在梦中熟悉再不能熟悉的声音了。

便禁不住潸然泪下。

记　忆

在大学读书时，涛是很爱敏的。初时，敏并不怎么爱涛，原因是嫌涛缺少一种男子汉的硬度。

敏越是拒绝，涛就越是死追不放。涛从敏的拒绝之中，感受到敏的高傲是一种魅力，一种性格，这就更令涛初衷不改，苦苦追求了。

这时，就有人说涛真赖，人家不干还干嘛死缠不放呀！

涛就对人说，这不叫赖，这叫爱情专一；再说，爱情本身就该有一个过程，唾手可得的爱情不叫爱情，那叫娃娃游戏。经过艰难曲折得到的爱情，能给人留下许多值得回味的东西……

涛就又为自己加足劲，在敏面前大献殷勤，耍尽各种招数，终于使敏投入到他的怀抱。

这时，就又有人说涛真卑鄙！真可耻！真下流！

涛就对人说，在爱情的国度里，卑鄙一些，可耻一些，下流一些，这都是合情合理的。人们听后，又都认为涛是一个十分可恶的人。

涛不理会这些，依然和敏爱得死去活来。

不久，大学毕业，涛就和敏结了婚。

结婚后的许多日子里，涛和敏生活得十分和谐。

大概是四年以后，涛突然觉得和敏的生活缺少了一些什么，确切地说是敏的身上缺少了一些什么。涛觉得像敏这种水一样软的女人，太没有自己的性格和主见了。母亲那个年代女人嫁鸡随鸡、嫁狗随狗的恶习，仍在敏的身上不幸地繁衍着。

和这样的女人终生相守，这是不是有些太悲哀了？涛时常这样想。

现在的涛认为敏是一道明明白白又非常易解的难题，太不深刻。涛喜欢深刻的女人，涛喜欢女人像一道深奥的难题，叫男人解不开而又愿意动脑筋去解，这才有味道。

有了这样的思想意识后，涛就十分投入地爱上了一个读哲学的女孩。

涛和读哲学的女孩在家里时，被出差回来的敏撞见了。

撞见的那一瞬间，处于旅途疲惫之中的敏，几乎瘫倒在地上；但是，敏还是咬着牙，坚强地挺直了身子，近前握住读哲学女孩的手，说，谋事在人，成事在天，这都是天意，我祝你们幸福！

说完，敏就头也未回地走了。

读哲学的女孩，望着敏远去的背影，感动地哭了……

不久，敏就和涛离了婚。

离婚后的敏，在某一天的傍晚突发大病，高烧不止，七天七夜后才从昏迷中醒来。醒来后的敏就不是敏了，因为她丧失了记忆功能，对发病前的许多事情都不记得了。敏不认识了自己的父母兄妹，不认识了同事同学。医生说她这病得的突然又奇怪。

后来，一位研究人的记忆功能的专家，来到了敏的床榻旁。专家很认真地观察了一会儿敏的神色后说，敏，你能把你记得住的唯一的事情对我讲吗？

敏就费劲地想，说我只记得一件事。

专家就高兴地点点头。

敏说我记得涛和我恋爱时说过的一句话，他说爱我一生无悔。

专家听后默不作声。

专家离开病房时，眼里涌着泪花。

单线联系

他正在办公室里工作。

电话"铃铃……"地响起来。

他抓起话筒:"喂!"

一个很稚气的童音从话筒里传来:"喂,您是王文叔叔吗?"

"是,你是哪位?"他问道。

稚气的童音就说:"我是不能公开姓名的地下情报人员,有个重要情报向您汇报!"

"请讲!"他挺起腰,挺认真地端正了一下坐姿。

"根据我掌握的可靠情报,您太太今晚六点在'牡丹舞厅'门前,和一个男人约会。"

讲完,对方就放下了听筒。

放下电话后,他如坐针毡,坐坐起起,起起坐坐。

他就想:打电话的这个小孩会是谁呢?妻子和一个男人去约会,能是真的吗?

……

下班后,他一到家就开始注意观察妻子的神态。

妻子的神态果然不同往日。吃完晚饭后,妻子对他说:"碗筷你收拾一下,今晚我有事。"

说完，妻子就匆匆地走了出去。

看着妻子走去的背影，他怒火陡生，心里骂道：竟瞒着我去干那种事！

于是，他碗筷也未收拾，戴上墨镜就匆匆地尾随妻子而来。

到了"牡丹舞厅"门前，他停下脚步，躲在人群之中，偷偷地盯着妻。

果然，一个男人向妻子走来。那个男人到了妻的近前，和妻子握了握手后，就都沉默了。

稍许，妻子竟一下子扑在那个男人的胸前哭泣起来。

他在一旁看得牙咯咯响，拳头握得像涂了黏合剂，久久松不开。

他又向前几步，仔细地瞧了瞧那个男人。这一瞧，如在晴天里听了一个响雷，身心一抖。原来妻子约会的那个男人，竟是妻子离了婚的前夫。

这时，妻子和她前夫臂挽着臂走进舞厅。

他站在那儿，一脸的悲哀。悲哀过后，他就低着头默默走回家。

翌日清晨，妻子刚醒，他就把昨夜写好的离婚书递到她面前，说："我们不要自己欺骗自己了。"

她听后，并不显得怎么惊讶，说："我们早该这样。和前夫离婚后，我就觉得我是离不开他的。"

稍停，她又说："趁着我前夫未娶，你前妻未嫁，我们都各自破镜重圆吧！"

他点点头。

他和她就离了婚。

她和前夫就很轻易地复了婚。

他和前妻复婚不久，领着10岁的儿子去公园游玩时，儿子贴着他的耳朵，小声说："爸爸，你还记得舞厅门前，阿姨和他男人约会的情景吗？"

"记得。"他回答。

　　儿子听后，就显得很兴奋，说："那都是我亲自导演的，是我用电话单线联系上的。"

　　他听后就很惊愕，继而，就眼力盈着泪花，把儿子一下揽在了胸前。

枪　案

郭爱成与陈子和是战友也是好朋友，确切地说，是有过换命之交的那种好朋友。

在解放四平的战场上，郭爱成替陈子和挡过炮弹片；辽沈战役时，陈子和又替郭爱成挡过一枪。

从此，俩人成为胜似亲兄弟的好朋友。

俩人一同转业到地方，被分配到同一座县城工作。

郭爱成被分配到公安局，陈子和被分配到县政府的机要室。当时俩人都是单身，住在一个寝室，上班一起走，食堂一起去。

不知从哪一天开始，陈子和的身边多了一个扎着两个羊角辫的姑娘。

陈子和对郭爱成介绍说："她叫许玲，是我们机要室的机要员。"

陈子和介绍完之后，郭爱成的眼睛就很快地在许玲的全身上下扫了一遍。

扫完一遍后的结果，让郭爱成不由得在心里暗自赞叹：一个漂亮的好姑娘！

郭爱成就问陈子和："她是你对象吧？"

陈子和红着脸忙辩解说："不是，许玲只是我的同事。"

一边的许玲低下头，脸也红起来……

之后，两个好朋友之间又多了一个朋友许玲。三个人一起出入食堂，偶尔还轮流做东，去县城里的小酒馆。

许玲不会喝酒，就坐在他俩的对面，看着他们喝酒，听他俩讲打四平和辽沈战役的往事。

有一天，他们三人又在一起吃饭时，陈子和突然对郭爱成说："爱成，我向许玲求婚了，她答应嫁给我。"

这一消息的宣布，挺让郭爱成吃惊的，他看了一眼许玲。

许玲便点点头，羞着脸补充说："嗯，我们很快就要结婚了。"

听完许玲的话后，郭爱成当即举杯："来，我先祝贺你们！"

郭爱成又把脸转向许玲，说："你的眼光没错，子和是个好同志。"

许玲听后，又羞着脸低下头。

不久，陈子和与许玲在县政府的食堂举行了简单的婚礼。

婚礼过后，在许玲发糖块的间隙，郭爱成把许玲叫到一边，很亲昵地摸了一下许玲的手，说："许玲，其实我也喜欢你，只是没有子和那种勇气，向你求婚。"

许玲听后，先咯咯地笑，然后说："幸亏你没求婚，求婚我也不会嫁给你的。"说完又咯咯地笑着跑走了。

郭爱成双手抱肩，皱着眉看着许玲走去的背影。

那一刻，郭爱成好像还在许玲的背影中，看到那两个羊角辫仿佛在往上翘。

转过年的夏天，许玲生下一男孩，陈子和喜不自禁，给儿子起名陈跃进。

郭爱成买了一斤红糖，送给陈子和许玲，算是给许玲的月子礼。

一天下午，郭爱成和陈子和一同去参加县里大修厂的炼钢义务劳动。搬了一下午的铁，俩人都累得腰酸腿乏。

傍晚，劳动结束时，郭爱成就提议说："子和，今晚到我那喝酒去。"

俩人是在郭爱成的寝室喝的酒。喝着喝着俩人都喝热了，郭爱成解开衣服扣子散开怀儿，还把手枪放到了桌上。

期间，俩人你去我回的上了几次厕所。

喝到最后，俩人才发现，桌上的那支手枪不见了。

俩人顿时酒醒大半，在屋内各处翻找，终未找到那支枪。

公安局的值班室内，值班人员做了案情登记后，并立即把情况通过电话向公安局长做了汇报。公安局长指示，立即组织警力，保护好现场，查找丢失的枪。

警员们折腾到天亮，也没有找到那支丢失的枪。

公安局成立了枪案调查组，开始对郭爱成、陈子和隔离审查。

审查时，郭爱成其他不说，只说一句话："我还能自己偷自己的枪啊！"

这样，调查组便把审查的重点放到了陈子和的身上。

陈子和也是其他不说，只说一句话："我没有偷枪。"

审查无果，最后经组织研究决定：郭爱成留职察看，陈子和被开除公职，遣送农村老家。

许玲为了爱情，毅然辞职，跟着陈子和回老家种地。

陈子和夫妇临行的前一晚，郭爱成在一家小酒馆给他们辞行。

酒桌上，郭爱成向陈子和夫妇就丢枪一事表示了歉意。

陈子和说："不愿你，这都是命啊！"

……

岁月如流水，一晃十多年流过去了。

已成为公安局长的郭爱成，每天都被"革命小将"推到大街上游行批斗。

没完没了的批斗，让郭爱成心力交瘁，痛苦不堪。

一天夜里，郭爱成趁人不备，简单收拾一下东西，便偷偷溜出县城，走在了去往陈子和家的路上。

到达陈子和家时，已是第二天的午后。

战友重逢，悲喜交加。

郭爱成望着陈子和夫妇一脸憔悴的面容时，他突然大声哭了。

三个人又像当年那样，许玲坐在他们的对面，看他们喝酒，听他俩讲打四平和辽沈战役的往事⋯⋯

一声枪响，打破了村子黎明前的寂静。

陈子和、许玲被枪声惊醒，他们急忙穿衣朝枪响的方向跑去。

在村东头的田地边，郭爱成用手枪结束了自己的生命。

陈子和发现，郭爱成手里握着的那支枪，竟然是当年丢失的那支枪。

陈子和很吃惊地站在原地想半天，也没想明白是怎么回事。

此时，许玲好像突然明白了一些什么。

至此，1958 年的枪案，十年以后才得以真相大白。

红　绸

老两口在镇上开了一个煎饼铺。

镇上的许多人都拿着各种粮食，来老两口的煎饼铺兑换煎饼。

老两口每天都忙个不停，男的一张张摊煎饼，女的一下下拉风匣。

应该说生意做得还是不错的。

尽管这样，老两口的日子仍然过得紧巴巴。

什么原因？就是孩子太多，七个，都是一顺水生下来的。

因此，老两口在忙完一天后，经常坐在煎饼铺的灶台旁长吁短叹。

那个年代，都跳忠字舞，老两口也跳。

所不同的是，老两口每天跳完忠字舞，必到镇上江边扭一段大秧歌，唱几句二人转：看看我爹我娘我的老丈人儿……呀呼嗨呀……

老两口边唱边舞动手中的红绸。红绸在空中如龙翻滚，老两口的碎步、腰段儿也扭动的那个欢快呀！

镇上的人们看后，无一不掩鼻而笑。

就有人说：得瑟个屁，穷的那个鸟样，还有闲心扯这犊子！更有人说：真是心大，快穿不上裤子了，还扭呢！

当然，这些闲言老两口都听到了。

只是，老两口当没听见，依然每天去江边扭秧歌，唱二人转。

一次，老两口正扭得兴高采烈时，女的忽然蹲下，像是腰拧了。男的急步上前，但"哎哟"一声也蹲下了。女的腰拧，男的脚崴。

这样，老两口就都不出煎饼摊了。在家养腰养脚。

镇上的人来家看老两口时，就说：以后别再扭了，岁数大不禁折腾了。

老两口听后，理直气壮地回答：这苦日子，不扭做啥去？

来人听后，哑言。

老两口伤好后，又开始每天都去江边舞动红绸。碎步、腰段儿依然那么欢快。

不久，男病，医无效，走了。

又不久，女终日郁郁寡欢成疾，也走了。

江边上突然没了红绸的舞动，人们心里才突然觉得像缺失了什么。

于是，人们开始怀念江边上有红绸舞动的那些日子了。

药　壶

阿东居住的地方是个贫困的小村，偏僻，四面环山。

阿东考上大学那年，全村人的心沸腾了些日子。村委会除了杀了一头猪之外，还奖励阿东二百元钱。

村主任说："咱这村儿啊，自打我记事儿起，就没出过一个大学生，这回阿东可给咱们村提了精神气儿了，带了个好头啊！"

让阿东感动的是，阿东上大学走的那天，村里的七爷把自己平时积攒下来的五百元钱，掏出来塞到阿东的手里。

阿东执意不要。

七爷就生气了。七爷对阿东说："阿东，这钱你要是不要，就是瞧不起你七爷！"

看着七爷真生气了，阿东就收了这钱。走时，阿东跪下，含泪给七爷磕了两个头……

时光暗自流逝，匆匆间阿东大学毕业了。

阿东不负村里人的厚望，毕业后没有留在城里工作，他又回到了这个小村，他要在村里办一所小学，不再让村里的孩子走他"趟过一条河翻过一座山"地去镇上读书的老路了。

阿东回到村里后，就把办学的想法和村主任说了。

村主任赞成阿东的做法，并答应把村委会的一间库房腾出来做教室。

就在这时，阿东爷爷的哮喘病犯了，阿东就把筹办学校的事暂时搁置下来了。

阿东去镇上给爷爷买了几副中药。回到村里后，阿东从七爷那儿借来药壶，给爷爷熬药。

喝了几服药，爷爷的病就好了，阿东把药壶还给了七爷。

阿东去给七爷还药壶，前脚刚走，后脚七爷就气哼哼地把药壶狠狠地甩到挨着后窗的那条河里了。

几日后，爷爷不见了那药壶，便问阿东哪去了。

阿东告诉爷爷药壶还给了七爷。

爷爷听后，一下瘫坐在地上。

爷爷气怒怒地指着阿东，骂道："你个混蛋，读书怎么倒读糊涂了？咱们村里多少年的规矩你也不是不知道，借什么东西都能还，就是借药壶不能还！"

爷爷叹了口气，又说："知道吗？你还的不是药壶，你还给七爷的是晦气呀！"

阿东不能与爷爷争执理论，便走出了屋去……

事有凑巧，就在阿东还给七爷药壶的当天夜里，七爷突发脑溢血死亡。

安葬完七爷后，村里人开始在背后数落起阿东来。

有人说：阿东怎么能还七爷药壶呢？这么不懂规矩，还是读书人呢！

还有人说：这个阿东怎么能这么做呢？七爷待他也不薄啊，当年他上大学的时候，七爷还给过他五百块钱呢，真是不仁不义！

此时的阿东，无心与他人争论，他内心里只是很怀念七爷。

阿东准备找木匠做教室的桌椅板凳时，被村主任阻拦了。

村主任对阿东说："这个学校你不用办了，村里人都说了，谁家的孩子也不愿以你为师。一个不仁不义的人怎么能教出好学生来？"

阿东听后，一脸的茫然，不知道说什么好。

几天后，阿东来到七爷的坟前，把一个新药壶置放在七爷的坟上，然后跪下来，含泪给七爷磕了两个头后就走了。

不　染

　　高三生杨直，清华、北大任他选。

　　老师和同学都这么认为。

　　但杨直家的邻居们不见得这样认为。

　　杨直的爸爸或妈妈每次开过家长会，回到家里就急不可待地支起麻将桌，还一边不迭声地叫："开这长的大尾巴会，耽误穷人半天工。"

　　被人连坐几庄，又抱怨："瞧瞧，这个背点，运气都让家长会磨叽没了。"

　　杨直家住平房，大门永远敞开着，隔着几条路的邻居无聊了也会奔来，图个热闹，在家不被允许抽烟，但在杨直家可以。

　　在杨直家几乎没什么不可以，包括男人女人不忌口的打情骂俏。

　　话太不能上台面时，有敦厚些的邻居朝着杨直的小房间努嘴。

　　杨直家是老少屋，他住一小间。

　　杨直和父母房间的屋门隔着一个开放的厨房，但是屋内却仅有一道薄墙间壁，上面还有一个玻璃窗，不隔音，甚至烟气和人窝出的臭气都会从玻璃窗缝隙挤到小屋来。

　　杨直的妈妈咯咯地笑："你们随便'唰'，我儿子听不见，他学习的时候什么也听不见。"

　　如果正赶上爸爸和了，他一推"砖墙"说："看杨直了吧，那就是未来清华大学生的风采。"

邻居们心里狐疑，这环境能出清华大学生？不瞎扯呢吗？

当然邻居们是看着杨直长大的，公认他是个好孩子，有人甚至气愤不过说，杨直简直就不昃这对狗男女生的！

事实上，杨直的父母从来就没有在正道上走过，过去的不说，就说现在，他们等于在家里开着一个最为低级的赌场。除了自己参与赌博，还抽红。小小的屋子炕上一桌，地上两桌，每天二十四小时几乎连轴转。

赌客们弄到深更半夜时，杨直的妈妈就给他们煮面条。现成的挂面，吃一碗十元。半夜赌客们自带的香烟抽没了，所有的小铺又都歇了，杨直的爸爸就拿出五元一包的香烟，按支出售，一只五元。

两口子全下岗，吃着低保，心思都用在麻将上，骗几个昧良心的钱，过着不死不活的日子。

邻居老太太说起杨直就叹息："这孩子，天养活的。"

杨直有时听到了也不说什么，礼貌地笑笑就走过去了。

杨直心里想他吃饭现在还要靠父母养活，但自己的心灵自己一定要"养活"。

杨直高一军训时，由于没有早饭吃，训练强度又大，晕倒了。他知道这样不行。虽然从小到大他几乎没怎么吃过妈妈做的早饭，但他知道高中之后绝对不行，杨直开始自己做早饭。

几天的工夫，杨直能熟练地做饭了，自己吃好，爸爸妈妈起床之后竟然也吃上儿子温在锅里的饭菜了。

惹得邻居老太太又叹息："我这话放在这儿，将来那两口子必是借上儿子的大光了，等着吧，吃香的喝辣的享福。"

偶尔得闲，杨直会径直奔胡同口吴爷爷摆的象棋残局，坐在吴爷爷的对面，一眼不眨地盯着棋盘。吴爷爷就一眼不眨地盯着杨直黑发浓密的头顶，悠然道来："贵人不顶众发。"

"我的头发很多。"杨直仍低着头。

"哈哈，孩子，这'众'字你道是'多'的意思？非也，说的是不顶着一般俗人的头发，不囿于一般俗人的困难！"

杨直抬起头来，目光炯炯地看着吴爷爷，两人就那么对望着，在彼此的眼睛里看到了自己。

转眼两年过去，杨直迎来了高考。

写高考作文时，根据材料，杨直本打算写一篇议论文，用著名的"天将降大任于斯人也，必先劳其筋骨……"做论据，就在要落笔时，突然想起一件事，这件事让他改变主意，写成了一篇感人的散文。就在这个春天，杨直在小河边背单词，偶然看见一棵芽儿已经破土，但不幸的是，这颗种子天命使然落在一块石头下面。杨直心一凛，下意识伸手要拿开那块对于芽儿来说巨大的石头，但杨直终于还是把手停在了半空中。以后几天，杨直每天早晨必去看望那棵芽儿，他忧心忡忡地担心它会夭折，但第四天奇迹出现了，芽儿竟然掀翻了背上巨大的压力，并脱胎换骨，由一棵鹅黄羸弱的芽儿变成一棵翠绿茁壮的苗儿！

杨直的作文几乎得了满分。

杨直实现了自己人生的第一个梦想，考入了清华大学。

当然，杨直考入清华大学，并不仅仅依靠他的满分作文。

路　途

第一次用眼泪欺骗女人，是在我15岁那年春天。

我爸爸、妈妈都是当地有名的赌徒，尤其是爸爸。爸爸年轻时，是称霸一方的赌王。妈妈曾用一生的代价做赌注，把自己押在赌桌上，来和爸爸一争高低，结果，妈妈输了。我年轻美丽的妈妈，只好嫁给我这个长相不济而又跛脚的爸爸。

有时，跛脚的爸爸就挺自豪地对我说，你妈妈是我从赌桌上赢回来的，这才叫本事。

这时，妈妈就忧郁着一张美丽的脸，像对我又像自言自语地说，人生最关键的那几步，叫我自己走错了，这叫命！

我出生在以赌为业的家庭，又能受到什么样的熏陶和教育呢？！只能是子承父业，青出于蓝而胜于蓝了。

7岁开始坐在父亲的膝盖上看纸牌，9岁成为妈妈麻将桌上的助手，12岁独立和大人赌钱，13岁就有了小赌王之称。

俗话说：山外有山，人外有人。15岁那年的春天，我和一个外来的男人对赌。经过5天5夜昏天黑地九九八十一回合的较量，我终于惨败在这个大我十几岁的男人手下。

我承认这个男人是高手，赌技胜我和爸爸一筹。

爸爸和妈妈多年的积蓄，让我在几天之间就输个精光。在家里，我不敢看爸爸和妈妈那发蓝的眼神，就从家里走出来。

15岁那年的春天，一个稚气未脱的少年，便开始出现在一座陌生城市的街头、车站、码头。

我乞讨的目标是30至40岁的女人。见到这个年龄段的女人，我就以一个流泪男孩的稚嫩和虔诚对女人说，大姨，我的钱没了，回不去家了，能给我一点回家的路费吗？

许是女人天生见不得眼泪，见我这样说，就都很慷慨地掏钱，来资助我这个归家上路的少年。

我在这座城市奔波流浪一年后，用捡来的一个满是油垢的兜子，装着钱返回故乡。

回家后，我把这钱交给爸爸妈妈。爸爸妈妈望着这钱，兴奋地问我，哪来的这多的钱？

我说，赌来的。

爸爸听后，猛地拍一下我的肩说，好小子，有本事！

这时，我的眼里充满了泪水。

24岁那年，我再次用眼泪欺骗了一个女孩。

女孩叫玲子，是我家的邻居。

24岁，开始思谋婚姻大事。然而，邻里的女孩哪个敢跳进我这个赌王世家的火坑？

我想到眼泪对于女人的效果，便开始主动追求玲子。

我跪在玲子面前，眼泪流了一大串说，玲子，你要不嫁我，明天我就去自杀。

果然，玲子受到眼泪的感动，扶起我说，嫁给你可以，但你必须戒赌！

我说，可以，只要你嫁给我。

然后，玲子拿出纸和笔，叫我和她签了"结婚后再赌就离婚"的条约。

一年后，我和玲子结婚。

又一年后，玲子生一男孩，挺漂亮，像玲子。

我和玲子过着"男耕田、女织布"的那种平静的生活。

一天，以前的赌友狗子来告诉我，10年前赢得我离家出走的那个男人又来了。听后，一种雪耻复仇的念头涌上心。

我瞒着玲子，随狗子进了赌场。

又是几天几夜的较量，我终于赢了这个男人。当我拖着疲惫的身子走回家，把赢来的钱交给玲子时，玲子把钱扔了。

玲子疯一般冲上来，气愤地甩给我两个嘴巴，然后骂我一句，你不是人！

再然后，玲子坚定不移地执行了我们当初的条约：离婚。

离婚后的我，心里虚空无边。

于是，在27岁生日那天清晨，我再次离家出走，再次回到我15岁那年春天流浪过的那个城市。

我抵达这个城市的那天傍晚，在过火车站附近天桥时，我被一个算命老人拦住。老人说，先生印堂显暗，一定烦事缠绕在身。

我就叫老人给我算一命。老人抚摸着我的手掌，突然对我说，小伙子，你欺骗过很多善良的女人。

我大惊点头。接着我把用眼泪欺骗女人的事情，对老人说了一遍，还告诉老人，我的人生路途总是有些弯路，求他指点迷津。

老人听后，笑了笑说，你的命不用算了。记住我的一句话：见善如不及，见不善如探汤。你按照这话去做，前程似锦，逢凶无咎，否则会遇灭顶之灾。

老人把话的原文意思也解释给了我。

后来，老人的这句话，时时警醒着我，犹如一副良药伴随左右。

多年以后，我的事业成功，玲子告诉我，她当时就在卦摊附近的角落里盯着我，那个算命老人是她花钱雇用的托。

高老师

离开故乡那个矿山小镇已近二十多年了，无论时间怎样流逝，故乡的许多人和事，都让我不能忘怀。随着岁月的积淀，那些人和事在脑中愈发清晰起来。

其中，高老师便是我经常想到的一个人。

高老师矮胖身材，圆脸，很白，乌黑的头发卷曲着，打着弯儿，像一堆问号排列在头上。高老师经常着灰色的确良中山装，脚上的一双黑色皮鞋永远擦得那么锃亮，鼻梁上近视镜的镜片厚得跟瓶子底似的，一副纯正的知识分子形象出现在公众的视野。

每逢走路遇到人，高老师镜片后的那双眼睛总是先堆起笑，然后说话。

说起高老师到我们矿山工作，还颇有些戏剧性。我们的矿长在出差的火车上认识了高老师，当听到高老师说自己是辽大中文系毕业的，又看到高老师从挎包里拿出那个盖着钢印校戳的毕业证书时，矿长便动了心思。当时，矿山正是初建时期，缺少各方面人才，矿长就想把高老师作为招贤纳士的人才，引进矿山。

为了试探高老师的"功夫"有多深，喜欢古诗词的矿长，有意和高老师在火车上"玩"起了古诗词。

高老师背诵了李白的《将进酒》，一字不漏，朗朗上口，声声有力，让矿长领略了高老师的真功夫。

矿长当即拍板说：高老师，下了火车你跟我走，到我那个矿山工作。

高老师疑惑着问：您说了算？

矿长回答说：我是矿长，我不说了算，你说了算啊？

这样，高老师就和我们的矿长，来到了这个矿山小镇。

矿长把高老师安排到矿上子弟学校当语文老师。

高老师到矿山时，已经四十多岁，但没有结婚，单身一人。矿长就把离了婚、也是子弟校老师的齐淑梅介绍给高老师，两个人成了家，住进了矿上给分的家属房。

高老师不负矿长厚望，讲了半年课后，声名鹊起，讲课的水平在矿区被人口口相传，热烈称赞。

矿长呵呵笑着说：这就好，我们矿山的子弟不愁不成材了！

时间像风一样奔跑着。转过年的春天，阳光把矿山小镇路上的、房屋上的白雪融化了，一冬的肃杀冷瑟似乎在一瞬间踪影皆无。

高老师走在小路上，他的影子在他的右前方，被阳光拉得很长。高老师的步子迈得很急，仿佛是想捕捉一直在他前面的那条很长的影子。高老师用这种很急的步子，走进了矿长办公室。

矿长见了，忙站起，让座斟茶。

高老师掏出手帕，把脸上的汗擦净后，镜片后的那双眼睛先笑了笑，看着矿长说：矿长，我不想在学校工作了。

矿长问：为什么？

高老师回答说：学校里的这些老师太阴，我弄不过他们。

矿长听后，把茶杯向高老师面前推了推，说：怎么个阴法？你详细说一说。

高老师不慌不忙，他拿过杯掀开盖，用杯盖拂了拂漂在上面的叶子，然后把杯子凑到嘴前，"嘘"地啜了一小口。

放下茶杯，高老师对矿长说：事情是这样的，学校要往矿教育科上报优秀骨干教师，我们语文组的六名老师，上午坐在一起评选，经过大家的讨论，一致同意把我排在第一名。我以为稳妥了，便离开去了趟厕所，谁知道从厕所回来后，我由第一名变成了最后一名，这不明显是阴吗！

矿长听后哈哈大笑，说：你没必要较这个真，你在矿区人们的心中，已经是真正的优秀骨干教师了。高老师似乎没有理会矿长的话，又说：我是真不想在学校工作了，我想到矿宣传部工作。

矿长刚要说什么，高老师怕矿长制止，忙抢话说：到宣传部工作，我可以写咱们矿上的好人好事，还可以写咱们矿工有力量，向省报投稿发表。

矿长想了下说：也好，你先回去，我和党群部门的领导先沟通一下。

高老师站起来，镜片后的那双眼睛又先笑了，说：那就谢了！

几天后，高老师就接到了矿人劳科的调动通知，到宣传部上班了。不久，高老师的一篇散文《我们矿工有力量》在省报发表，矿区上下一片喝彩声，高老师是我们矿上第一个在省报发表文章的人。

那时，我正在井下当岩工，三班倒后的业余时间疯狂地写小说，想用文学来改变自己的命运。我写了很多小说，但都被退稿。苦闷之时，我想到了高老师，何不拜他门下求得写作的真经呢？听人说，高老师喜喝酒，我便到商店买了两瓶酒，然后去了高老师的家。

高老师听了我的拜师来意后，镜片后的那双眼睛笑得更加亲切，表情也羞涩起来，说：哪里敢称师，我们共同切磋学习，好吧？

从此我和高老师的接触便多起来，每写完一篇小说便拿去请他指正。高老师在看过我的几篇小说之后，挺认真地告诉我说：建议你今后先把小说放一放，写点短文练笔，等文字功夫扎实了，再操持小说。

我听懂了高老师的话。高老师的言外之意，依我目前的功力，还不足以应付小说。我听从了高老师的建议，开始写一些短文。

和高老师交往的那段时间，是我人生最珍重的纪念。

从高老师那里，我知道了契诃夫、托尔斯泰、雨果这些写小说的大师。一次，我请高老师喝酒，酒酣耳热之际，高老师对我讲起了这些大师们的作品。末了，高老师对我强调说：读这些大师的作品，会让你终身受益。可惜，我出来时走得急，那些书一本都没带出来，现在想来真是有些遗憾。

这些话我有些没听懂，问高老师：出来时为什么走得那么急？

高老师见我这样问，愣了一下神，忙收住改了话题：来，咱们喝酒，只有酒才能让人达到极致的仙境。

在高老师的指导下，我的几篇随笔小文陆续见诸省城报刊，这对我后来的创作得以成功起到了不可低估的推动作用。高老师成了我内心十分敬仰的人。就在我的创作渐入佳境时，高老师出事了。那天，我上夜班刚下班，高老师的爱人齐淑梅就急匆匆跑到我家告诉我，高老师被辽宁来的警察给抓到镇上派出所了。

我惊讶问，为什么抓高老师？

齐淑梅摇了摇头。

我就忙说，这么大的事怎么不去找矿长啊？

齐淑梅站在那里，反复搓着一双手说：找了，矿长出差了。

我和齐淑梅一起来到派出所，要求见一眼高老师。高老师被关到另外一个屋子，无论怎么说，辽宁的警察就是不让我们见。

我和齐淑梅快快不乐，各自回了家。

高老师被辽宁警察带走后的几天里，我一直心有不甘，想探究高老师到底是因为什么被抓。

我岩工班的一个哥们，和我平日里相处不错，他姐夫是镇派出所的副所长，便求哥们去派出所打听一下高老师被抓的一些情况。哥们从派出所回来后告诉我说：我问了，高老师原来不姓高，姓冉，我姐夫说冉冉升起的冉，辽宁法库人，在那边杀了人，是在逃犯。

我听后，很惊讶：什么！杀人？高老师是杀人犯？这么有才华的人怎么可能会是杀人犯？

这个问题，一直困扰我，直到二十多年后的今天，也没有答案。

十 年

十年后，还是在那里，在那个熟悉的老地方，他和她又见面了。

此时，天色刚刚进入黄昏，紫丁香正艳艳地开着，花香袭人。

他和她身后那座古老的教堂里又传来了那首熟悉的《圣母颂》，曲调优美动听，这曾经是他们都非常喜欢的一首小提琴曲。

生活在过去的十年中似乎已走了很远，可是，看到眼前的一切，让她感觉他和她之间的故事仿佛只是发生在昨天。

他问："怎么样，一切还好吧？"

她回答："还好，孩子大人都好。"

她不知道自己为什么要在这时强调孩子。其实，她已经离婚，孩子判给了男方。

他说："你一点儿都没变，还是那个样子，连说话的腔调都没有变。"

"是吗？看来我还没有自己想象的那么老，也许你是单挑好听的说吧。"

"你不是不知道，我一向不会恭维人，到现在也没学会，是实话实说。"

他看着她，目光里有了岁月的内容……

离开教堂后，他提议再随便走一走。

她孩子似的跟着他走，走过的那几个地方是他和她上大学时最爱闲逛的地儿。依稀记得在这几条街上有他和她经常光顾的一个很老的新华书店，一个卖音像制品的小店，一家极有特色的桂林米粉店，一个名叫丑丑的冷饮店，还有一个叫卡嘉的小小的西餐厅。

几条街走下来，发现除了那家很老的新华书店依然健在，其余的几个店，有的早已不知去向，有的已改换门庭，做起了别的生意。

他自言自语般地念叨着："都变了，也难怪，十年了，不变才怪呢！"

他和她选了一家东北菜馆。

接下来的晚餐时光，他和她吃得很愉快，聊的也很愉快，回忆起很多往事，甚至还喝了一点酒。

在酒的作用下，他的话渐渐多了起来。他说这些年不论是在顺境还是逆境，他经常会想起她，想起他和她的大学时那段恋爱时光，那是多么开心美好的一段时光啊！

他还说："只是那时候我们都不懂得珍惜，动不动就怄气。后来，果然因为一件在现在看来根本算不上事儿的事儿分手了。"

她说："别再提那些事了，今日能相见已经是不小的缘分了。托老天的福，我们现在不都很好吗？"

从外表上看，他发展得很好很有气象的样子。

于是，她便问："工作和生活还算顺心吧？"

他说："还算可以，在一个中外合资的企业当副总，年薪五十万。"

接着，他又问她："你的工作也算满意吧？"

她答："还算行吧。在一个学校当校长。"

她想不明白自己为什么在他面前再次撒谎，她刚被学校裁员待岗。

沉默一会儿，他拿出一件礼物，执意要送给她。

礼物是一条很珍贵的海洋之星钻石项链。

她就忽然想起，当年他说过要送给她一件这样的礼物，不想，十年过去了，他竟然还记得。

她想如果当场拒绝，他一定不会答应，便将这件礼物放进了自己的手袋。

结束了晚餐，他和她走出餐馆。

他求她再多陪他待一会儿，她不忍心拒绝，便陪他去了他下榻的宾馆。

走进宾馆的房间，他不由分说，一下子从后面紧紧地拥住了她，然后用滚烫的双唇试探着吻她的脸颊。

她说："你喝多了，快去洗把脸吧！"她轻轻推开他，然后坐到了沙发上。

他就进了洗手间。

他走出来，为她倒了一杯水，端到她的面前，然后坐到她的对面静静地看着她，一句话也不说。

她只好对他说："好吧，你先去洗澡，我在这里等你。"

听了她的话，他不禁喜出望外，拿好东西准备去冲澡，走到洗漱间的门旁，他忽然转身看了看她，目光温柔如水。

可是她知道，她是不能留下来的，她不想再折腾彼此的感情了。

走时，她把他送给她的钻石项链放到了他的枕下，然后悄悄地推开房间的门，离开了宾馆。

走在街上，她的手机铃声响起："十年之前，我不认识你你不属于我，我们还是一样陪在一个陌生人左右，走过渐渐熟悉的街头。十年之后，我们是朋友还可以问候，只是那种温柔再也找不到拥抱的理由……"

她不看手机，就知道一定是他打来的。仿佛天意，是陈奕迅的《十年》，他竟一语成谶。

秋　天

在郸城，"大台北熟食店"的酱猪手是最受人们喜欢的。

这个店的猪手吃着香气溢口且又劲道，很讨郸城人喜欢。因此，大台北熟食店在郸城颇有名声。

站柜台卖猪手的是个女孩，名叫晓婉。记不得从什么时候开始，晓婉发现了一个女人也到这里来买猪手。

按说，顾客到店里来买猪手，这是很正常的，不存在什么发现或不发现的事情。有了这种发现，是因为女人每次到这里来买猪手的时间的规律性，让晓婉感到很奇怪。

女人每次来买猪手的时间大都是在每个月的最后两天。

女人的这种准确的、毫无偏差的规律，让晓婉从心里有了一种好奇的探寻，很想知道女人为什么偏偏喜欢在这两天里吃猪手。

女人年纪在四十岁左右，一身职业装利落得体。

女人高挑个子，脑后盘发髻，修长的脖子和修长的身材笔直挺拔。在晓婉的印象里，女人的每次来去，都是踏着一、二、三的节拍，十分高傲的节奏。这让晓婉对她望而生畏。

因此，晓婉几次想问女人的话，一直没敢问出来，搁在心里是个谜。

女人每次来都告诉晓婉，挑一个大的猪手，她只买一个。

女人说话的时候，并不看晓婉一眼，她只看猪手。

这让晓婉心里很不舒服。

不舒服也要为女人服务，这是晓婉的工作。

晓婉就用夹子从货盘儿里挑出一个大些的猪手，装入食品袋放在电子秤上。

每当这时，女人便从晓婉手里要过夹子，拨开食品袋，优雅地点一点猪手，像是判断成色。

做着这些时，女人也不看晓婉一眼，她仍只看猪手。

晓婉从认识这个女人开始，就没见她对自己笑过，这让晓婉感到只要女人来买猪手，周围便一下变得冰凉，甚至连空气都是冰凉的，晓婉觉得自己的动作都变得僵硬起来。

渐渐，晓婉开始惧怕这每个月的最后两天来临。

又一个月底，女人又是踏着一、二、三的节拍走进店里。

女人是右耳贴着手机说着话走到晓婉面前的。

女人依然不看晓婉，只用手指了指猪手。

晓婉领会女人的手势，按惯例给女人挑了一个大一些的猪手，装入食品袋放到电子秤上。

女人还在通话，哦，火车晚点了，没关系，我等你一起吃。

女人通话结束后，顺手把手机放在柜台上，拿过晓婉手里的夹子。

女人拎着猪手走了。大约过了十分钟左右，女人又折了回来。

她依然是眼睛向上问晓婉，我手机没了，是不是忘到你这儿了？

晓婉摇摇头。女人便不再问，走了。

记不得从什么时候开始，晓婉突然发现那个女人不来买猪手了。

女人的那个规律，不知道被什么打破了。

晓婉的心里有了隐隐的快意。

可是有一天，仍是月底的最后两天，女人又来了。

这次，女人没有对晓婉发出要买一个猪手的指令。

女人站在柜台前，看着猪手许久，眼里便有了泪花。

女人刚要离去时，晓婉终于鼓起勇气问，大姐，怎么不买猪手了？

女人回头，眼里一片茫然说，他再不回来了！

说完，女人第一次没有踏上节拍，慌乱着步子，走出去了。

望着女人走去的背影，晓婉的心里突然有了一种莫名其妙的哀伤。

不久，晓婉就离开了大台北熟食店，去了一个谁也不知道的地方。

晓婉走的时候，正是这个城市的秋天。

尾 随

读大学的时候，成一喜欢上了一个同班女孩，她叫米莱。

米莱长得很漂亮，浑身上下散发着一股灵动之气。她的一颦一笑一举一动，浑然天成，没有一丝做作。

也许一开始成一是被米莱的美丽外表所吸引，但是后来的日子，成一发现米莱身上能够吸引他的地方还真不少。

米莱性格奔放，天性善良，富有同情心，她经常把自己的零花钱节省下来，用于接济有困难的同学。

当然，成一的这种喜欢，还只能说是暗恋式的一厢情愿。

有几次，成一鼓足勇气想当着米莱的面，把对她的爱表达出来，可话刚到嘴边就又咽了回去。

成一怕遭到米莱的拒绝。

成一真的是栽进了米莱那双深不见底的眼眸中了。

成一每天都要偷偷躲到米莱看不见的地方，瞧上她一会儿。

后来，成一学会了尾随，尾随米莱。

特别是晚饭后，米莱身着白色碎花连衣裙，长发简单地拢着一个马尾，素面朝天地在校园林荫路上悠闲散步的时候，成一便在后面尾随。

尾随时，成一的心中像只奔跑的小鹿。

成一担心自己的这种不光彩行为，会被米莱发现。

果然，有一天米莱正走着时，突然回转身向成一走来。

成一有些惊慌，躲是已经来不及了，但他很快就镇定下来。

米莱问："成一，你每天跟在我身后做什么？"

显然是米莱早就发现了成一在尾随她。

成一被问得满脸通红："你误会了，我只是……凑巧和你……同路而已。"

米莱反剪着双手说："你如果承认尾随我，是出于爱慕的话，我可以考虑原谅你一次。"

米莱不轻不重地吐出这样一句话。

事已至此，成一只好大大方方承认了自己对米莱的暗恋。

米莱听后说："谢谢你的诚实。"

后来顺理成章，米莱成了成一的女朋友。

毕业前夕，米莱有一次去书店时，遇到了男同学皮皮。皮皮和成一自小在一个村里长大，又是一同考进这所大学成为同班的好朋友。

当时米莱想，最了解成一的人应该是皮皮。

于是，米莱就问皮皮："成一这个人的性格……"

皮皮张口就来："成一呀！这个人哪都好，就是从小有尾随漂亮女孩儿的癖性。"

米莱听后当即脸就红到了耳根。

此时，米莱忽略了一个细节，她曾经拒绝过皮皮的追求。

毕业不久，成一就在米莱男朋友的位置上下岗了。

米莱给成一的理由是，两个人的工作分隔两地，所以还是分手吧。

成一争辩，想挽回，但都无济于事。

后来，成一无论通过什么途径，都联系不上米莱。

米莱的移动电话变了，给她去的 E-MAIL 都石沉大海。

成一想，这就是米莱，爱的时候全心全意，分手了便是彻彻底底。

再后来，成一也交往了几个女朋友，但都无疾而终。

成一总是能透过她们的眼睛看到米莱的影子。

终于有一天，成一在米莱生活的那个城市，再次看见了米莱。

在成一的心里，米莱还是那么漂亮，长发依旧拢成一个简单的马尾，穿着白地黄花的宽松版连衣裙，脚穿白色系带平地凉鞋，整个人看起来清爽舒适，手中还拎着水果和蔬菜。

成一又偷偷尾随了上去。

连衣裙虽然宽松，但已掩盖不住米莱已隆起的小腹。她的表情恬淡，腰背挺得笔直，虽然已经是孕妇，但走起路来脚步并不显笨重。

成一尾随着米莱走进了一个小区，便停住了脚步。

成一默默转身，离开。

不久后，成一便和现在的女朋友结婚了。

只是，成一恐怕永远也不会知道米莱和他分手的真正原因。

移　植

　　十九岁那一年，坎坎只身一人去了俄罗斯求学。大学毕业后就一直在那里打拼。

　　在俄罗斯那些年的生活，她很少对人谈起，甚至有些讳莫如深，因此很多人觉得坎坎在俄罗斯的那段岁月就像一个谜。

　　十年后，坎坎离开了俄罗斯，又回到了她从前生活的城市。

　　坎坎在人们眼中是个不折不扣的美女、才女，且身家不菲。坎坎做什么事都不徐不疾，淡定从容。

　　关于坎坎个人的情感故事，至今仍流传的就有好几个不同的版本。有人说坎坎在俄罗斯先是跟一个有着一头迷人的、淡淡的金色卷发，名叫谢辽沙的俄罗斯男孩谈恋爱。但这场恋爱就如同夏天的一场急雨，来得快，去得更快，只留下一段沁人心脾的清爽，那是只属于坎坎的初恋的记忆。

　　有人说坎坎后来结识了一位异常富有的俄罗斯商人，这位叫卡列宁的俄罗斯富商中年丧妻，自从见到坎坎就被她超凡脱俗的美貌、优雅高贵的气质和过人的才情所倾倒，一头坠入爱河而不能自拔。

　　坎坎对卡列宁如火如荼的爱情攻势，总是保持着极冷静的态度，使得这位俄罗斯富商整日茶饭无心，如坐针毡。其实，俄罗斯富商见的女人多啦，自从他的太太辞世后，他成了女人们眼中炙手可热的人物，但是哪一个女人也没能像坎坎那样，让他一见倾心、不能自已。

据说坎坎跟着这位富商学到了很多生意场上的本事，渐渐由一个都市淑女脱胎而成为商界精英，但最终坎坎与卡列宁的情缘并没有持续下去，坎坎还是选择了离开。

也有人说坎坎为卡列宁生下了一个超级聪明、超级可爱的混血男孩，起名叫卡佳，但坎坎却一路悲情地撇下了儿子，选择了独自回国。留下卡佳，坎坎觉得自己跟卡列宁之间的恩恩怨怨就算扯平了。

回国后的坎坎过上了让人羡慕的贵族生活，住豪宅、开名车，还注册了自己的公司。闲时瑜伽、游泳、骑马、高尔夫、芭蕾样样玩得好。然而这样的生活并没有让坎坎觉着自己有什么与众不同，有时她的目光还是会流露出孩子一样的纯真与无助。

也许当年卡列宁就是醉倒在坎坎如此蚀骨销魂的目光里。

时光追风样流过，一直独来独往的坎坎开始接受好心的红娘为她牵绳引线了。

坎坎想在 36 岁之前生一个小孩，也许这是她内心中最深的隐痛吧。

但在相亲这件事上，坎坎屡屡受挫，她是站的太高、望的太远，反而看不到近处的风景了。

终于有一个热心人给坎坎介绍了一位据说很有实力的青年企业家。这位企业家可谓事业有成、人生得意，唯独缺少一位可以相伴左右、与之匹配的贤内助。

青年企业家见到坎坎后相当满意，虽然坎坎在年龄上略略长他几岁，但他认为这刚刚好，坎坎所有的条件都符合他的所求；于是，青年企业家频频向坎坎发出邀请。

最初，坎坎给青年企业家打的是及格分，但随着见面次数增多，青年企业家的虚荣和商人的狡猾就暴露出来了。

最让坎坎难以忍受的是他盛气凌人。两个人谈话的时候，他总是不选择地插话，而且永远喜欢说不。

即使时间很晚了，他也会强行约坎坎出来陪客。这时，是他最自豪和快乐的时光，因为坎坎的美貌和优雅气质为他带来了潜在的人气指数。这样，坎坎渐渐就像一件被贴上标签的移动商品，总是从他指定的一个酒局赶往另一个酒局，坎坎很累，心也很烦。

很快，坎坎对企业家的爱产生了怀疑。就在坎坎想提出分手的时候，企业家竟然以注册新公司为借口提出借钱，这时，坎坎才知道这位企业家不但觊觎她的美貌，同时也觊觎她的财富，这场有点近乎游戏的爱情就这样结束了。

坎坎想人生的底线不能破，谁也不行。

坎坎的生活又一下子恢复到从前，只是有点儿低调，在一个人独处的时候，卡佳的影像总是在她眼前晃动，让她挥之不去。

就在这时，一个叫桥的男人来到了她的身边。

桥有一双温柔略带忧郁的眼睛，在看她的时候静谧的如同一枚无风自落的树叶，让人格外心疼。

在那一瞬间，坎坎的心很痛。她觉得这是一个可以相信的男人，最关键的是对坎坎的美貌和财富，桥看得很淡。

他们的交流通常是无声的，你看着我，我看着你，然后一双手就紧紧地握在一起。这样，坎坎做了桥的新娘。

一年后的某一天，坎坎生下一个女孩，取名卡佳。

方　式

他 16 岁时学会吸烟，那时，他常常背着家里人偷偷地吸。

结婚后，由于遇上了厉害的老婆，为了息事宁人，讨个安生，凡事他都很迁就，但唯有吸烟的嗜好，始终无法改掉。

为此，老婆经常同他吵个没完没了。

最初，他只抽最便宜的烟，即使这样，仍然会不间断地遭到老婆的反对。在家里，他只要一点着烟，老婆的唠叨、抱怨便随之而起。老婆说：你一天抽一包烟，一个月抽多少？一年抽多少？一辈子又抽多少？你算没算过这个账？那样的支出肯定是一座别墅的价钱。他呢，不管老婆怎样唠叨，抽仍归抽。后来，随着生活条件的改善，他吸烟的档次也有所提升，于是，老婆的唠叨、抱怨也随之水涨船高。老婆有一次摔了一只碗，骂他：抽吧，这个家都叫你抽穷了。你这不是祸害钱吗？但是，老婆说归说、闹归闹，却从未动摇过他对香烟的一片痴情。他想女人真傻，怎么就不明白男人有时也会像个孩子似的，需要人去宠啊！

他自有他的倔强，老婆无法撼动他的心。

再后来，他遇见了自己喜欢的一个女人。

女人同样不喜欢他吸烟。但女人只是蜻蜓点水样地说说，便不再多言。

他喜欢不啰唆的女人。

顶着种种压力和谴责，他和前妻离婚，和这个女人走到了一起。

结婚当年，在他生日的那一天，女人送给他一支考究的雕花烟斗。

他双眼眯在一起，细细地看这支雕花烟斗。当他欣赏完烟斗准备先放回盒子时，在盒子的底层，他发现了女人写给他的一句话：亲爱的，答应我，把烟戒掉吧！为了我，为了我们能一路相陪着变老。

就为着这一句话，他开始戒烟。

刚戒烟时，他情绪烦躁、坐卧不宁，动不动就冲她发火，可她一直好脾气地忍着他，买来各种零食分散他对香烟的注意力。有时，犯了烟瘾，他急得抓耳挠腮，满屋乱转，女人看得实在不忍心了，就跑出去买来烟，给他，告诉他别再折磨自己了。他急不可待地拆开烟盒，抽出一支烟，先是用鼻子闻，然后，把这支烟一点一点撕破，并用手指细细地捻着烟丝，再放到嘴里一点儿烟丝，慢慢咀嚼，以此缓解烟瘾。这时，他总是在心里默念女人写给他的那句话。

戒烟的日子里，女人默默地为他扫去了一堆又一堆被他捻碎的烟丝。

而他在度过了那段极其难熬的日子后，终于戒烟成功。

转眼，几十年过去，他已是个垂暮之年的老人。

在他的生命已近弥留之际的一个日子，他静静地躺在床上，女人则守护在他的床头，并用目光紧紧地追随着他。

女人无比心痛地同他一起感受着生命渐渐远离的过程。

他说：我很欣慰，我们相亲相爱走过了这么多年的岁月。

女人听后，笑了。那笑容十分的好看。

忽然，女人像是想起了一件十分重要的事，她蹒跚着走向衣橱，从里面摸出了一盒烟，烟的牌子是男人从前最喜欢的那一种。她又找来打火机，转身回到男人的床头，打开那包烟，从里面抽出一支，点燃。她用手臂轻轻将男人的头转向自己，然后，把点燃的烟送到男人的嘴边。

这时，男人仿佛一下子清醒了许多，他神色诧异地看了看女人，又看了看她递上来的烟，一时间他明白了女人的心思。他眼神一亮，随即，又费力地冲女人摇了摇头，而后，他用细若游丝的声音说："你忘了，我不是答应过你再也不抽了吗？既然答应了你，我一定会说到做到。"说完这句话，男人异常吃力地对女人挤出了一丝笑容。

　　这一刻，女人更深地懂得了男人。

　　黎明时分，男人面色安详地倒在女人怀中，悄然逝去。

成　长

　　我和同桌艾红英是同学们一致公认的好朋友。

　　艾红英是从小镇农村来到县城插入我们班读书的。

　　艾红英个子矮，性格内向，说话爱脸红，尤其当老师在课堂上向她提问题时，她的脸便立马成了红柿子。

　　一些男女生抓住了她的弱点，还真的拿她当软柿子捏。

　　课间休息时，女生让她帮打杯水，男生让她帮洗一下手帕。我是天生瞧不起那些颐指气使的同学的。在有一次男女生又支使艾红英时，我一下火了，抢过艾红英手里的杯子、手帕统统摔到地上。

　　从那儿以后，班里的男女生再也不敢欺负艾红英了。

　　自然而然，我和同桌艾红英成了最好的朋友。

　　我和艾红英形影不离，一起吃饭，一起逛街。没事的时候，艾红英的一双眼睛经常凝望着远处，向我讲述着她家乡的田野、河流、麦田。

　　有一次，我和艾红英去逛街时，路过水果商店，我买了二斤橘子。艾红英怀疑桔子不够量，便和商贩争执起来，一定让商贩在给补上一个桔子。

　　看着商贩和艾红英争执得满嘴吐沫星子横飞，我很不耐烦地对商贩说："算了，我同学是从小地方来的，较真儿，我不在乎一个橘子。"说完，我拉起艾红英走了。

不知从哪一天开始，我发现艾红英每天都郁郁寡欢。起初我没怎么在意，不理她，以为过段时间就会好的。然而，事情出乎我的意料，几天后的晚课她竟不和我一起走了！

同学王月鬼鬼祟祟地对我说："月考没考过你，嫉妒了呗！"

第二天，艾红英还是躲着我，我非要跟她说话，她就哼哼唧唧，言不由衷。

第三天，更奇，老师把她调到别的座位上去了。她于是就干脆不跟我说话了。

我很生气，但没有办法，让她自己觉悟吧！

身边没了艾红英，我像是缺少了什么。往日我俩一起上学，我妈妈不让我骑自行车，寄宿在舅舅家的艾红英就每天带我。早上人少车稀，我们经常上演杂技。我个子高腿长，坐在后座上踩脚蹬子，艾红英两只脚放在斜梁上，但是手没闲着，把握方向。

我坚持了一个星期后，决心不再忍耐，也不再放任艾红英了，我要找回自己的友谊！

我用一个星期仅有的半个小时上网的时间搜索艾红英，她认出了我就像鲶鱼一样溜了。又等了一个星期，我重新申请了QQ，这一次抓住她了。不给她喘息的机会，我给她提了一连串问题：

做朋友就应该开诚布公，莫名其妙的不理不睬太小儿科了，你是怎么了？我做错了什么？还是别人说了什么？我们为什么不能好好谈一谈？

之后我就动情地回忆我们的友谊。记得艾红英滑冰还是我教的。好几个帅哥跟着我们后面追啊追，老酷了！还一个劲儿地叫："美女，美女，交个朋友吧！"我俩那个笑啊，都快笑疯了。

我回忆到这里的时候忍不住又笑了起来，就传上五个露着一口大牙的笑脸。

但艾红英仍然不理睬我。

我接着批评她道：你说过我们俩的友谊一定是最长久的那种，因为我们彼此欣赏，喜爱，没有嫉妒，没有竞争，现在你却背叛了自己，真的让我痛心……我还没说完，她就突然关闭了 QQ 窗口下线了。

　　我也很倔强。我这么主动与艾红英和好，她却让我这热脸贴上了冷屁股，弄了个没面子。我开始和艾红英形同陌路，互不往来。

　　很奇怪，从这以后艾红英身上像上足了发条，谁也不理，只是一个劲地学习。

　　后来，她的学习成绩在班级里永远第一。

　　中考时，我发挥失常，失去了升入重点高中的学习机会，随经商的父母做生意去了。

　　艾红英考上了省重点高中，我和她彻底失去了联系。

　　多年以后，在一次初中同学聚会上，我见到了艾红英，她现在已经是省城一所重点中学的教师。我和艾红英相拥着，双眼泪花闪闪。

　　我很委屈地问艾红英："当年你为什么那么狠心突然不理我了？"

　　艾红英回答我说："因为你对商贩说的那句话，我是从小地方来的。"

　　很快，艾红英又补充说："不过，也是你的这句话，改变了我一生的命运。所以我要特别感谢你。"说完，艾红英主动和我拥抱，说："欣欣，委屈你了！"

　　我们哭得泪流满面。

软 刀

王爷，今年不大，三十有七。

叫他王爷，是因为他在柳城商界中，已是赫赫有名的大人物了，黑白两道通吃。

早些年，王爷是靠做服装生意起家的。

创业时期的王爷，每天要操心的事情很多，他经常要乘三天两夜的火车去南方看货，挑选服装的版式，如果遇到合意的同版服装，他又要从城东的服装厂跑到城西的服装厂，进行多次比较，选择质量同等、价位较低的那家服装厂订货。

就这样，王爷南方北方地跑了五六年。

那些年，为了服装生意，王爷的罪真是没少受，但最后还是把夫人赔了进去。

夫人徐美丽，是王爷相恋多年的中学同学。王爷允诺徐美丽，等赚到一百万的时候，就在柳城做那种"家门口"生意，哪也不去，就在家里陪着她。

结果，没等王爷赚到一百万，徐美丽却和一个先王爷有了一百万的男人上床了。

而且，这个男人还是王爷最好的朋友。

为此，王爷伤心了好一阵子。和徐美丽离婚后，王爷立志一定要在生意上干出个样子来，然后再考虑婚姻问题。

王爷在离婚的最初那几年，喝醉了挂在嘴边的话就是，女人没有真情，男人不讲义气，只有钱是真的。

成功后的王爷，现在依旧是独身一人。

有一次，王爷去一家新开业的车行洗车，竟然看见了徐美丽正在给别人擦车。

此时的徐美丽已经没有了当年的妖娆风采，不但行动迟缓，身形也变得臃肿难看。

王爷立即找出太阳镜戴上，瞟了一眼徐美丽，便迅速将车驶离洗车行。

王爷回到家，站在镜子前，足足看了自己十分钟。

因为一直健身，做户外运动，王爷的身材保持的相当好，一身名牌休闲服，把王爷衬托得气宇不凡，浑身上下充满着成功男人的自信。

在镜子前又看了会儿后，王爷突然烦躁地将衣服扯下，狠狠地甩到地上。

之后，将整个人颓进沙发，不再作声。

第二天，王爷通知各路朋友，帮他留意一下年轻漂亮的女孩，他王爷要交女朋友了。

于是，形形色色的美女开始走进王爷的生活。

第一位是教师。

王爷先是带文静的女教师去旋转餐厅吃西餐，吃完西餐后，王爷又带女教师开车去兜风。本该送女教师回家了，王爷却提出，送她回家之前能不能先去车行洗下车。

女教师是有涵养的人，抿嘴一笑算是答应了。

于是王爷把车开到车行，交给徐美丽刷洗，自己则带着女教师去车行外的路灯下谈笑风生。

徐美丽往下拉低了头上的工作帽，但这个细小的动作，还是被王爷注意到了。

徐美丽刷完车，不声不响地收钱。

"先生，10元。"徐美丽说。

"不用找了。"王爷在厚厚的钱袋里抽出一张百元票。

王爷很绅士地为女教师打开车门，又轻轻关上车门，这才驾车驶离车行。

那晚分别后，王爷没再联系女教师。

经朋友介绍，王爷又认识一位在广告公司工作的白领美女。

王爷先是请白领美女看了场电影，之后又带美女去参加了一个拍卖会。在会上，王爷还亲自拍得一副古董手镯赠予白领美女。

王爷将这付手镯给美女戴上时，难得的是，王爷竟在这位快奔三的女人脸上发现了一抹红晕。

于是，王爷又想起了自己说过的话，只有钱是真的。

王爷提出想去车行洗下车，白领美女二话不说地点头。

王爷依旧将车交给徐美丽，自己则带着美女在不远处耳鬓厮磨地展现柔情。

"先生，10元。"徐美丽说。

"不用找了。"王爷和上次一样，依旧是抽出一张百元票。

之后便带着白领美女，扬长而去。

当王爷又一次带着一位红粉来到车行的时候，王爷却很意外地没有发现徐美丽的身影。

车行老板告诉王爷，徐美丽不在这里干了。

车行老板又交给王爷一个信封。

王爷当即展信：涛涛（王爷乳名），你不是个爷们儿！

信封里还有徐美丽返给王爷的一百八十块钱。

当夜，王爷一个人在一家小酒馆里喝得酩酊大醉。

遭　罪

　　文清是那种极易受到暗示的人，日常生活就免不了总在大喜大悲中沉浮。两件事可见一斑。

　　先说不好的。

　　文清买鱼时，卖鱼的小九九一算便报出十元零九毛的鱼钱，人家坚持不给抹掉九毛零头之后，文清开始从兜里取钱，一边把鱼账又心算一遍，钱拿在手上却没有递过去。

　　文清说：你算错了。

　　卖鱼的以为她又变着花样要求抹零，就大着嗓门吼道：你有完没完了，卖你一条鱼怎么比养一条鱼还麻烦呢？！

　　文清气得哆哆嗦嗦：真是不知好歹，你少算了一元钱！

　　为此，她大半天没消停，向她的朋友和熟人将此事倾诉来倾诉去：人心不古！人心不古！最后总是这样嗟叹着收尾，整个一祥林嫂。

　　到晚餐桌上，她决心已定，这个纷乱的社会和丑恶的人性不值得留恋。她要出家，找一块洁净之地。丈夫说她是一步到位，不用像祥林嫂那样捐门槛了。

　　再说好的。

　　文清走在路上，前面一人骑自行车，不知怎么飘下来数张百元大钞。小巷，人清，没有另一个人看见，关键是骑车人自己不知道。

文清没有犹豫，大喊一声唤回那人，把拾起的钱送还主人手上。

为此，她高歌了一整天，为自己崇高的品格陶醉；眼前的绿树仿佛更翠，红花仿佛更艳了。

文清就是这样的人。她甚至为一个陌生人随便一口吐在路上的痰生三个月的气，为公园里人工湖上自由自在游玩的野鸭而欢欣鼓舞一个夏天。

这样的人活得可能很辛苦。文清为了自己能安心一些，想了很多办法，她拜过佛，皈依过上帝，练过瑜伽，研究过周易，还参加过本地环保组织的江滨公园义务清扫队，市民文明春风合唱团……文清反反复复出入各种场所，诸神和现代多元化的社会真是宽容，由着文清折腾，她最终还是一个痛感和幸福感都十分强烈的大凡人。

丈夫就涮她：你这人如此不专一，就是我这肉眼凡胎的男人也烦你了。

文清那个时候又有新的想法，没工夫理丈夫，只是白了他一眼。

一天，两口子打出租车去医院看病人，半路叫停，买水果和饮料。司机重新启动车时没有好好瞭望，车尾竟意外地把小区门口一正晒太阳的老爷子撞出去好远。三个人丢了魂魄，都下了车忙不迭地扶住老爷子询问情况。老爷子很通情达理，活动一会儿胳膊腿说：这会儿没觉出不妥，可不知道过后会怎样。

司机说：这么着吧老爷子，我把电话号码留给你，你一不舒服马上给我打电话，我送你上医院。

文清包里有笔和纸，赶紧拿出来，要求司机重说一遍号码，把那张记着电话号码的纸叠好，放到老爷子的衣兜里。

上车继续赶路，因为虚惊一场，三人暂时无话。文清心里满是感动，司机没有逃脱责任，老爷子也并不借机讹人，这个世界还应该算是美好的。

两口子从病房出来，乘电梯从17楼到1楼期间，丈夫突然说：那个司机撒谎了，我听他念出电话号码的前六位是139123，区号123你说有吗？有的话也不是我们这地方的，明摆着骗人的。

文清电击一样愣在那儿，电梯门打开她都不知道迈步，她朝着丈夫大声叫着：天呐天呐！这个世界真是没救了！

从医院回到家附近的菜市场，文清买了一些菜，当她付钱给菜主时，菜主接过钱用手指弹了弹说：假币。

文清再次像遭电击一样愣在那儿，想了许久才想起，是去医院看病人，半路买水果和饮料被商贩找了假币。

文清脸红了，立即换了钱给菜主，然后匆匆走去。

走着时，文清自语道：我为什么要陪着你们遭这份罪呢？

一　种

在三年自然灾害那会儿，小岗村的姑娘都想嫁给窦小弟。

为啥？嫁给他，挨不上饿。

窦小弟在镇子上的食堂工作，据说还当着个小头目。

窦小弟有时会藏起点儿咸菜，或掖起一些带皮谷子，好的时候还能捞着几块红薯干，最后攒到一起偷偷送回家。

所以，村里的人都眼红窦小弟家，姑娘们也都羡慕窦小弟的能力。

别看窦小弟瘦小如柴，可村里的姑娘他却一个也没看上眼。也是，虽说姑娘十八一朵花，可是这花眼下没了"养料"，整日的草根、树皮地吃着，是朵花又能好看到哪去哩！

后来，是窦小弟自己相中了镇上的一位叫高大梅的姑娘。

姑娘个子高高，圆脸盘子，身材宽广，两条大辫子在屁股后面左右甩动，这很是让窦小弟喜欢。

窦小弟人瘦小身单力薄，但脑袋瓜子不薄，够转。他想：这过日子免不了背背杠杠的，自己这身板难以应对，所以得选一个壮实姑娘做自己将来的老婆。

从见到高大梅的第一眼，窦小弟就打量着她的背影，在脑里算计着高大梅是块干活的料。

有了这样的想法，窦小弟便开始留心注意高大梅了。他打听到，高大梅家有六个姐妹，一个弟弟，还有一个寡妇妈，日子过得相当艰难。

窦小弟把两个月攒的粮食都装起来，拎在手里就跑高大梅家自己提亲去了。

高大梅的妈一看窦小弟这瘦小的外表，就摇头表示不乐意，嘴里念叨着："你个子不如大梅高，额不宽、脸不阔，嘴唇太薄，一看就不是厚道人，我不能把大梅嫁给你。"

窦小弟听后并不生气，他把手里的粮食袋子打开，往高大梅的妈身边一放，那黄澄澄的闪着光的玉米粒子，就再也没让高大梅妈的眼睛离开过那个米袋子。

高大梅见后，就对妈说："妈，我嫁他吧！看样子他可以照顾咱们家往后的日子。"

高大梅的妈点点头。

在各取所需的背景下，一桩彼此需要承担一生的婚姻，就这样成交了。

婚后，窦小弟和高大梅似乎要完成某种契约，都拼着命地表现自己。窦小弟照旧给高家送去粮食，虽然不多，但总算可以糊口。

高大梅把家里的力气活，也尽揽在身，不让窦小弟动一下手。

婚后第二年高大梅给窦小弟生了个大胖小子。

窦小弟和高大梅勤俭持家，几年下来有了一些积蓄。

尽管这样，窦小弟心中并不快乐。每到晚上，窦小弟有夫妻那种要求时，高大梅却死活不让碰。

高大梅不让碰，自有她的道理。当初嫁给你是冲着粮食嫁的，而不是你窦小弟。让你动几次就可以了，怎么还没完没了了呢。

高大梅是烈性子的女人，遇到窦小弟硬来时，她便翻身跃起，把瘦小的窦小弟压在身下痛打一顿。这样，窦小弟因此事便没少打仗，当然每次打仗吃亏的总是窦小弟。

窦小弟就经常对高大梅说："这种隔心隔肺的日子，过着还有鸡毛

一
种

意思！"

高大梅听后，就雷吼一般："不过散伙！"

窦小弟就不敢言语了。

一晃，日子在不咸不淡中走过了二十年，窦小弟和高大梅都是四十多岁的人了。

改革开放初期，窦小弟看好了城里一家快要倒闭的玻璃厂，取出了家里所有的积蓄，买下了玻璃厂，下岗做起了生意人。

没几年，窦小弟凭着活泛的脑子，生意做得风生水起，成了行业里的人物了，大家见了他都要尊称他一声窦爷。

窦小弟的钱多了，朋友多了，女性朋友也多了。

窦小弟和一个小他十几岁的女孩相爱了。窦小弟向高大梅提出离婚，高大梅没有犹豫就痛快地答应下来。

去办离婚手续那天，高大梅突然提出最后再打一次窦小弟，不让打就不离。

窦小弟便只好顺从趴在床上，任凭高大梅手里的木板一下一下打着……屁股打肿了，但婚离了。

从此，窦小弟和高大梅不再联系。

几年后，窦小弟的生意不再顺风顺水。

窦小弟的那个小媳妇又爱上了别人，卷了他的钱和人私奔了。窦小弟一气之下，患上了脑梗。

窦小弟无人照顾，三餐不继，甚是狼狈。

一日早上，人们看见高大梅来到了窦小弟的住处，洗洗涮涮晾晾晒晒一上午后，便将窦小弟接走了。

每天，大个子的高大梅挽扶着瘦小的窦小弟，慢慢地在夕阳下走着，偶尔窦小弟也会因为腿脚不利落而遭到高大梅的推搡和大声呵斥，但这些都不能影响左邻右舍的人们，在茶余饭后讲起这段婚姻背后脸上所流露出的那种愉悦。

远　方

　　我今年三十三岁，女性，单身，受过良好的高等教育，身材不错，一米六七，模样呢？也应该算不错，皮肤白白的，眼睛亮亮的，且五官端正而分明。姥姥说过：女人一白遮百丑。很多人也说过，我长得像某位某位明星，当然有些言过其实，但好听的话，大家都爱听，我也未能免俗。

　　在此我要说明，我不是女权主义者，决不排斥男性。在工作中，我与男性同胞相处和谐，而且常常能碰出火花，并受到上司的青睐。我也没有抱定终身不嫁的打算。岁月如此蹉跎远去，不是我的错，只是一直没有遇到那个非我不娶的人而已。

　　我担任部门主管，工作稳定，收入丰厚。自言是个相当讲求生活品质的人，在力所能及的范围内，对衣食住行都很在意。我的日常生活消费，虽然与王菲和章子怡不可同日而语，但在小圈子中也是以奢华出名的，不是故意想装成这样。我实在是很享受这样一种生活；再说了，我依靠自己的力量创造和改变着生活，没有什么不对啊！

　　周围的朋友戏称我是绝对的小资，还说一般的男人是不敢与我搭界的。但"二般"的男人呢，到现在我也未识其庐山真面目。其实我跟大多数女孩子是没有什么区别的，爱所有一切与生活相关的美好事物，爱美食、爱华服、爱逛街、爱看小说，喜欢纯情的文艺片，也超喜欢有形有款的男生。但我所说的有款，不是指他的身家有多少，而是指他要以款款深情与柔情打动我，他要能打开我的爱情密码才成。这不是千难万难的事，不过是考验他是否用心而已。

工作之余，我特爱学习，不断寻找机会丰富完善自己，不是刻意而为，只是觉着理应如此。利用假期，我跑到北京进修了清华的 MBA，还去北大学习国学。一个人不断地充电，只是为了让自己可以不断地进步，在工作上也可以更加游刃有余。走出去开阔视野，我还藏着小小的私心，万一不小心钓上金龟婿呢，谁说得准呢，生活处处充满变数。这个秘密，我只对闺中密友说过。

学国学的男士，大都儒雅倜傥，是很有亲和力、很博学的一群，跟这样的人生活，应该不会觉着枯燥乏味；学 MBA 的，则大都是商界精英，他们中的一些人具备果敢干练、机敏聪慧等诸多出众品质，很适合现代的生活节奏。与他们朝夕相处，弄不好，也许就会遇上那个能够打开我密码的人呢。瞧瞧，我都不好意思了，带着如此叵测的心去学习，着实动机不纯啊！

可能是生活相对优裕一些，或是经过了后天的修行和锤炼，让从前那个质朴而随意的小姑娘在长大成人后，不知不觉改变了许多。别人说我看上去有那么一点儿与众不同的冷清和孤傲，让人不太敢于接近，这其实是很冤枉我的。熟悉我的朋友都知道，我一向热心而随和，还特别爱笑爱闹爱疯。每一次大家出去聚会，玩得最嗨最 in 的那个人，一定是我。

我其实是个爱情梦想者，就因为这样，才使得我在爱情之路上走得很是不顺畅。有人说眼光太挑剔的人，是永远采摘不到果园里最好的果实的，可我偏不信邪。我信奉的是宁缺毋滥，坚持就是胜利。

那时在清华上大课，我格外留意着入眼的男性 MBA，可是我发现来这里的人，别说学习时还都劲头十足。一位连着坐我旁边五六日的男士，竟从没有主动跟我打过一声招呼。我打听到他是国内一家上市公司的老总，很年轻、很优秀的样子。笔记记得那叫一个干净认真啊！看来，人家是真的来学习的，要不心思怎么都用到了听老师讲课上，瞅都不瞅俺一眼，气死人了！"怎么着，当俺们不是美女啊！"气得我不由暗骂在心。想想人家来此目的纯正，只为求学，不为其他，当然眼中皆是学问了，所以才忽略了身边我这个气质如兰的大美女，也怪不得人家嘛！

　　当初还幻想着在这些地方，能够与我生命中的那个人不期而遇，然后执子之手，唱一出《喜荣归》呢，现在看来，从梦想到现实还需要走很长的一段路啊！我是不甘心的，一个三十三岁的"白骨精"，不能只有我自己爱自己，我更需要别人爱我，我爱别人。上帝让这个人在远方等我，只有找到他，我的人生才够圆满。

　　我说过我不会放弃自己的梦想，直到找到他，哪怕白发苍苍，鬓如雪。

童 话

　　说起来好笑，因为会写几个字，总会有些看起来和文学有关的饭局。一天省书协的朋友乔树约我吃饭，说是一位富翁请客。

　　进了包间，乔树给我一一做了介绍。人不多，富翁、富翁的女友、乔树，还有一位小说家。

　　在介绍富翁时，乔树着重强调了一下富翁是一个身家过亿的富翁。据说富翁的女友写了一部二十万字的童话。

　　握过之后，我挨着小说家坐了下来。

　　这位小说家在省城是有一定名气的。我读过他的许多小说，只是此前未曾谋面。

　　坐在我对面的富翁打开一瓶五粮液，富翁的女友便开始给各位斟酒。

　　富翁的女友看起来也就是一个二十岁刚出头的女孩。

　　女孩的个子很高，是身形很美的那种女孩。

　　斟完酒之后，女孩像完成一件任务似的坐下了。然后，她一脸笑容地看着大家。

　　我发现女孩的笑脸很纯净，一点杂垢也没有。这种纯净的面相的确是很适合写童话的。

　　年过四十的富翁，站起，挺着圆鼓鼓的肚子，给大家敬酒说："很高兴与各位相识。感谢你们！今天我诚恳拜托大家以后多多提携我女友。来，干杯！"

一小盅酒下肚后，小说家开始发表读后感。乔树在旁边告诉我，他事先把富翁女友写的童话给小说家看过了。

小说家看着女孩说："你的这部童话我读完了，总体来讲，作为一个初学写作者，写到这个程度很不容易了。"

小说家燃着一支烟，接着说："你的想象、夸张、拟人、象征等一些手法运用得恰到好处，基本上把心中最美好的东西聚集起来，汇聚成了另外一个奇幻的世界。祝贺你！"

小说家的话，把女孩说得又是一脸的笑容。

大家跟着小说家一起又干了一盅。

喝着，喝着，富翁开始有些兴奋起来，频频举杯。

写童话的女孩就阻止富翁，说："你少喝一些，回去你还要开车呢！"

富翁说："没事，今天特开心，开心的酒千杯不醉！"

说完，富翁自己又干了一盅。

放下酒杯，富翁说："我今天和你们说点掏心窝子的话。我是个没多大文化的人，当年凭着一股傻劲才把家业干得这么大，所以我要让我的女友在文化上翻身，当作家，当大作家！这本童话怎么出版我不知道，你们帮着弄，钱不成问题。"

停了一会儿，富翁又说："这本书如果不出版，那我就对不住女友啊！要知道，我比她大二十多岁呢，况且我家里还有个老婆，人家就这么心甘情愿地跟着我。"

富翁说完，女孩就低下了头，脸上没了笑容。

乔树接话说："放心老兄，我们会尽力让这部童话出版的。"

喝完了白酒，又开始喝啤酒。

啤酒是大杯，大家一杯一杯的干。

我的大脑开始迷糊起来。坐在我旁边的小说家喝多了，他突然显得比富翁还要兴奋。

小说家又开始对女孩说："你的文笔略显粗糙，另外整个童话中还有一处致命伤，你把大灰狼写的奸诈，而把狐狸写的愚钝，这怎么可能？狼怎么可以斗过狡猾的狐狸呢？"

女孩刚要解释，却被小说家的一个手势阻止了。

小说家又说："日本童话大师安房直子有一篇《狐狸的窗户》的童话，讲述了一个小狐狸开了一家印染店的故事。如果小狐狸不狡猾，它能开成印染店吗？"

女孩似乎听明白一些，点点头，而富翁却像听傻了一般，双眼直勾勾地盯着小说家。

小说家见富翁不错眼神地盯着自己，便把话题转向了富翁："我告诉你富翁，以后别什么事情都是钱不成问题，有些事情不都是钱能够解决的。我发现你的文化底蕴不足，你应该到北京学一学 MBA，给自己充电，然后继续扩大产业。"

富翁听后并没有反感，点头称是。

小说家接着说："你还有一个致命的弱点，你不应该沾染女人。国外的一些大资本家，他们在女人的身上都是很吝啬的，这也是他们所以能把事业做得越来越大的一个重要原因。"

我发现，写童话的女孩很敏感地再次把头低了下来。

乔树见小说家把话题扯远了，便站起打住话题匆匆收场，晚宴就这样结束了。

富翁驾着奔驰与女孩返回县城。

……

一个月以后，我把那次"童话"聚会几乎已经忘记了。

在一个酒店文学圈儿的聚会时，我喝得有点高了，有呕吐的感觉，便赶紧去卫生间。

等我从卫生间里出来，竟然和那位小说家不期而遇。让我想不到的是，那个写童话的女孩一脸笑容，紧紧地跟在小说家的身边。我刚想和他们打招呼，但小说家却神色尴尬地转过身去……

我想，有一种朋友，最好不要第二次见面。

寻找红苹果

朗和晴恋爱了。朗是男孩，晴是女孩。

晴常对朗说："我俩有一种很深的缘，一个叫晴，一个叫朗，晴朗世界充满阳光。"

朗听后，就把晴拥进怀里，仰着头，微眯着眼，一脸痴情的样子，望着头顶那片晴朗的天空，说："愿我们永远生活在阳光灿烂的日子里。"

晴听后，把头从朗的怀里抽出，说："不应该只是我们，应该说愿世界上的每一个人，都永远生活在阳光灿烂的日子里。"

朗说："对，祝愿每一个人都永远生活在阳光灿烂的日子里。"晴听后就露出一脸灿烂的笑容，幸福地投入朗的怀里。阳光下，朗和晴很甜蜜地相拥着……

一次，朗和晴到离他们居住的这座城市不远的市郊去旅游。朗和晴是骑自行车去的。半途中，朗和晴看到了一个小孩子，在路边的一棵很高很大的树上掏鸟蛋。朗和晴就很急的样子，一起在树下对着树上的小孩喊："快下来！"晴还喊："这么高的树，摔下来不得了呀！"

树上的小孩子说："摔不下去的，我天天都这样掏鸟蛋。"

小孩子没下来。

朗和晴在树下就又很急的样子了。朗突然想出了一个办法。朗就对着树上的那小孩子又喊："快下来，不下来我就喊你们老师来喽！"那小孩子听后，果真就很麻利地顺着树干滑下来。滑下树来的那孩子，对朗和晴扮一个鬼脸就跑了。

朗和晴笑着蹬上自行车，向市郊的那个旅游区驶去。

从市郊回到城市晴的家里时，已是傍晚了。朗和晴狼吞虎咽般吃着饭。晴的妈妈见状，就说："看你俩吃得这么急的样子，好像一天没吃饭似的。"埋头吃饭的晴抬起头，说："我们真的一天没吃饭。"晴的妈妈问："你们带的那些熟食呢？"说："让我们送给路边讨食的乞丐了。"晴的妈妈又问："不会用钱买些别的吃吗？"晴说："我们的钱也送给乞丐了。"

晴的妈妈听后，笑着说："你们这俩孩子，真有意思，做富翁却把自己做成了穷人……"

朗要到另外的一个城市给单位出差。

朗向晴告别时，晴说："你这次出差时间长，在外可别学坏，别像其他坏男孩子一样，口里吃着红苹果，眼睛还望着青苹果。"朗说："放心吧，你是我心中永远的红苹果。"晴听后，就很高兴地给了朗一个长长的吻。朗心中装着"红苹果"去出差了……

二十天后，朗从出差的那个城市归来。

归来后的朗，再也没有见到他心中的红苹果。就在朗出差的第一天，晴上夜班，途中被一暴徒强奸后杀害。

朗悲痛欲绝，哭得死去活来。

事情过去半年后，人们见朗的情绪有些稳定，就先后给朗介绍女孩谈朋友。

朗每次都摇着头，很哀伤地说："我心中的红苹果再也找不到了！"

一天，朗到一个公用电话亭打电话。看电话亭的是一个女孩。

叫朗惊呆的是，这个看电话的女孩长得特别像晴。说话的声音像晴，身高像晴，连女孩穿的裤子，也是晴常穿的那种带背带的裤子。

朗就使劲揉揉眼睛，再看那女孩，没错，就是晴！

但这怎么可能呢？晴走的已经很远很远了。

"晴。"想着时，朗说出了声。女孩就回过头，问朗："你叫我有什么事？"朗更加惊呆，问："你叫晴？"女孩说："对呀，我叫晴。"

朗就兴奋地奔过来，抓着晴的手，说："晴你叫我找的好苦呀！"

叫晴的女孩吓得直躲闪，以为遇到了神经有毛病的人。

朗又叫道："我心中的红苹果终于找到了！"

后来，朗有事无事就常到电话亭看晴。叫晴的女孩，见朗常来，对此事也就不以为然了。

朗还对人说："我的晴没死，电话亭的女孩就是晴，她永远是我心中的红苹果！"

别人听后就告诉他，说："别瞎说，电话亭的那女孩不是那个晴。"

朗不相信，一直固执地认为电话亭的那个女孩就是晴。

后来叫朗相信电话亭的那个女孩真的不是晴，是在某一天的黄昏。

那个黄昏，朗又去电话亭看那叫晴的女孩。因为一点事情，叫晴的女孩和来打电话的一位老人吵起来。叫晴的女孩不住嘴地骂老人，骂的话不堪入耳，把老人骂得低着头气冲冲地走了。

一旁观看的朗也走了。

朗边走边失望地想：她真的不是晴，真的不是我心中的红苹果。

男孩和女孩的故事

这是一个男孩和女孩的故事。故事中的男孩长得很帅气很潇洒。

男孩有一头茂密而又很美的黑发。

男孩喜欢弹吉他，喜欢唱流行歌曲。

无事时，男孩就在自家门前弹唱好多好多的流行歌。

一天，正在唱歌的男孩突然停止了弹唱，因为故事中的女孩这时出现了。男孩看见那个挺漂亮的女孩站在不远处看他。

男孩就向那挺漂亮的女孩走去。女孩用热辣辣的目光迎住他。走近时，女孩发现了男孩那茂密的黑发，就很惊异地说："呀，好美丽的黑发！"

对女孩的惊异，男孩自己也感到很惊讶，就显得很不自在，就用手无意地很随便地摆弄着这头黑发。

男孩和女孩就傍着夕阳聊起来。

女孩说她是听到歌声才跑来的。

男孩说他是无事才唱歌的。

女孩爱无缘无故地笑，笑得男孩不自在起来，那手就无意地很随便地摆弄起黑发来。

女孩收住笑，走近，把男孩摆弄黑发的手从头上拿下来，对男孩说："上帝给了你这头美丽的黑发，你应该珍惜，不应随便用手摆弄。"

说完，女孩就用自己纤细的小手，帮男孩慢慢地轻轻地梳理着乱了的头发。男孩这时就显得更温顺，温顺得像一只羔羊……

这样，男孩和女孩就好起来。

每天的傍晚，女孩总约男孩到户外弹吉他唱歌。

男孩常借歌声表达他对女孩的情感。男孩唱《天天想你》《我有多想你》。

唱得女孩一脸的醉意。

接下来，男孩和女孩就坐下来，女孩就给男孩念诗：

死怎能从容不迫，

爱又怎能无动于衷，

只要彼此爱过一次，就是无憾的人生。

"怎样才算彼此爱过一次？"男孩问。

"就像你我爱得又真又诚。"女孩回答。

男孩就不再问，又说别的。

男孩问女孩："你为什么爱我？"

女孩答男孩："就因为你有一头很茂密很美丽的黑头发！"

男孩听后就站起身默默地走了。

女孩站在那儿默默地视着男孩远去的背影，感到很困惑。

后来，男孩想到自己这很茂密很美丽的黑发肯定也会变成很稀疏很苍凉的白发时，就主动和女孩分手了。

男孩挺成熟地想：自己未来的生活毕竟不是一首流行歌。

男孩和女孩的故事到此也就结束了。

年轻时的事

他和她结婚八年，他和她就争吵了八年。

说不出为什么争吵，也说不出争吵是为什么。

吵架时，他说每次吵架都不怪自己。

她说不怪你怪谁呀！

他说怪天呀！怪我的眼选错了人呀！

她就不语，一旁嘤嘤地哭泣。

他有过离婚的打算，可一看到很可爱逗人的儿子，心就软了。

对生活的别无选择，他只好无奈地叹气……

一日，他去商场购买物品，在柜台里他发现了自己最喜欢的浅蓝色丝袜，他就没有犹豫地买了一双。

回到家里，他就把这双刚买的丝袜穿在脚上。

他觉得这双袜子稍小了一些，但并不是不能穿，他就穿着这双袜子上了一天的班。

下班后，他发现自己的大脚趾把这双新买的袜子顶出了一个窟窿。他不经意地把袜子脱下，随手甩在墙角处，说选物不同选人，选中的物品发现不适可以随手扔掉，人就不行喽！

她听他说出这样的话，又看看被甩在墙角处的袜子，心里突然感到冷，有泪涌上眼圈，但她却没说什么，更没像往日那样和他争吵。

不久以后的一天，他突然看见被自己甩掉的那双丝袜穿在了她的脚上。那个被他脚趾顶出的窟窿，已被她完好地缝补上。

见他挺惊讶，她就说坏了的袜子，缝补上还叫不叫袜子？

他说叫呀！叫袜子！绝对不叫帽子！

她就自豪地说袜子坏了可以缝补上，感情有了裂痕也是可以缝合的。

他听后没语，认为她的话是很有道理的。

这以后，他和她就没有再吵架。其实不是没有吵架，而是刚要吵架时，他和她就不约而同地想起了那双缝补好的丝袜。

再以后，他和她就真的不再吵架了，一直很和气地过到年老。

年老时，他和她都极喜欢拿出那双已经缝了五块补丁的袜子细细地端详。

这时，他和她就都同时说年轻时的事真有意思！

死亡信息

老柳在殡仪馆的悼念厅，参加了几次朋友和同事的遗体告别后，心里就添了几分怅然和人生苦短的这种无奈的感叹。

老柳就常对活得还好的朋友和同事们说："人什么都能掌握，唯有生命是不能自己掌握的呀！"

说完这话，老柳的双眼就现出几许茫然，苦着一张瘦脸对大家说："因此，我们每一位同志，都要趁活着的时候，把一切该办的事情办完。死神对谁都是非常残酷的呀！"

老柳这样讲是有原因的。两个月前和他同办公室的老王，在午后上班时，刚推开办公室的门，就觉得两眼昏花，然后就依在门边上慢慢地往下倒。倒下去之后，就再也没有站起来，去了一个陌生的世界。

当时老柳正在屋里，见此情景，三步奔两步，近前就摸老王的脉。脉早就停止了跳动，老柳就吓得面如土色，说："妈呀！这好好的一个大活人，怎么说完就完了呢？"

还有老柳的朋友老尚和他儿子。老尚前一天还在"明月酒楼"为儿子考上名牌大学举行庆祝酒会，而第二天和儿子出门办事时，却双双惨死在一场车祸之中。

死神太残酷无情。老尚去了就去了，老尚的儿子可是前程似锦的小伙子呀！

经历了这些事情后，老柳才觉得人活着时，就应该抓紧把自己应该办完的事情办完。

老柳这样想了，也这样做了。

老柳办的第一件事，把保存了三十年的自己年轻时的恋人相片和一百二十封信，从办公室的抽屉里拿出，然后用一根红线捆扎好，打成包，从邮局寄还给远在另一个城市的第一个恋人。

老柳这样做，是因为和死亡有关。老柳怕自己走后，老婆发现这些信后伤心。

接下来老柳又给老婆和女儿们写了一封遗书，又把他借给别人的钱，按借钱的先后顺序拉了一张清单，放在遗书的上面，锁在办公室里的抽屉里。

再接下来，老柳就想还有没有要办的事情。

老柳白天想，夜里想，上班走路时想，甚至蹲在厕所里也想，终未想出还有什么要办的事情来。

一天，老柳低着头走路想事情，被迎面开来的一辆车撞倒在车轮下。

抢救无效，老柳死亡。

当大家在清理老柳的遗物时，在他办公室的抽屉里发现了那封遗书。

大家就说：看来老柳在死亡之前，死亡信息就已经传递到他的大脑里了。不然，他为什么事先把遗书写好了呢？

一个叫阿萍的女人

一个叫阿萍的女人，总伤心自己找了一个老实的男人。

阿萍的丈夫的确是一个很本分很老实的男人。

用阿萍的话说："俺男人就有个傻力气，剩下的狗屁不是！"

阿萍的丈夫也确实这样，每天家里家外只知道埋头做活，其余的大事小事都得由阿萍料理。孩子入托，换各种证件，办家庭和私人保险，邻里往来，同事之间的交往等等的一些事情，都是由阿萍来办。

有时，阿萍在忙完一天的事情后，就很疲惫地坐在自家的沙发里，长叹一声后，心里就不免涌出一种说不清的酸楚。酸楚过后，就有泪在眼里，但没有流出来。阿萍很羡慕别人家的女人。那真叫女人，穿金戴银，大事小事不用操心。羡慕别人家女人时，阿萍的内心就充满了妒意。充满妒意后的阿萍，就开始和丈夫没完没了地吵。

阿萍骂丈夫："你是大笨熊，大傻瓜，傻狍子！"

骂到最后，连大灰狼都给骂出来了。

这时，丈夫就嘿嘿地笑。

阿萍见丈夫只笑不说，就更气了，又骂："你呀简直是白活！"

丈夫又嘿嘿地笑。

没法，阿萍最后也气得跟着咯咯地笑起来。

一次单位分房。因为阿萍和丈夫婚后始终没有分到公房，阿萍就和丈夫商量说："明天我买点礼品，你给房管科长送去行不？"

丈夫听后没语。

阿萍就又说："这礼你送最合适。我一个女人拿礼品求男人办事，总觉得不方便，是不？"

丈夫想想终于点头。

这日晚，天色漆黑时，阿萍的丈夫拎着礼品到房管科长家去。

到房管科长家的门前，阿萍的丈夫几次想敲门，但终未敲响一下。每当伸手要敲门时，阿萍丈夫的心就跳个不停，跳个不停就想，进屋后这话得怎么说？

终没想出这话得怎么说，脑门上还急出了汗……

最后，阿萍的丈夫把礼品又拎回来。

阿萍气得一个劲地哭。哭着时，阿萍说："找你这个大活人，真是没有用啊！你不如早死，早死我早幸福！"

也许是巧合，就在阿萍骂完丈夫的第二天，阿萍的丈夫在单位猝亡。

出殡这天，阿萍扑在丈夫的尸体上，哭得死去活来……

阿萍的丈夫死后，阿萍逢人就怅然万分地说："唉，没用的男人站着好歹也算个家；倒下了，这个家就不叫家了。"

有时，阿萍在班上，坐在一个地方想得出神时，班里的刘二就走来，逗阿萍说："一个窝囊得没用的男人，想他有何用？还不如想想老弟我呢！"

刘二的话音刚落，阿萍就霍地站起，狠狠地甩了刘二两嘴巴。

刘二被打得愣在那里。

阿萍指着刘二气愤地说："跟俺开什么样的玩笑都中，就不兴糟蹋俺男人。"

说完，这个叫阿萍的女人，在灰黄如水的阳光里，呜呜地哭着跑向小镇的南山。

阿萍丈夫的茔地在小镇的南山。

游戏一种

亚坤是我的好朋友。

亚坤大学毕业参加工作十几年，仕途之路仍暗淡无光，用他自己的话说：做官得有官运，他没有做官的官运。

因此，亚坤一直做着普通职员的工作。

亚坤还挺满足地对我说："这样更好，无官一身轻嘛！"

亚坤的太太小楠，是一个贤淑型的女性，她也常在我的面前说："做官太太得有做官太太的福气，我生来就是一个福气很薄的人。"

听后，我就对小楠说："你们夫妻一个讲'运'，一个讲'福'，可谓一唱一和呀。"

亚坤的仕途之路虽然暗淡，但家庭却充满一片明媚的阳光。

亚坤的太太小楠待亚坤极好。

小楠在亚坤面前，虽说不上是百依百顺，却也是极尽女人的温柔，疼爱着亚坤。

亚坤呢，倾尽男人的全部，保护和滋润着小楠的情感家园。

亚坤和小楠的家庭幸福、美满和谐，一直使我敬佩。

一天，我正在工作时，突然接到了亚坤打来的电话。

亚坤在电话里挺激动地对我说："朋友，告诉你一个有关我自己的好消息，我终于被我的上司看中，升任科长了！"

我听后，也很为亚坤高兴，就说："亚坤，祝贺你！哪天到你家吃喜儿去。"

亚坤说："好！"

翌日晚，下班时我买了一瓶很够档次的酒，就向亚坤的家里走去。

到了亚坤的家，见亚坤还没到家，我就拿出酒，对亚坤的太太说："小楠，祝贺你们！"

小楠听后，却一脸的忧郁对我说："祝贺什么，他的升迁，就是我们悲剧的开始。"

我很惊讶，便问："为何这样说？亚坤你们不是很好吗？"

小楠一脸冷笑，说："知夫者莫过于妻。你们虽然是朋友，但也没有我了解他。"

说着话时，亚坤回来了。

小楠就进厨房做了几个菜。

喝酒时，亚坤先给小楠斟上一杯酒，说："小楠，这杯酒我先敬你！我能升任科长，这与平时你对我的支持是分不开的。"

小楠就一口喝了这杯酒，说："谢谢先生得道之时，不忘糟糠之妻。"

然后，我们就一起喝酒。

喝酒时的气氛热烈而欢快。小楠还为我们唱了一支歌。喝到最后，亚坤、小楠和我都醉了……

这事过后不久的一天，我突然接到小楠打来的电话。

小楠在电话里告诉我，她和亚坤离婚了，是她自己主动提出离婚的。

放下电话，我困惑了，好好的怎么就离婚了呢？

奇　怪

　　小刘夫妇同在美术学院毕业，如今又同在一所学校任教。饭后茶余，夫妇俩常在一起切磋画技谈谈艺术。兴之所至有时她给他做回人体模特，日子过得倒也和美。

　　他提笔时，平心静气。一次，他对妻子说："人体素描关键一点：'要忘掉细节和肌肉。描绘灵魂，别管大腿和手臂。'"

　　"这好像是布朗宁说的。"妻说。

　　"也许是。"他答。

　　有时，他停下手中的画笔，认真地端详着侧卧在床上的妻。端详后，就从古铜色的花瓶里拿出一束花放在妻的手中，对妻说："你真美，你使我想起了拉斐尔派的一位画家的那幅'奥菲里亚'。想起了奥菲里亚仰睡在水上，手中握着花儿，半启的双唇似乎在细语，又像在低唱。她绿色的纱裙如浮萍一样飘起，载着从岸上纷纷落下的鲜花，徐徐向远方流动……"

　　每每此时，妻就微闭双眼，似乎在倾听着一个很动人的童话，娇美的脸上就泛出幸福的红潮。

　　可是，有一日，小刘夫妇突然吵起来，大家都没怎么去理会。

　　又过不几日，大家发现小刘夫妇又吵起来。伴随着一阵阵高低不等的吵嚷声，画笔、画纸也从他们居室的窗口飞了出来。

这次，大家都沉不住气了，匆匆走进小刘夫妇的居室劝解。可大家越劝，小刘夫妇吵得就越凶，当着大家的面都摆自己的理儿，甚至当着大家的面竟要动起手来。

大家看劝不住，只好摇头走了，可人们一走，小刘夫妇也奇怪地平静下来。

后来发生的事情更使大家愕然，小刘夫妇竟离婚了！

于是，人们深感事情严重，慌忙分兵两路，进行"天上下雨地下流，两口子打仗不记仇"式的调解。

他们之间似乎积怨太深，终未逆转。

小刘对前来调解的人说："我宁可找个瞎姑娘，也绝不和她复婚！"

他妻说得更狠："和他复婚？来世吧！"

大家见俩人都如此绝情，就死了那份成人之美的善心。

然而，后来发生的事更让人们奇怪得瞠目结舌。就在大家鸣金收兵后不多日，小刘夫妇竟复婚了！

人们愤愤地说："这样的人真奇怪。"于是就有觉得被戏弄的好事者走进小刘夫妇的居室，愤怒地质问这是为什么？

小刘夫妇不好意思地笑了，低低地说："这个问题一点也不奇怪，道理很简单，当时我俩都想在大家的面前保持自己的自尊。"

人们听后，细细地一想，竟面面相觑，半日无语。

找朋友

军和娅在幼儿园的时候，就是一对很谈得来的好朋友。

在幼儿园的时候，那个很漂亮的阿姨，教了一首童谣——《找朋友》。

阿姨教完这首童谣，军和娅便都记住了。

阿姨以一种游戏的方式，把小朋友们组织成一个手拉手的圆圈。

然后，阿姨叫娅站在圆圈的中央。

阿姨拍着手掌喊："一、二、三，找朋友！"

娅便在圈里和一个又一个的小朋友击掌唱找朋友！

然而，令娅遗憾的是，每个小朋友都未能把这首童谣完整地唱下来，不是跑调，就是忘词。后来，娅抱着内心仅存的一线希望，来到军的面前，出乎意料，军把《找朋友》唱得有声有色，不仅没有跑调，连歌词也一句没落下。

于是，兴奋的娅便和军又唱了一遍。

这次，娅唱得也是有声有色，而且小手掌击得也热烈起来。

娅晃动着小脑袋，拍着小手掌，唱道"你是我的好朋友"时，娅还空出一只手来，在军的胸前和自己的胸前轻轻地拍了一下。

阿姨见后笑了。阿姨说："小娅的心灵是纯净美好的，交朋友应该以心换心。"

以后，军和娅在幼儿园就经常合作唱这首《找朋友》的童谣。

这首童谣娅和军从幼儿园一直唱到小学六年级。升入初中后，娅和军就再也没有在一起唱过这首童谣。

很多年以后，娅和军一起从大学毕业分配到同一单位同一科室里工作。

军和娅都是事业型的人，工作上进，事业心强，业务又都很过硬。

不久，传说局里要在军和娅工作的科室提升一名主任。

科里的人就都说：军和娅是相互的竞争对手。

军和娅听后默不作声，彼此看了一眼。

一天，办公室里就剩下军和娅时，是娅打破了办公室里的沉寂。

娅说："我们玩找朋友吧！"

于是，两个"大孩子"便做起了小孩子的游戏。

俩人依然像小时候那样，击掌唱《找朋友》，但神态却不像儿时那样活泼自然，娅的脑袋再也摇晃不起来了。

娅叹一口气，说："不唱了，没意思。"

军说："不唱了，没意思。"

他们就不唱了。

娅和军下班时，路过一个幼儿园，幼儿园的小朋友们正在唱《找朋友》。

娅和军就站在那里听，听着听着娅和军就都笑了，笑的表情显得很不自然。

娅和军就向前走去了。

恐　惧·一

老柳走在一条土路上。

走着，走着，路面突起一股黑色旋风，在老柳的面前旋转着。老柳想绕过这股旋风。老柳向左绕，旋风就向左旋；老柳向右绕，旋风就向右旋。

老柳绕来绕去也未绕过这股黑色的旋风。

这时，旋风加速旋转，越刮越大，顷刻间，天地冥冥，一片黑暗。黑暗之中，一杳黄色纸条从旋风中飞出，直奔老柳而来。老柳就双手接住，展开一看，见纸条上写：老柳，今年8月31日是你的死亡之日。

至此，老柳一阵惊骇，突然从梦中醒来，很急地从床上坐起来，双眼凝视不动盯着某一处。

老柳想：怎么会做这样的梦？

老柳又想：这个梦是一种不祥之兆。

既然是不祥之兆，老柳就由此引发，想起一件事。

老柳想起今年春节初一的那天下午，他在一条巷子里看见一头毛驴。当时，那头驴站在那儿，抬着头挺认真地看他，把老柳看得头皮有些发麻后，就慌慌地逃了。

到家，老柳平静下来后，就想：真晦气，大年初一就和毛驴打个照面。传说中驴即鬼，鬼即驴呀！

毛驴，8月31日，不祥之兆啊！老柳在洗漱时，心里还总是想着这些。

上班后，老柳无心办公，坐在办公桌前，总想着8月31日。老柳看了下办公桌上的台历，见台历上是8月5日，这就是说，老柳离死亡日期只有26天了。想此，老柳心中倍觉凄凉，感叹人生苦短。

从此，老柳不分昼夜，每时每刻都在想这8月31日。这个令他想起就毛骨悚然的日子，使老柳在几天之内，就瘦得不成样子了。

同事们见到他时，都现出哀怜的神色，说："老柳咋瘦成这样？"

老伴也拉着他的手，流着泪对他说："老柳呀，你这几天怎么瘦成这样？有什么事讲出来，我也可替你分担一些。"

老伴的话，把老柳的心弄得酸酸的。

但老柳不想把自己将死的事情告诉老伴，他怕老伴过度忧伤，身体承受不住。

老柳就握住老伴的手，露一脸的笑，对老伴说："别怕，什么事也没有，只是这几天胃不太好，过些天就会好的。"

老伴听后，就又忙别的事情去了。

8月20日这天，老柳向单位请了半个月的病假，开始在家休息。

最初的几天里，老柳帮着老伴料理家务。帮做饭，帮洗衣，帮收拾屋子，帮得老伴常用一种很怪异的眼神瞅老柳。

后几天里，老柳就伏于书案，给老伴和在外地工作的儿子写了一封遗书；之后，又到商场买了一套自己很喜欢的毛料中山装，准备做自己寿终时的寿衣。

很快，8月31日这天到了。

这天，早饭过后，老柳又重新净了一次脚、手、脸，然后穿上了那套毛料中山装。

老伴见后，问："咋回事？今天出门呀？"

老柳说："不，今天就想穿得利落一些。"

说完，老柳就躺在床上，不一会儿便安详地睡去。

当老伴推醒他时，他急忙看表，见时针已指向午间12点。

老柳用手拧一下自己的腿，感觉有疼痛感，就知道自己还尚在人间，便问老伴："有事吗？"

老伴说："有。在你睡后的这段时间里，我接了五个电话，都是你的同事打来的。这五个电话的内容，一位是儿子结婚，一位是女儿考上大学，另一位是喝满月酒，再另一位是庆祝乔迁之喜，第五位好像是他母亲六十六大寿。他们都催你快去，都说你怎么能把此事给忘了呢！请柬在二十多天以前已经发到你的手中了。"

老柳听此，忽地一拍脑门，说："哎呀，瞧我这臭记性！"

这会儿的老柳，就像一个刚刚恢复记忆的人，什么事都想起来了。他想起自己就是在27天前的8月4日，接到这五张请柬的。也是在接到五张请柬的当天夜里，他做了那个令人恐惧的噩梦。

灾 祸

老柳刚从老年活动室回来，老伴就告诉他一个不幸的消息：那辆刚买不久的凤凰自行车被人偷了。

老柳听后，脑袋"嗡"地一下，不一会儿，脑袋就耷拉下来，腰也弓得如一棵弯弯的老柳树。

老伴见状说道："何必这样，怎么愁也是丢了。"

老柳就说："咋不愁？这可是三百块的实物呀！"

老伴就又说："这理儿我也晓得，可愁就是法子吗？"

"那咋办？"老柳问。

"咋办？甭管它！常言道：是儿不死，是财不散，再说，破财免灾。"

老柳沉闷不语，就在晚饭的桌上喝闷酒。

事过两天后，老柳接到奋斗路派出所打来的电话，他挂失的那辆自行车现在已经找到，让他带上证件去领回。

老柳乐颠颠地去，又乐颠颠地把那辆新凤凰骑回。

到家后，老伴摸着自行车说："我的话是对的，是财不散。"

老柳听后，心"咯噔"一下。他想：是财不散，对。可这财没破，灾还能免吗？

于是，老柳的脑袋就耷拉下来，腰就又弓得如一棵弯弯的老柳树。

老伴见状就问："你这又是犯哪门子邪？东西失而复得，咋又像霜打的茄子!"

老柳就苦着脸把自己的想法说了。

老伴听后就咯咯地笑。老柳就极认真极认真地对发笑的老伴说:"莫笑。破财免灾,财没破,灾肯定是会有的,你我今后都要防着点儿。"

自此,老柳就开始提心吊胆地过日子,上街走路、乘车,甚至上厕所都格外地小心。

半年过去,灾祸也未降临,老柳就更加惶恐不安。他觉着时间越久,灾祸的分量就越大。

这样想,老柳就愈发感到事情的严重性、可怕性,他就开始整天整宿整日整夜周而复始反反复复一而再再而三地九九八十一遍地琢磨着预防灾祸的可行性措施。

可终未想出什么绝妙的措施来。

久之,他的身子就瘦了下来,瘦得如一棵干枯的老柳树。

老伴见老柳这样子,心疼。一日,她在厨房做菜时,刀竟切在了自己的手指上,整个手指肚生硬硬地被切了去,疼得她当时就晕了过去。

老柳把老伴送到医院包扎好后,就像卸下一副千斤担子,长出一口气,对老伴说:"灾祸终于降临了!"

不久,老伴伤好出院。

再不久,老柳的身子也开始复原,据说体重比以前长了五斤。

好多年后,老柳成了八十的老翁,老伴成了老太婆。老太婆就对老翁说:"好多年前,我的手指肚是我故意切下的。"

"什么?"老翁甚惊。

于是就醒悟了一切。

传 说

丁凡这几天的心情特好。

这一天，是星期日，天气也极好，有明朗的阳光流动于天地之间。于明朗的阳光之中，丁凡就有了想逛大街的欲望。

丁凡走在大街上，确切地说，是在大街的右侧，漫无目的地向前走着。丁凡不知向哪里走，但有一点，丁凡相当明白，从来就没有逛街习惯的他，今天出来就是想逛一逛街。

既然是逛街，就不必有目的，向前逛吧！走在街上的丁凡，看这又看那。看临街商场橱窗里的摆设，看巨幅广告，看从商场里走出来的男男女女。男人在丁凡的眼中瞬间消失，女人（应该说是漂亮的女人）则在丁凡的眼中定格。定格之后，便细细品味这漂亮女人漂亮在何处。

品味之后，丁凡便暗自骂了一句别人听不清的话，就又向前走着。

双脚虽是向前走着，但此时的丁凡，心里却滋生了一种吃不到葡萄嫌葡萄酸的感觉。

丁凡在街上逛了好长的时间。

大约是在这座城市午后的两点一刻，丁凡不知自己为什么走进了动物园。在铁丝围成的很高的栅栏前，有好多的人拥挤在那里。

丁凡不知道为什么有好多的人围在那里，便也向那里走去。

近了，丁凡才知道，原来拥挤在那里的人，是看栅栏里那只猴儿。

那只猴儿在假山旁的树藤上，很敏捷地爬山爬下。

丁凡就和这些拥挤的人一起看那猴儿。不一会儿，丁凡突然感到这些人的目光都不看那猴儿了，而是把目光一齐射向他。

看他的人，有的掩嘴而笑，有的露出惊异的目光。

丁凡不知道自己哪里有吸引众目的光彩，便和这些看他的人点头笑了一下。

谁料，丁凡的这一笑，便引起了看他的人一阵哄笑。丁凡脸红了，低下头走开了。

走开后的丁凡，坐在公园的长椅上，就回想刚才的那些人为什么那么饶有兴趣地看他。过了好长的时间，丁凡向那很高的栅栏方向望，发现栅栏旁无了人，丁凡便又向那里走去。

丁凡近了栅栏旁，和那只猴儿摆摆手，那猴儿便也和他摆摆手。这时的丁凡，突然惊奇地发现，这猴儿为什么这样面熟？好像在哪里见过。

丁凡和那猴儿一龇牙，那猴儿就也和他一龇牙。一龇牙后的猴儿，就更令丁凡有吃惊的发现了。丁凡一拍大腿，便气愤地拿起石头掷向那猴儿，那猴儿便对他露出一张怒脸来。

丁凡终于知道了先前的那些人为什么看他。丁凡就非常沮丧地走出了公园。

走出公园后的丁凡，骂自己今天为什么非得逛街呢……

幽 默

生活离不开幽默,这是我最信奉的一句话。自从我和妻结婚后,我们的生活就常处于一种幽默之中。

一天,我下班后,见妻正在厨房里忙着,我就故作深沉,高挺着胸,昂着头,一言不发地从厨房走进里屋。

妻见我如此神态,就也随我走进里屋,问:"今天是怎么了?"

我就一脸的忧愁,摊开双手,耸耸肩,对妻说:"这是没办法的事情嘛!"

妻就问:"到底是怎么了?"

我说:"单位里的一个女孩非要嫁给我。她说如果我不答应,就吊死在我的脖子上。"

妻听后,长出一口气,就咯咯地笑个不停。笑后,妻说:"我又上了一次你的当。"

我说:"今后可要小心再上当。"

妻就一脸乐陶陶地进了厨房。

从妻的往日神态来看,妻嫁给我不觉着屈,而且还特别自豪和幸福。

妻曾在她单位里的一些女士面前,公开地讲:"我丈夫特会逗人,和他在一起,那味道好极了!"

又一天，妻参加她一位女友的婚礼。回来时，妻给我带回几块夹心酒糖，扔给我，说："吃吧！是喜糖。"

咀嚼这夹心酒糖。嚼着，嚼着，我就皱起眉，对妻说："这糖的滋味怎么这样涩？"

"涩？我怎么没觉出？"妻困惑地望我。

我说："你当然觉不出来了，因为咱俩的体会根本不一样。"

接着我就说："今天单位里有一个女孩，给了我一块口香糖，那糖嚼着的滋味就特别香，而且嚼着时身心都很愉快。"

妻听后，就又咯咯地笑个不停。

笑后，妻说："又上了一次你的当。"

后来，报社里的一位同仁，因为和妻子开了"一个女孩爱上了他"的玩笑，妻子险些和他离婚。

这件事对我来讲，不能不算是前车之鉴。

玩笑可以开，但并不是什么样的玩笑都可以开。我和妻开的类似同仁"女孩爱我"的那种玩笑，时间长了，妻也会生疑心，和我闹离婚的。

于是，在以后的日子里，在我和妻的幽默之中，就彻底地开除了那个虚无的女孩。

然而，我怎么也不会想到，妻在某一天下班后，一脸阴沉地对我说："有件事我必须和你说，不说觉得憋闷。"

我又摊开双手说："那就请讲吧！"

妻就说："这一段时间，你和我开玩笑，怎么不提女孩了呢？"

我说："原因很简单，怕伤你的心。"

妻说："得，别尽拣好听的说。你呀，在外面准是有女孩真的爱上了你。"

我说："别瞎扯，你怎么能毫无根据就随便地表扬一个人呢！"

"别又和我玩幽默了。以前你说有女孩爱你，其实根本就没有女孩爱你，你才敢乱喊乱叫。现在，你居然闭口不谈女孩，这就是真的有女孩爱上了你，你觉着心虚，就不敢乱喊乱叫了。"

说完，妻就双肩抖动，哭起来。

我就和妻解释："和你开玩笑不谈女孩，不是像你讲的那回事，是因为报社同仁和妻开玩笑，险些造成恶性后果，所以我才不再和你开那样的玩笑。"

妻抹抹泪，说："你就不要和我解释了，我又不是傻瓜。喊得越凶的人，越是啥事没有，怕的就是不喊的人，心里才有鬼点子呢！"

天呐，这都是些什么逻辑呀！

这也许是一种幽默吧！

妈妈的吻

小雪十二岁了。十二年来小雪一直不知道自己的妈妈是谁。

小雪的妈妈在小雪还不懂事时，就和小雪的爸爸离异了。

离异的原因是小雪的妈妈有了外遇。

离异后，小雪的爸爸就领着小雪过日子。几年后，小雪的爸爸准备和一个姑娘再婚时，不幸的事情发生了，小雪的爸爸在工作中，因一件意外事故，双腿致残。

和小雪的爸爸准备要结婚的那位姑娘，闻讯后便和小雪的爸爸分道扬镳了。

坐上轮椅后的小雪爸爸，从此对生活不再有什么奢望。他只希望自己把女儿小雪抚养成人；即使用生命的代价，也要把小雪抚养成人。这是他唯一的精神支柱。

小雪十四岁了。

十四年的岁月像一把刻刀，把小雪爸爸雕刻得皱纹满面，如一沧桑老人。

但是，当小雪燕子一般扑进他怀里的时候，小雪的爸爸顿时就感到自己是世界上最年轻、最快乐的爸爸了。

人都说，越是命苦的人，越是容易摊上苦命的事。

小雪十四岁的这年秋天，患了白血病。

小雪的爸爸当时就觉得比自己双腿致残时还痛苦万分。

小雪的爸爸在单位工会的帮助下，把小雪送进了医院。

小雪是个懂事的孩子。小雪怕爸爸为自己的病着急，就在病床上极力寻找各种话题和爸爸聊天。

小雪把自己小时候爸爸给她讲过的童话故事，又反过来给爸爸讲，讲得小雪的爸爸眼含热泪，强装笑脸。

小雪的面色纸一样苍白。小雪越来越瘦了。

小雪聪明，知道自己的病无可救药，就对爸爸说："爸爸，我知道自己很快就会死去。我唯一的愿望就是，在我死前能看妈妈一眼，让妈妈给我一个吻……"

小雪说不下去了，小雪哭了起来。

小雪的爸爸揪住了自己的头发……

小雪的爸爸在医院的走廊上，摇着轮椅苦思冥想：到哪儿去找小雪的妈妈呀！小雪的妈妈和他离异后，便和那个男人去了另一个城市，从此音讯皆无。

小雪的爸爸一脸忧愁，把轮椅从走廊这边摇到那边。这时，走过来一位和小雪的爸爸年龄相仿的女人，问小雪的爸爸有什么事需要帮忙。

小雪的爸爸就把自己的难处告诉了女人。

出乎意料，女人愿意做小雪的没见过面的"妈妈"。

小雪的爸爸和女人约定了见小雪的时间。

回到病房，小雪的爸爸就很高兴地告诉小雪，已给妈妈拍去电报，明天下午就到。

小雪听后，脸上就涌起一种特别兴奋的神情，握住爸爸的手，说："谢谢爸爸。"

然而，小雪终未等到妈妈的吻。就在这天的夜里，小雪带着遗憾走了。

小雪的爸爸在殡仪馆的骨灰寄存室内，面对着小雪的骨灰盒失声痛哭时，愿意做小雪"妈妈"的那个女人匆匆赶来。

女人面对着小雪的骨灰盒，语调神情都很悲切地说："小雪，妈妈来晚了。妈妈最能理解你的心情，因为妈妈也是一个不知道自己妈妈是谁的人。"

女人说不下去了，女人哭泣不止。

女人又拿出一台微型录音机，放在小雪的骨灰盒上。

女人按下录音机的键，录音机了传出"妈妈的吻，甜蜜的吻……"

歌声使小雪爸爸和女人的眼睛再次潮湿起来……

美丽的女孩

美丽的女孩叫娅，和我同在一个报社，又同在一个办公室。

女孩娅真是太美丽，美丽得叫人觉着和她在一起时，就能感到生活的真实，感到生活有一种无忧无虑轻松愉快的真实含义，感到这个世界也是太美丽、太迷人……

在采编组，我是组长，她是组员。娅眨动着那双大眼睛向我汇报工作时，我就鬼迷心窍，我就心神不定魂不守舍，自己的眼睛就很奇怪地被她的目光拉直了；但我敢说，这绝不是非分之想的缘故，而是爱美之心人皆有之在作怪罢了。

女孩美丽，对长相很丑的我来说，只是可望而不可即。我只能在某种虚幻的境界中，把我和她的故事想象得无限缠绵，无限浪漫，这对我就是足够的安慰了。

一天，夕阳的余晖漫到办公桌上，下班的铃声已响，我刚要走，娅叫住我。

娅说："老炳（我在本报撰稿时的笔名），耽误一下你的时间，有件事想和你说。"

我就坐下来，把面部表情调整得很耐心，很感兴趣。

娅就说："据本小姐最新消息，咱们的副主编要调走。那么，这个位子的候选人一定是非你莫属；那么，采编组长的位子又是非谁莫属呢？"

娅和我说了很多很多，意思我相当明白，娅无非是先人一步渗透渗透我，叫我在荣升副主编时，别忘了在采编组长的人选问题上，慎重考虑。

　　此事过去不几日，娅在一天下班时又叫住我。娅很一本正经严肃认真。娅说："老炳，我想给你做媒，为你介绍个女孩做朋友如何？"

　　我想想后，问："哪位女孩？"

　　"小纹。"娅回答。

　　小纹我认识，和娅是好朋友，到我们办公室来过几次。应该说小纹是个很不错的女孩，性格内向，说话爱脸红，但看着挺沉稳成熟，我若能娶她做我的太太也算是我的福分了。

　　因此，我就怀着十二分的感激，声音都变了味地对娅说："那就拜托了。"

　　"小事一桩，不客气！"

　　三天后，我见娅为我做媒的事不见有信息反馈过来，我就很委婉地用话旁敲侧击了一下。

　　娅很聪明，娅说："啊，你那事我差点忘告诉你。我问过小纹，她说对你的印象挺不错，可以考虑。"

　　又过一天，娅告诉我："小纹说还得考虑考虑。"

　　又过一天，娅告诉我："小纹同意处处看，约会的时间她定后用电话告诉你。"

　　我听后很感动。

　　娅似乎也为自己终于成功地办了一件成人之美的好事显出很高兴的样子。

　　娅高兴就唱歌，娅唱起了《耶利亚女郎》："遥远的地方有个女郎，名字叫耶利亚……"

　　"咚、咚、咚……"有人敲门。

　　美丽女孩娅立即止住她那不漂亮的歌声："请进！"

进来的竟是小纹，这很出乎我的意料。我的心顿时打开了鼓点，忙把头低下，不敢正眼看小纹。

小纹坐下来，似乎有话要说但又不敢说。

娅就说："有事讲嘛，老炳又不是外人！"

小纹就讲："单位的刘姐给我介绍男朋友，这是我参加工作以来有人第一次给我做媒，我不知该怎么办。"

天啦！我脑子"嗡"的一下。怎么能说是有人第一次给她做媒呢？那娅给我和她……

我惊疑地抬头看娅，我就发现，这时的娅表情挺不是那么回事，不自然中还有不自然，脸红得也不自然。

我突然明白，这是美丽女孩和我开了一个很不美丽的玩笑。

后来我了解到，就在美丽女孩主动提出给我做媒的第二天上午八点十分，我们的副主编撤回了他的请调报告。

这件事，美丽女孩当时就知道。因为那天上午八点十分，美丽女孩正好在二楼与我们的副主编打个照面，而且还说了话，说话的内容当然不排除副主编告诉她又不调走的事情。

唉！美丽女孩……

颜　色

　　麸子和我是艺术学院读书时油画专业的好友。

　　那时，我们常常在一起研究瓦西里·康定斯基、JanVanMechelen 的画风。麸子尤其喜欢 JanVanMechelen。在麸子心中，JanVanMechelen 就像一个超凡的舞者，他的舞步看似散漫却又极其精确。麸子是这样认识的他的作品"不是什么关于自由的绘画，而是自由的本身。"

　　麸子说 JanVanMechelen 的绘画艺术继承了一些欧洲的绘画传统，也吸收了西方现代绘画的营养，但在艺术精神上是非常接近东方艺术的，可以说是比较中国化的。

　　麸子崇拜 JanVanMechelen，崇拜得几乎是五体投地。于是，毕业后，麸子便飞往比利时的 Heverlee 继续深造，那里是 JanVanMechelen 的故乡。

　　两年前，麸子回到了小城。这时的麸子已经是小有名气的美女画家，她在 Heverlee 创造了自己独一无二的画风"造型即非完全具象，也非完全抽象，而是介于两者之间的意象造型。颜色的使用上十分大胆另类，在她的任何一幅作品中，你看不到除了白色以外的其他颜色。"

　　麸子在画风上的独辟蹊径造就了她事业上的成功。麸子的画频频获奖，亚洲、欧洲、国内、国际。

　　和麸子相比，我是不值得一提的小学美术教师。我们的名气悬殊，收入悬殊、艺术素质悬殊，以至于我永远无法参透麸子对色彩的把握。

所有的事物在麸子的笔下都获得重生，麸子赋予它们不一样的生命。

聚会的时候我和她抱怨，麸子笑我不知满足："你有美满的家庭，可爱的女儿，就可以了。至于绘画，我只是画出我的感觉，我的理解。"

其实，我已经有好长时间不再研究后印象画派、野兽派、未来派。我得研究食谱，这对女儿的成长有好处。偶尔，闲下来的时候，我才会仔细揣摩麸子的画。说实话，同样是一个老师教出来的学生，看看麸子今天的成就，再看看自己，我还真有点嫉妒麸子。

然而，就在麸子的事业如日中天的时候，她却被医生检查出患了胃癌。

这无疑等于宣布麸子的生命即将结束。

但麸子见到我时，脸上并无忧伤。她说："这种事情没有办法，生活就是这样残酷。"

麸子把生活悟得这样透彻，这是我没有想到的。

麸子住院期间，我多半时间都陪在她身边。

麸子被病魔折磨得日渐消瘦，可能考虑到自己来日不多，她与省眼库签署了捐献眼角膜的协议。

不久，麸子病逝。

接受麸子眼角膜移植手术的是一个女孩。

手术成功。解开一层层纱布的那天，我赶到了现场。

只见女孩慢慢地睁开美丽的眼睛，微笑了一下，然后就很茫然地对大家说："我的眼睛怎么看不到颜色？"

日　子

在我家的巷子口，有一家安徽板面店，店面不大，里面只放着四张桌。

我常到这家小店来吃板面，是因为这家小店的板面汤纯味正，口感也好，应该说是地道的正宗安徽板面。

开小店的是从安徽来的一对夫妻，年龄在三十岁左右；俩人分工不同，男人压面，女人掌锅调汤。

因为常来吃面，女人便熟悉了我。每次我去，女人都极热情，大哥，来了，请坐。

坐下后，我吩咐女人，来一大碗的，面加宽，汤加辣，再加一个卤蛋，多放几片小白菜叶。女人记了单后，就去后厨递单让男人制面了。

后厨和饭厅是通着的，坐那儿等面时，我就看着男人制面，也是蛮有趣的。

男人瘦高，窄脸长发，从不言语，更没见过笑容，看着很神秘。男人在面案上把面反复揉搓之后，再把面弄成七八厘米长、一厘米宽、一厘米厚的长型面块，然后分成条状用手用力压平，揪住面条一端，向案板上摔打拉条。

男人做完这些，就回了他后屋的寝室，剩下锅里的活就是女人来做了。

女人把男人摔好的面，用手抓抓抖抖，便下到锅里的沸水中。沸煮时，女人时不时要往锅里添加凉水，火候到时放入菜叶。女人将煮好的面，用笊篱捞到碗中后，转身在一旁的料锅里，用铁勺撇开浮油，盛一些牛肉碎末与十几根油炸了的小长红辣椒，放上卤蛋，这碗面所有的工序就算完毕了。

女人做这些时，手脚显出对此特别熟稔的麻利。

我不由得从心里发出赞叹：这是技术呀！

女人很爱说话。有时我吃完面，店里没人时，女人就坐下来和我讲她的故事。

大哥，我和我爱人是从安徽阜阳农村逃婚出来的。来东北时，我们两个人买完车票后，兜里的钱加起来还不到三百元，想想真是苦呀！

我皱了皱眉头问，都这个年代了，为什么还逃婚？

女人说，大哥你不知道，我们住的那个地方是偏僻地区，天高皇帝远，什么事都是父母做主。我爸妈死活不同意我嫁给他，没办法，我俩就私奔出来了。出来后，我们什么都干过，他在澡堂子给人搓澡，我去别人家当保姆；后来倒弄菜，街头炸过油条，卖过报纸，当过护工等等。当时真没觉得有多苦，只是一个心思攒钱，然后正儿八经地干点啥，就开了这个小店。

我对女人的男人一直充满好奇，便趁机问，你爱人大部分时间都待在后屋的寝室里，不是搞什么研究吧？

女人听后收起笑容，一脸严肃状告诉我，大哥，你还真猜对了，我爱人是诗人。他在研究诗歌，每天在后屋的寝室里写诗歌。我爱人立志要写几百首与面条有关的诗。

我有些疑惑，仅是面条就能写出几百首诗来？

女人见我神色疑惑，便说，大哥，你不知道，面条的吃法和做法多着呢！我专门研究过，你知道古时人们把面条叫什么吗？

我诚实地回答，不知道。

女人说，叫不托。意思是用刀把面饼或面片直接切成条状之后再煮食，不用手掌托着。

女人还说，我们大家知道的面条就有兰州拉面、郑州烩面、四川担担面、东北冷面、牛肉面、炸酱面、龙须面、罐罐面、打卤面、刀削面。我们叫不上名称的还有多少种呢！

女人说完这些，我觉得这个女人不简单，干啥有股子拼劲。

女人又说，我的理想是，将来在这个城市开一个上下两层的面馆城。能否实现是另码事，但要树个目标，这日子就有了盼头。是不?大哥。

我点着头问，你这个小店每月能净赚多少钱?

女人说去了房租金也就是两千元左右。

我心想，真够辛苦了。辛苦一些也可以，但女人的目标得什么时能实现呢！

小店的对面不远处，一大片民房正在拆迁。我告诉女人，听人说这条巷子两边的房子也马上要拆迁了。

女人点点头，她告诉我过段时间也许另选址开店，如果还喜欢我吃她的面，她电话通知我新店址。

我将我的手机号码告诉了女人。

不久，这条巷子两边的房子真的拆迁了，女人的小店不知去向。

有一天，我突然接到了那女人给我的手机发来的短信：大哥，我的新店在亚马路118号，请你光临。我爱人最近的一首诗中，有一句我最喜欢：奔赴他乡的路上，我们的日子铺满美丽的鲜花。

放下手机，我在心里为他们祝福。

故乡在远方

确切一点说，是因为一件琐事，他和一名警察吵了起来。

更令人不可思议的是，争吵的过程中，他还竟然出手打了警察一拳。

打完那一拳，他放腿便跑。

他在夏日的阳光里奔跑着，不知跑了多久，隐约觉得跑回了故乡。在故乡平原的田野上，没膝高的绿色麦浪中，他双腿如箭飞奔着。

身后有一个自称是他二叔的人，也跟着他跑，还告诉他说，别回头，警察就在后面追着呢。他就不敢回头，一直向前跑。他跑进了一个村庄，又跑进了一个红砖墙面的房子里，进屋他便趴了在炕上。炕上放着一张炕桌，妹妹正伏在桌上写作业。

不一会儿，有脚步声走到外面的窗下，他知道是警察追来了。警察站在窗外往屋里看，趴在炕上的他一动不敢动，用眼神示意妹妹也不要动，掩护他。

妹妹没有听他的话，却故意把身子躲闪开了，这样他便一览无余把自己暴露在窗外警察的视线里。

这时，正在灶间忙碌的父亲，低声告诉他，从后窗跑。

听后，他一跃而起，把自己的身体撞向后窗的玻璃。随着哗啦一声，他落地再逃。

警察在后面紧追不放。

在听到警察鸣枪后，他被这个噩梦惊醒了。

被噩梦惊醒后的他，觉得口干舌燥。他扭亮床头灯，从床头柜上拿起一杯水，咕噜噜一口气喝下去。

复又躺下，仍不能眠，索性起来，坐到客厅来看书。

入目几行，便烦躁不安，想起刚才的这个梦，内心便一阵惊悚，一身的冷汗就开始侵袭他的全身。

为了平缓情绪，他泡了一杯热茶喝着。他握着茶杯，左手倒右手，然后又放下，轻搓手掌思考着。

他不能理解自己为什么毫无来由地做这样的梦；更可笑的是，打完警察还往自己的家乡跑去，那不是给亲人找麻烦吗。

平日里，他看电视时，经常有案犯事发后跑回自己的老家藏匿起来，他当时就鄙视案犯这种愚蠢的行为。天下之大跑哪儿不行，干嘛非得跑回老家，警察顺藤摸瓜也会找到呀！但自己经历刚才这样的一个梦后，他明白了案犯的心理，他们那时都需要渴望亲人的保护呀！

而自己的亲人呢？他们在何方？梦中的那个二叔、妹妹，还有让他从后窗逃跑的父亲，果真是他的亲人吗？

他手抵额头，在沉静的思绪里，仔细辨析刚才梦中那几位亲人的面孔，但很模糊，毫无记忆。

他出生在北方，却在南方的孤儿院里长大。

十岁时，他听人告诉他说，他父母是东北人，在南方生意惨败，而母亲又有了外遇，父母离异把他遗弃后，便回了东北。

仅凭着这样一条简单的线索，他从孤儿院里跑出来，爬上一直向北的火车，回到了东北的一个城市。来到这个城市后，他夜宿街头，车站、桥洞。后来，他认识了一个拾荒的老人，认老人为义父，与老人相依为命十九年。

老人临终时告诉他，他拾荒六十多年，积攒了几十万，让他用这钱干个营生，别再拾荒了。

他哽咽着点头。

老人还告诉他，自己也是个孤儿，到死也不知道爹妈是谁。

老人去世后，他用老人留下的这笔钱，开了一个公司，生意还算兴隆。

他燃着一支烟，吸了会儿后，回卧室休息了。

翌日上班，他把昨夜做的梦，对公司一位研究易经的老兄讲了。

那老兄听完他叙述的这个梦后，告诉他说，你这个梦没啥奇怪的。有些看似你不牵挂的东西，其实一直在你心里很沉地纠结着。

他听了，摇着头说，能否说得具体一些。

那老兄看了一眼他，笑笑说，山之深也，玄机不破，自有其道理，自己领悟去吧。

他点点头。

几日后，他把公司的业务交代给副总，说外出一段时间，办点私人事情。

他驾着车，穿过了这个城市的腹地。

遍地肥羊

那天晚上，老婆突然很心疼地对我说：老炳，那台老式大脑袋电脑别用了，太刺激眼睛，换一台液晶的吧。

我说，好，谢谢老婆体恤。

老婆又说，买台电脑好歹也要几千元，听说卖电脑的报价水分都很大，你找个熟悉卖电脑的朋友帮下忙，这样不至于被糊弄。

我说行，正好我办公桌对面的小锋，有一个叫大亮的朋友，他在电子城卖电脑，通过小锋我们在一起喝过几次酒。

老婆说，那明天你让小锋先陪你去电子城，探下路回来再说。

翌日，上班见到小锋后，我就把想买电脑的事对小锋讲了。

小锋听后说，放心，这事包我身上了。大亮是我最好的哥们，肯定以最低价开给我们。

午间，我和小锋在单位食堂吃过饭，便打车去了电子城。到了电子城，我和小锋在一节柜台前见到大亮。

小锋把我们的来意说明后，大亮说，放心锋哥，炳哥咱们一起喝过酒，也不是外人，肯定以最低的价，买最好的电脑。

说完，大亮开始给我介绍几种不同类型的电脑。

最后大亮给我侧重介绍了一个品牌。介绍时，大亮的话熟练得像广告语。他说，炳哥，你拥有了这个品牌，你就拥有了自己的一个办公室。大亮介绍的电脑，极尽努力详细。是 i5 浏览器，4G 内存，80G 硬盘。

听了大亮的介绍，我说，好，那就买这个牌子的吧。

稍停，我又问大亮，这个牌子价位多少？

问完，我便看了一眼身旁的小锋，暗示他和大亮讲下价，因为大亮毕竟是小锋的朋友，说话肯定比我有分量。

小锋很聪明，他懂得我的意思，就对大亮说，你给炳哥一个最低价吧！

大亮说，当然，这款电脑售价六千五，给炳哥最低价，就收六千！

大亮随即又补充说，但不能给赠品了。锋哥你看如何？

小锋看了一眼我，征询我意见，我当然是挺激动。一下子给减了五百元。也算是够情谊了。

我说行，只是让大亮少赚钱了。

大亮说，炳哥说什么呢！再赚钱也不能赚到咱哥儿们头上呀！

我告诉大亮，今天没带钱，明天来提货。

大亮点点头说，哪天来都可以。

回到单位，我对小锋说，看来朋友是财富这话不假呀！你往那一站就给哥省了五百元。

小锋听了我的话说，可不，这年头真得交几个朋友。

晚上下班回家，我把和小锋中午去电子城探路的情况，向老婆做了汇报，并着重说明原价六千五，看小锋的面子给咱们六千。

老婆说，这我心里就有底了，明天我上午去一趟电子城，最后确定下买不买。

接着，老婆问了我大亮的柜台号，和他讲的是什么牌子电脑，我都一一告诉了她。

第二天晚下班回到家，让惊讶的是，那台电脑已经摆上了电脑桌。

更让我惊讶的是，老婆告诉我这台电脑竟然是花五千元搞定的，而且还赠了一个双挎肩背包。

我大惑不解，问老婆，是在大亮柜台买的吗？老婆点点头。

我又问，你没和大亮提我和小锋的关系？老婆摇摇头。

我说，这就怪了，你怎么搞定的呢？

老婆狠狠地说，杀价杀价再杀价。

我听后不语，心里有一种很不好受的滋味翻涌出来。

第二天上班，快要到午间时，小锋问我，大亮来电话了，问你电脑还买不？那个牌子的只剩一台了，人家给你留着呢。

我想了下，对小锋说，告诉大亮不买了，你嫂子不同意。

小锋面露一脸尴尬的神色，我也没再解释什么。

春天到了，开始换季。小锋跟我说想买双鞋，我说去我老婆的鞋店挑去吧。

我陪小锋去了我老婆的鞋店，小锋看中一双驼色真皮休闲鞋，价格牌写着666。

老婆说，小锋眼光刁啊，这款鞋是新品，卖得非常好，就剩这双样品了，我急着上新货，所以就给它标了个进价，原价一千多呢。你要是喜欢，嫂子就送你了，不要钱，拿去穿就是了。

小锋说那怎么行，我就给你这个进价吧。

推让半天，老婆推辞不过就收下了，不过把零头抹了，只收五百。

晚上回到家，我对老婆说，小锋直夸你仗义呢，说下次还到你店来买鞋。

老婆笑了笑说，生意这东西你不懂，那双鞋卖给别人也是五百。

我听后愕然，心里那种不好受的滋味又翻涌而来。

第二天，我看到小锋，突然发现他变成一只羊，脖子上有一绳套正在慢慢收紧。我心里又一阵翻涌，直奔洗手间，吐完抬头，看到镜子里的我竟然也是一只蔫头八脑的肥羊，还有那个绳套……

那天也真怪了，看谁谁都是肥羊。

活着没意思

一位朋友在刚燃完二十八只生日蜡烛的当天夜里就死去了。

作为朋友，雄感到很悲伤很痛苦。

作为朋友，雄随灵车去了火葬场。

从火葬场回来的雄，始终忘不了朋友的尸体被推进铁炉时那种揪人心肺的滋味，更忘不了骨灰寄存室寄放的骨灰盒上镶嵌的那些十八九岁、露着灿灿烂烂笑容的少男少女们的相片。忘不了，一辈子也忘不了，这种记忆是很刻骨铭心的。

雄知道自己再过两个月也要燃起二十八岁生日的蜡烛。

雄就感到人世很苍凉，生命很无光。

从此，雄就整日萎萎缩缩。

从此，雄给人的形象总是未老先衰。

雄对大家说："活着没意思！"

大家就说："活着是美丽的！"

雄就红着眼珠骂大家。

大家听后却都不怒，都怜于雄的瘦骨伶仃。

雄的女朋友，一个很漂亮很温柔的女孩说雄："你干吗穿的脏兮兮？你干吗不穿的潇潇洒洒？"

雄就说："那是很没意思的事情，傻人才会那样做。活着是没意思的。"

女孩变了脸:"没意思,没意思,说是没意思你干吗不去死呀!"

雄说:"死神还没有恩赐我机遇。"

女孩就和雄分了手,永远的不再见。

和女孩分手后的雄更感到活着没意思。

雄笑着对大家说:"活着也是没意思!"

雄哭着对大家说:"活着也是没意思!"

雄醉后对大家说:"活着也是没意思!"

……

一日,雄和大家去一个水库的地方钓鱼。

雄置好鱼竿把线甩入水里。不一会儿,露在水面上的鱼漂就发出鱼咬钩的信号。雄就很有情绪地提竿,一条很大的鱼就被提出水面。很遗憾,当雄刚要摘钩的时候,那鱼很机灵地一个翻身挣脱了钩儿又跳回水里。这时的雄竟忘记自己不会游泳,竟甩掉鱼竿随鱼一起跳入水中。他想抓回那条到手后而又逃走的大鱼。

跳入水中后的雄在水里忽上忽下地挣扎。

雄的肚里喝进了水。雄意识到这水能够吞噬他的生命。雄就大喊:"救命!救命!救命……"

其实,在雄未喊救命时,大家就早已脱衣跳入水中向他游去。

大家很费劲地把雄从水里救上来。

被救上来的雄,坐在那里吸完一支烟后,说:"唉,活着也是没意思!"

大家听后就笑了。

雄也跟着莫名其妙地笑了。

死了也遭罪

雄没有抓回那条到手后又逃走的大鱼。

雄落入了水底，感觉到自己死了。

死后的雄被头上长着犄角青面獠牙的小水神，带到一座很透明很美丽的水晶宫内。

水晶宫的软水椅上坐着一个跟水般软的大个头水神。

俩小水神立于两侧，说道："报告户长，又有一凡界小厮投我们水族来落户！"

被称作户长的水神用怒目审视着雄。

雄就立即感到一股凉气袭入心田，颤颤抖抖哆哆嗦嗦个不停。

审视了好一会，水族户长才说："好，这小厮有力气，收他。按规矩净身！"

"是！"立于两侧的小水神立即应答。

雄就被抬出水晶宫，放入另一间阴凉小屋的床上。有几个面目皆非的家伙，手里拿着刀子来到雄的床前，开始给雄净身。

雄的头发、眉毛、胡须、腋毛、阴毛统统被净个溜光。

雄成为一个精赤赤的汉子。

雄就在水族里落下户来。

户长安排雄干很累很重的活。

这里没有烟，这里没有酒，没有音乐，没有阳光，没有……一切一切的都没有。雄就后悔那天为什么跳入水中捕那条鱼。也憎恨那条鱼为什么到了手中又逃跑。

一天，和雄同住一室的一个小水神，慌慌张张地跑到户长这里："报告，刚来的那小厮生殖器上有白色的斑点！"

户长一惊，问："你亲眼所见吗？"

"我亲眼所见！"

于是，雄就被拉来做彻底的检查。当户长真的在雄的生殖器上发现有白色的斑点时，就命令道："割掉！防治性病传染到水族。"

雄就被几个家伙硬按在床上。雄看到一把亮闪闪的刀子，雄看到那刀子直奔他的生殖器砍来。

雄就"妈呀"喊一声。喊完一声后的雄睁开疲惫的双眼，才发现自己刚才是做了一个长长的怪梦。

雄就骂了一声："死了也遭罪！"

　　柳镇有个袁先生，人斯文，个高，却极瘦。柳镇人议起袁先生的瘦，都说，"他的瘦，是书弄的。"

　　这样说是有缘由的。袁先生嗜书如命，常把书比做自己生命的一部分。他读书可以不吃不喝，更不用头悬梁，锥刺骨，也能读个通天通宿。久之，袁先生就被弄成猴一般的瘦。

　　袁先生喜欢读书，也喜欢买书，用袁先生的话说："过日子家什可无，书却不可无！"袁先生和夫人结婚十余年，家里四壁藏书有顶棚之高，在柳镇可算是位藏书泰斗。

　　袁先生家中藏书虽多，却颇爱到外面借书读。借同事的，借学生的，借学校图书馆的，凡有书可借，必借来读，并且读起书来如痴如醉。

　　一夜，已是月挂中天，袁先生仍手持一卷于书室的案前，朗朗高声："噫吁戏，危乎高哉！蜀道之难，难于上青天！"

　　夫人惊醒，披衣起床来到书室，对先生说："时间这么晚了，明天读不行吗？"

　　袁先生仍手不离卷，眼不离书，对夫人说："不行，这书借时讲好，明天必还！"

　　夫人无奈，叹气摇头刚要离去，却突然发现先生读的是《李太白全集》，就很惊讶地问先生：“《李太白全集》咱们不是早买了吗？”

听后，先生甚惊。抬起头：“真的买过？”

夫人点头。

先生大喜，急起身到书架前，甩甩胳膊，揉揉酸眸，竟真从书架里找出《李太白全集》。

夫人就对袁先生说：“书都把你弄瘦了，也弄糊涂了。”

先生摇摇头，抬头的时候露出一脸苦笑。笑后，遂与夫人入寝。

人常说光阴似箭，却也是这个道理。谁也不曾留意什么，二十年就这么过去了。

二十年后的袁先生，被书弄得越发瘦了，整个人瘦得精赤赤一条。那身上的薄皮裹着一身瘦骨，让人看着着实怜惜。

一日，袁先生感觉身体不适，就躺在床上，这一躺就是十来日，身体仍是有些不适。

袁先生不知自己患了什么病，就觉得全身筋骨酸疼。夫人劝他去看医生，袁先生很固执地摇头。

袁先生让夫人把床挪到书房，他说他离不开书。夫人照办后把他搀扶到书室的床上。袁先生于书室的病榻上，看到四壁的书，精神上就有了好大的安慰。

又一日，袁先生的老朋友来看望他。朋友落座之后，袁先生就指着四壁的书对朋友说：“我这一生书没少读，却都是借人家的。可惜自己藏了这么多书，却没有一本真正看过。”

朋友听后，不解，惊讶地问：“真有此事，这是为何？”

袁先生说：“我总有一个怪想法，书是自己的，什么时候读都行；借人家的书，就得抓紧读，抓紧换。”

朋友听了想想，就劝先生，说：“先生有这样的想法并不怪，这很合乎正常人的思维；只是青春易逝，人生苦短啊！”

这一年的年底，袁先生的病也未见起色。不久，他故去了。死的时候眼睛是睁着的，是他夫人用书给他合上的眼⋯⋯

袁先生和夫人只有一个女儿，他女儿在镇上开饭店，听说挺有赚头，对书却不大感兴趣，就常对母亲说："妈，我爸留下的那些书咋办呀?！"

袁先生的夫人望着四壁顶棚高的书，叹气地说："是呀，愁的是这些书可咋办呀！"

要　求

范娅是个脾气很倔的女人，凡事认死理，不可通融。

一天晚上，丈夫喝得酩酊大醉地回到家，连衣服都没脱，就躺在客厅的沙发上睡着了。

被惊醒后的范娅，却睡不着了。她随手拿起床边的一本时尚杂志翻着。刚翻了几页，客厅那边传来手机短信提示音。范娅起身嘟囔道：喝的跟死猪似的，大半夜也不关机。

说完，范娅走向客厅，准备把丈夫的手机关闭。

范娅从丈夫的衣袋里拿出手机，刚要按关机键，又一条短信发进来，范娅便顺手打开短信阅读。读罢，范娅气得手发抖，从沙发上拎丈夫，几次都没拎醒，丈夫睡得太沉了。

无奈，范娅只好回到卧室的床上，生闷气。

手机短信是一个女人发给丈夫的，大致内容是，问丈夫到家没有，发短信不回，惦记宝贝等等……

从短信肉麻的语气判断，丈夫和她已经上了床，这是令范娅不能容忍的。她可以宽容丈夫吃喝赌，甚至可以去夜所找小姐，也绝不可能容忍丈夫在外面有情人。范娅的逻辑是：有情人意味对婚姻的背叛，找小姐是花钱找乐，一把一利索，没有情感的付出。

翌日早，丈夫从醉酒中醒过来，在衣袋里没摸到手机，立马紧张起来，便朝着卧室喊，范娅，看到我手机没有？

范娅从卧室里走出来，说，你手机我保管了，恭喜你外面有情人了！

丈夫镇定了一下，说，哪能这样表扬人，我有那么优秀、那么招人喜欢吗？

范娅说，你少给我油腔滑调，没用！

说完，范娅把昨晚的短信向丈夫复述了一遍。

丈夫说，那个你也信？男女短信还不都是互相调侃吗！

范娅听丈夫这样解释，更加生气，指着丈夫的鼻子说，你是不是拿我当弱智了？

丈夫不语了。

范娅说，我们离婚！

后来，亲朋好友都来劝说，阻止范娅离婚，但认死理的范娅根本听不进去，最终还是把这个婚姻结束了。

离婚后，范娅带着五岁的女儿生活。

离婚女人带着孩子生活的那种艰难，范娅心里是早有准备的，而且也都能应付过来。最难的是外面的社会交往。居家过日子，都有事情求人。以前家里的大事小情，需要求人时都是丈夫去找人沟通，根本用不着自己。当年女儿想上省委幼儿园时，丈夫求人找关系，两顿酒两条软包中华，就把事情搞定了，女儿顺顺当当地进了省委幼儿园。

现在不行了，遇事就得自己厚着脸找人疏通关系。

女儿再有一年就七周岁，到了入小学的年龄了，怎么也得让女儿上个重点小学，起点很重要呀！

这样，难题就来了。范娅居住的道里区没有重点小学，父母居住的南岗区倒是有，但女儿的户口不在那里，想让女儿上重点小学，必须先把户口迁到父母那里。

范娅想到高中同学李超，他在派出所当民警，可以找他试一试。

范娅把李超约到酒店，把想要办的事和盘托出。李超听后打了个响指，说，此事能办，包在我身上。继而又沉吟下说，你知道，现在办事没钱玩不转，我要找你父母那个辖区派出所户籍民警或所长，怎么也得给人家意思一些吧。

范娅问，得需要多少钱？

李超说，五千吧。

范娅点点头，表示同意。

事情在办的过程中，范娅请李超又吃过几次饭。在一次饭后，李超提出要求说，范娅，我们去开房吧。

范娅惊讶后，委婉地拒绝了。

最终，女儿的户口落到了外公外婆那里，但李超向范娅要了一万元的好处费。

范娅心里清楚，没答应李超开房的要求，他改口要了一万元，这小子准是中间抽条了。

此后，范娅又遇到过难事，她依旧厚着脸找人疏通关系。事情在找人办或办完的过程中，帮她办事的男人也依旧向她提出了要求——开房。

当然，这些也都被范娅巧妙地回避开了。

范娅在女孩时热爱文学，离婚后经历了单身女人种种艰辛之后，内心颇有感慨。范娅开始在电脑上敲文章，把内心的郁闷发泄出来。

范娅把敲好的文章，发给本地晚报副刊一位关姓编辑的邮箱。

不久，文章经关编辑润色后见报。接二连三，范娅又有几篇文章发在这家晚报上。

收到稿费后，范娅请关编辑在一个不大的小酒馆吃饭，答谢。

范娅指着桌上的菜说，关老师，我点的菜很简单，请多包涵。

关编辑推了下鼻梁上的眼镜后，说，没问题，君子之交淡如水。

范娅请关编辑吃过这次饭后，关编辑便总打电话鼓励范娅多写文章，多写才能有进步。

范娅就开始多写，然后把文章统统交到关编辑那里，由关编辑把关处理。

关编辑不仅在自己的报上发范娅的文章，还帮她润色、修改，推荐到省外多家报刊发表。

由此，范娅和关编辑的关系更近了一层，没事时，相互轮流做东，在一起吃饭小聚。范娅对关编辑的称呼，也由刚开始的关老师改为老关。

一晃两年过去了，范娅和老关仍然这么友好地相处着。

有时范娅挺感激地想，以前自己有求过的男人，都对她提出过上床的要求，而老关从没有提过，老关是个好人！

范娅又一次和老关吃饭时，便把内心的这种感激说了出来：老关，你帮助我这么多，但你是唯一没要求和我上床的男人！

老关听后，手又推了下鼻梁上的眼镜，说，小范呀，问题是这样，你听我解释好不？其实，对你我也有想和你上床的要求，但我呀，天生胆子小，怕我老婆知道和我离婚。

范娅听后好像吃什么东西被噎住了，呆愣在那里好久，才愤愤地说，这世界疯了！

老关没听懂，问范娅，疯了？什么疯了？

这时，范娅已经走出了小酒馆的门外。

东北大嫂

南菜北菜的差别，有时让人苦不堪言。

到东莞开会一周，食宿由会议主办方统一安排。宿在哪里，甚至凉热都并无大碍，主要是食，令我隐隐担忧。

一个"统一安排"便框定了这次会议食的界限，也意味着失去了基本的自主选择，会议安排啥你就吃啥。我知道，这是没有办法的事情，总不能让人家主办方在宾馆的后厨给你支个大锅，天天吃铁锅炖鱼吧！

既来之则安之，暂且忍受一下舌尖上的痛苦吧。

我的担忧并非无道理，吃了三天的会议饭，我就有些扛不住了。南甜北咸，每天的那些菜非甜即淡。我唤来服务员，压低声音告诉她，给我上一碟小咸菜。服务员很痛快地答应了。不一会儿，给我拿来的竟是一碟青豆。我哭笑不得，虽然没奢望她能拿来蒜茄子，但至少应该是榨菜呀！

吃主食时，服务员递给我一碗暄暄腾腾的米饭，我端着时棉花一般飘轻，吃着也不肉头，味同嚼蜡。索性不吃，放下碗筷，走出饭堂。站在宾馆门前，突然想起汪曾祺先生的话：一个人的口味要宽一点，杂一点。

我摇头苦笑，自觉我这一生在口味上，无法宽起来，杂起来。自小吃北菜长大，无论行走天涯海角，故乡食物的味觉一直不曾忘记。

饿则思变。饥肠辘辘中，突然想到这里应该有东北菜馆吧。我拦下一辆出租车，问司机，你知道这附近哪条街上有东北菜馆吗？

司机想了想说，离这儿不远的厚街上有一家东北饺子馆。

我听后高兴地坐上车说，OK！去东北饺子馆！

南方夜晚的空气和白天一样，永远是湿漉漉的，整个身子像被·床湿被包裹着。如水的夜晚，我在车里仰望满天繁星，想与它们对话，告诉它们，我是一个饥饿的人，正在寻找粮食。

这时，我似乎看到了夜空中有一张嘲笑的脸。

出租车把我拉到东北饺子馆门前，我付了车费下车，走进饺子馆。一位五十岁左右的女人迎面走来，和我打招呼：弟儿，来了，里边坐。

亲切的乡音，一听就是纯正的东北人。

我立即笑了，是那种舒心的笑。

坐下后，我问：大嫂，您是东北哪儿的人？

大嫂答：我是沈阳那疙瘩的。

我马上接话说：我是哈尔滨那疙瘩的。说完，我站起，和她击了下掌：耶！心灵上，和这位东北大嫂一下拉近了。

大嫂嘎嘎地笑了。

我点了一盘酸菜馅饺子，一盘麻酱大拉皮，一盘葱段木耳，半斤散白泡酒，两瓶啤酒。

大嫂见我点了这些，说：怎么饿成这个样子啊！

饺子和菜上来之后，大嫂从后厨给我拿来一碟蒜泥。大嫂说，这蒜泥是蒜缸子捣的，不走味。

我谢过大嫂，便狼吞虎咽吃喝起来。

此时已是过了饭口，饭厅里只有我一个食客。我边吃边和大嫂聊着。我问：大嫂，这店是你开的？

大嫂点点头，说：是的。开这个店也很辛苦，为了饺子肉馅质量，我从不在市场上买肉。我家掌柜的在辽宁大石桥弄了个养殖场，猪、羊、牛、驴都是我们自己圈养，出栏就运到这里宰，你说这肉馅能不鲜嫩吗？

我说：大嫂，你这饺子的确好吃，皮薄馅大、鲜嫩、爽口、汁多。

大嫂说：我做生意坚持一点——无论赚多赚少，不能坑害人。

听完，我再次站起，和大嫂又击下掌，说：大嫂，这个我必须给你点赞。

大嫂又嘎嘎地笑了。

酒足饭饱，我和大嫂相互留下手机号码后，便埋单。

大嫂对我说：白酒啤酒算是乡情酒，大嫂送你的，其余收你个食堂价。

我用湿巾擦了擦手，说：大嫂，您的心意弟儿承领了，酒都一起算上。接着我又问：什么是食堂价？

大嫂说，比成本略高一点。

最终，大嫂还是给我免了酒钱，还告诉我，吃不惯宾馆菜，就随时过来吃。

翌日早，我们开会的人出发，会议主办方安排去虎门镇参观林则徐纪念馆。十点左右，我接到了东北大嫂给我手机发来的短信：弟儿，今天中午过来吃不？

我回短信：大嫂，今天中午我过不去，在虎门呢！

大嫂回我：哦，去看林则徐了。

我回：是的，林爷让我捎话给您，他也想吃咱东北的酸菜馅饺子，命你派人速送到销烟池来。

大嫂很快短信发来一笑脸：你真幽默。我家掌柜从大石桥运来的几头肥驴，今早上杀了，午间主餐是驴肉蒸饺、驴肉水饺，寻思让你过来吃个新鲜。

大嫂真是个爽直的大嫂。

……

半年后，我再次来到东莞，这次不是开会，是来谈一个合作项目。晚饭对方公司尽了地主之谊后，我又偷偷打车来到东北饺子馆。走进大厅，没有看见东北大嫂，我就问服务员：我大嫂呢？

服务员面露不解，问：哪个大嫂？

这时，走过来一个穿白衬衫扎领带的小伙子，文质彬彬地告诉我：先生，这家店易主，我现在是这里的老板，有什么事吗？

我问：原来的东北大嫂怎么不干了？

小老板笔直地站在那儿，说，东北大嫂回沈阳了。大嫂丈夫以前从辽宁大石桥运过来的驴都是偷来的，警察从收费站监控找到了线索，把案子破了。

小老板伸手捋顺了一下领带，又说：我也是东北人，大嫂我们以前就熟悉，她把店盘兑给我后，就回东北捞人去了。

这次，我只点了一盘饺子，没喝酒，草草吃完离开。

走出店外，仰望星空，心里突然有些凄凉起来，不知是为东北大嫂，还是为人生这莫测的变数。

玩石的朋友

在深圳开完笔会之后，我刻意留下两天的时间，和几个朋友会面。其中，我最想见到的是老家县城时的朋友大坤。他来深圳十多年了，我们虽有联系，但一直未有谋面的机会。这次一定要见到他，我想他了。

大坤是我在老家县城时最好的朋友。好到什么样子呢？他追女孩，没有请女孩吃饭的钱，都要从我兜里掏。当时我们男男女女十几个爱好文学的青年，自发性地成立了一个飞翔文学社，每月编发一张刊有诗歌、小说的油印小报。

我至今记得大坤朗诵高尔基散文诗《海燕》时的一脸豪迈与激情。

我从手机里调出大坤的手机号，拨了过去。

电话接通，听出大坤的语气很兴奋：是炳哥呀！到深圳了？妈呀！你不会是从天上掉下来的吧？我在东莞桥头镇谈个合资项目，明天过去看你。

临放电话时，大坤又补充说：明天早饭后我就过去，你一天就不要安排别的内容了，都交给我了。

我说：好！明天见。

第二天刚过早饭，我就接到了大坤的电话：炳哥，下楼吧，我在宾馆大厅了。

走出一楼电梯，我一眼就认出了站在大厅中央的大坤。大坤上身着白色丝绸对襟盘扣衫，裤子是青色的直筒宽大、裤脚口收紧的那种灯笼裤，脚穿北京布鞋，头型板寸，单手持珠，拇指上下掐捻。

大坤的旁边还站着一个细柳高挑个的哥们。我和大坤拥抱之后，大坤跟我介绍旁边的哥们：这是长脖鹿，我司机，也是咱东北的哥们。

我马上和这哥们握手。

大坤又说：炳哥，你没发现他脖子很长吗？

我看了看细高挑后，摇摇头。

我见大坤这身行头，就问他：大坤，你现在玩武术了？

大坤掐捻着佛珠，看了眼细高挑说：长脖鹿，你告诉炳哥我现在玩啥！

长脖鹿（姑且这么称呼）凑近我，说：炳哥，坤哥现在玩石呢，玩大发了，连香港、仰光等地的玩石高手，都知道坤哥是赌石界的"黄金眼"。

我用惊异的目光看了眼大坤，他此时正微笑着看我。

大坤说：炳哥，一会儿我带你去个园子赏石，如何？

我说：好，客随主便！

说完，我们向外走。大坤带我走向停在门前的一辆路虎揽胜，长脖鹿在前面小跑着给我们打开了车门。

我问大坤：这车是你的？

大坤看了一下我，带着气说：不是我的是你的呀？别总拿老眼光看人行不。

我双手抱下拳，表示了歉意。

去园子的路上，我和大坤聊着，聊了很多老家的事和老家的人。

后来，我想到大坤离开老家时，因为家里穷找不到对象，是一个人闯到南方的。就问：大坤，现在成家了吧？

没等大坤回答，长脖鹿抢先说：我们坤哥虽然没成家，但不缺女人，一天换一个，全是艺校的女生。

我和大坤坐在车后排，大坤手指仍捻着佛珠说：长脖鹿，你叽叽啥，开你的车得了，不说话能憋死你啊！

长脖鹿呵呵笑了两声说：怕啥，炳哥又不是外人。告诉你，炳哥，坤哥现在樟木头镇买了别墅，很多朋友给他介绍女孩成家，他都不同意。坤哥说过日子还得是咱东北女人。

车子开出了市区，大坤头往后一仰，实惠地靠在座背上说：那些年真犯二，还整什么飞翔文学社，什么泰戈尔、雪莱、莱蒙托夫，现在一想脸都红。不过也没什么，这是人生走向成熟的必修课程，每个人都单纯过。

对大坤的这番话，我很不爱听。这倒并不是因为我现在每天仍然和泰戈尔、雪莱、莱蒙托夫们厮守，我觉得人的志向选择不同，这与犯二和单纯无关。

但我没有反驳大坤。

车行一个小时后，就到达了大坤说的这个园子。园子大门是古式风格，门上方刻有两个大字：粤园。购票入园，发现园子很大，占地面积约有七百多亩，风格近似苏州园林。园子依山傍水，建有亭台、曲廊、荷花池、洲岛、桥堤等景观。

步入一处长廊，廊两侧木拓上放着各种形状怪异的奇石。

大坤给我介绍了一些石的种类：菊花石、水晶石、木化石、玉石、灵璧石等。大坤说：这些石都是有灵魂的。我们赌石的人，有时是把命赌在这些石上的。

我们在连接廊柱的一块厚木板上坐下来。之后，大坤说：赌石的人擦石不算什么，主要在切石。我们行话讲："擦涨不算涨，切涨才算涨。"一刀瞬间暴富，一刀也可倾家荡产，玩的是刺激，但其中也不乏胆识和智慧，尤其是面对那些上百万的造假原石，更要机智灵活，会躲会闪。

我听后，倒吸一口冷气，问大坤：这个行业也能造假呀？

大坤冷冷地说：这年头连媳妇都会是假的！没有什么不能的。

在园子里逛了一上午，到了晌午，大坤说：走，我们出去吧，去吃饭。

出了大门，我看到了"粤园"两个字，便把手机递给长脖鹿，说：给大坤我俩合个影，留个纪念。

大坤立即摆手制止，对我说：干我们这行的从不与人合影照相。

我问，为什么？

大坤想了想说，人永远坚硬不过石头！

这个理由有些牵强，明显是托词。我有些不悦，便像我们从前那样开玩笑似地说：别扯了，你是不是怕卖假石犯事，警方不能找到你的图像资料，所以从不敢与人照相？

我话音刚落，大坤就对我一句暴吼：你不懂我们这行的规矩，就别乱放屁！大坤的这一句吼叫，让我的嗓子似乎一下被什么噎住了，半天无语。接下来的气氛有点不尴不尬。

在园子附近，有一家莆田海鲜酒店，大坤带我们走了进去。大坤点了很多道海鲜。因为我刚才的那句话，大坤的脸色一直阴沉着。我们吃饭时，谁都不言语，大坤一直用筷子头一下一下扎着螃蟹的盖，气氛很沉闷。

这顿饭的主菜我大多都没记住，只记住了喝的两种汤——虫草汤、鲍鱼汤。

人　面

　　初夏的一天正午，阳光正浓时，三桥镇铁器社旁边大英子旅馆走进来一个二十七八岁的女人。女人叫白芍，腆着个肚子，看起来怀孕有四五个月的样子。

　　白芍到三桥镇是寻找一个男人的，确切说是寻找肚子里孩子的父亲。

　　白芍是从邻省找到三桥镇来的。白芍的家在邻省的一个叫荒甸子村的村庄。头年腊月初，村上来了个收猪的男人，租了白芍的娘家东屋存脚。当时白芍刚离婚不久，也住在娘家，这样便和男人有了往来。

　　一次酒后，俩人鬼使神差般睡到了一起。

　　后来如果不是白芍怀了孕，她和收猪男人那晚的事情，只能算是彼此心灵孤独的一场抚摸游戏罢了。

　　怀孕了，就该另有打算了。

　　许是太疲惫了，白芍几乎睡了一下午。当她睁开眼时，三桥镇已被夕阳笼罩在一片橙黄色的光辉里。

　　白芍约到了收猪男人。

　　进了白芍的房间，男人很疑惑地看着白芍隆起的肚子。

　　白芍明白了男人的意思，低下头红着脸对男人说，肚子里的孩子是你的。放心，我不会张冠李戴的，那样也没意思。

男人沉默半晌，然后笑笑说，我信你。男人又皱了一下眉说，只是我有家，还有儿子，这个孩子生下来怎么办？

白芍说，我来这里的目的，只是想告诉你，我怀了你的孩子，但我不会难为你，孩子生下来我自己养。我现在没钱，你能不能先给我安排个窝，等我生下孩子后打零工有了钱还你。我在三桥镇住下来，心里会踏实。我不会对人说出孩子的父亲是谁，我自己知道就行了。

男人说，我明天偷着在镇上先给你买个房子，住下后事情慢慢理顺。

几天后，一场小雨，把三桥镇的街面冲刷得干干净净。白芍拎着包裹，住进了男人给她在东街买的两间红砖砌筑的房子。

秋末初冬时，白芍生下一个男孩，取名石头。

石头一周岁时，白芍找了个保姆的活，给三桥镇镇长老爷子每天做三顿饭，事先讲好的，可以带着石头到他家做饭。

一天，白芍在老爷子那儿收拾完刚回到家，这时猪厂男人悄悄站在身后，把她吓了一跳。

白芍恼怒地说男人，你鬼呀？走路这样轻？

男人笑着说，对呀，我是鬼，天天缠你身！说完，男人就奔过来把白芍推上床。白芍拼死挣扎，但男人的力气很大，他拨开白芍双臂，把她死死压住，神色里满是得意。

完事后，男人皱着眉想了半天，便从衣袋里掏出一张银行卡，递给白芍，哄着说，这卡里有20万，是给儿子用的。又嘱咐说，记住，这钱一定是给孩子用，而且不到万不得已不能破这个整数钱。

男人走后，白芍找一张纸把密码记了下来，然后又用这张纸把卡包裹起来，放进柜子里的底层。

从这以后，男人隔三岔五就过来和白芍缠绵，但从不在白芍这里过夜。白芍也慢慢接受了这样的生活，她觉得自己命该如此。

日子像风一样，刮走就没了。一晃，石头两岁多了。石头开始缠着白芍要爸爸，问白芍，妈妈，我怎么没有爸爸呢？

白芍听后告诉石头，爸爸出门了，很快就会回来了。

一天晌午，一个女人来找白芍。女人面色很冷，自称是猪厂男人的老婆。她拿出房契让白芍看一下，说，我男人贩卖瘟猪肉，人家吃后出了人命，被派出所抓了，你住的房子要卖掉，换钱去捞我男人。卖房子这点钱也还不够，如果你有良心也可以帮着凑点钱。

白芍的第一反应是吓坏了，她来不及考虑，便对猪厂男人老婆说，行，卖房吧，我明天搬出去，捞人要紧！

晚上，白芍翻来覆去睡不着，白芍想到了男人给她的不到万不得已不能用的 20 万。现在已经到了万不得已的关口，她决定明天去银行，先取出 10 万救男人。

第二天早上，白芍到了银行。不一会儿，柜台里的工作人员把卡从窗口递出来，告诉白芍，卡里只有开户时的 10 元钱。

白芍听后，头轰的一声。

白芍没有抑制住，眼泪像断了线的珠子，噼里啪啦掉了下来。

白芍搬出了那个房子后，第一个念头就是想回家，回到荒甸子村。

旅馆的大英子听白芍要回荒甸子村，气呼呼地说，你先不能回，这不让他们给欺负走了吗？告诉你，你被猪厂男人骗了。什么卖瘟猪肉被派出所抓了，那是他们两口子设的骗局！昨晚上我还看到那个男人从饭店里走出来的呢！

白芍无语，把脸扭过去，她不想让大英子看到她的眼泪。

白芍领着石头奔向回家的旅程。三桥镇不通火车，白芍从镇上坐客车到了县城，又从县城坐上开往她家乡县城的火车。

火车上，石头用食指顶着嘴巴，不错眼珠地看着坐在对面的一对父子。年轻的爸爸正给儿子叠着纸飞机，叠完后放在儿子手里让他拿着玩。

石头就问白芍，妈妈，我爸爸会叠飞机吗？白芍说，会。又贴近石头耳边悄声说，你爸爸还会叠大汽车呢！石头高兴了，双手环绕着白芍的脖子，说，爸爸快回来了，回来给我叠大汽车！

白芍手轻轻拍着石头的后背，丝丝酸楚像车窗外的风一样，从心头掠过，眼泪哗地流下来。

似乎没有什么过渡，太阳一下就消失在地平线上了。

火车在辽阔的东北平原的夜色里穿行着。

岁　月

　　马倌原来不叫马倌，从省城下放到韩店村，生产队长安排他放马之后，村里的人就开始叫他马倌了。

　　马倌下放之前，是做什么职业的，村里人一概不知，大家只知道他是一个有文化的人。

　　村里谁家来个信，就找马倌给读，谁家回个信也找马倌去写。马倌是有求必应，每次都把村里人应对得满意而归。

　　马倌刚来到这个村时，并不怎么喜欢这里，但久了却渐渐喜欢上了。

　　他喜欢上了这里的炊烟、河水、田野、锄头、牛马、鸡鸭鹅狗。

　　马倌躺在放牧的大草甸子上，眼睛望着湛蓝的天空时，就想：我要把这里改造成人间的天堂！

　　马儿们在草甸子上悠闲地吃着草，马倌便开始在心里构造韩店村的未来。

　　晚上，马倌把吃得饱饱的马儿们拴在马棚里后，就匆匆向韩队长家里走去。

　　韩队长五十多岁，膀大腰圆，嗜酒如命，每天饭桌上酒不离口。

　　马倌到时，韩队长正坐在炕上的饭桌旁喝酒。韩队长放下喝酒的大碗，问："马倌，有事么？"

"有。"马倌就坐在韩队长家的炕沿上，把自己对韩店村的未来构想讲了出来。

韩队长听后未语，端起那大碗，一口喝干，队长的媳妇见状立马又给斟上。

队长的脸色渐渐红润起来，他哈哈大笑了几声后，说："马倌，你都是四十多岁的人了，怎么啥都不懂？你来这里是改造自己，而不是来改造什么土地的。懂吗？"

马倌闷着头走出了韩队长的家。

从此，马倌就一门心思地放他的马，把马儿们放养得膘肥体壮。

不知从哪一天开始，村里的疯姑娘小云开始天天来大草甸子上陪马倌放马。

其实，小云不是疯，用马倌的话说，是失忆。

小云在失忆之前，正和省城的下乡知青涛热恋。不幸的是，涛在离韩店村不远的那条大河里洗澡时溺水身亡。

小云哭得死去活来，每天无论刮风下雨，她都要去那条大河边上，一坐就是一天。

一次，小云在那条大河边被一场大雨淋了以后，便患了感冒，发烧不止。待烧退之后，小云就失忆了。

大草甸子很辽阔，有风吹来时，马倌就和小云在风里奔跑。跑累时，马倌就和小云坐在草地上。马倌给小云讲一个又一个好听的童话，马倌想用童话的奇幻世界，唤醒小云姑娘沉睡的记忆。

几个月后，小云的肚子竟然大了起来，马倌知道自己百口莫辩了。

果然，村里的人都说是马倌把小云的肚子搞大了。

小云的爹妈也天天找马倌哭闹。

韩队长见到马倌破口大骂："马倌你真是畜生，连个疯子都不放过！"

马倌说："不是我。"

无论马倌怎么解释，韩队长和村里人都铁定了小云的肚子大是与马佫有关。

最后，由韩队长决定，让马佫娶了小他二十多岁的小云。

傍年根儿底时，小云生下了个男孩儿。转过年的春天，马佫被落实政策返回省城。这时，韩店村的人才知道，马佫原来是省城一所著名的大学心理学教授。

返回省城的教授，继续着他和小云的日子。教授每天上班执教。小云虽然失忆，但洗衣做饭照顾孩子却都是能料理的。

每天晚上，饭后，教授都要拿出一副扑克牌，陪小云玩。教授说这是在梳理思维，有利于小云的记忆恢复。

教授和小云玩坏了一副又一副的扑克牌。日子在教授和小云手里的扑克牌中，飞快地流逝着。

一晃，十多年过去了。

教授离休了，小云的儿子也长大了，去了一所大学读书。

一天，教授正在和小云玩扑克牌时，教授脑袋突然一歪，便人事不省了。那一紧张的时刻，小云感觉自己的脑袋"嗡"地一下，记忆便恢复了。

小云立即打电话叫来救护车。

抢救无效，教授因脑出血而死亡。

小云在整理教授的遗物时，发现了教授写给她的一封信。

小云：

　　人终究是要死亡的，为防不测，我事先给你写下了这封信。

　　我走后，如果有一天你的记忆恢复时，记住，一定要把儿子的亲爹找到。

小云看完教授的信后，便开始没日没夜地在大脑深处寻找儿子他爹。

一个雨夜，一道闪电之后，小云的面前突然很清晰地闪现了当年韩店村韩队长那副红紫的面孔来，甚至还有一股令人恶心的酒气也扑面而来。

小云立即伏案，写一纸条：

马倌，孩子他亲爹找到了。

然后，把纸条丢进脸盆里焚烧了。

读　书

　　丹阳的经历有点特别。

　　她在六岁之前是农村小孩，父母是城郊的菜农。六岁之后，菜地突然变成高楼，丹阳和父母就有了城市户口。

　　但是，丹阳和父母的生活并没有城市化。他们只得到一套两居室的楼房，只得到很少的钱。

　　的确很少的钱。

　　那时候农民卖地和卖地的钱都由村主任或村支部书记做主。钱到底是多少？都到哪里去了？村民算不清楚，变成一本永远的糊涂账。

　　长大的丹阳听爸爸说起这件事时，觉得很大部分原因取决于像爸爸一样的村民。

　　丹阳很不理解，爸爸上过学，为什么不识字。

　　爸爸说整天泡在松花江里玩，学什么学。

　　爸爸只能写自己的名字，还写不好。这样的父亲们能算明白账才是怪事。

　　丹阳住的小区院里大部分是被安置的菜农。

　　丹阳在心里称他们为父亲们。那些辛苦的父亲们都和自己的爸爸一样不怎么识字。

　　所以，他们会说，老孔村主任人不错。村子都没多少年了，你看老秦太太死时，他还给安葬费了呢。

所以，现在已有众多产业的企业家，从前的孔村主任，用他改不了的山东腔让他的老臣民们猜一猜身上穿的衣服多少钱时，父亲们都露出艳羡来：三千元！皮尔卡丹！一件只盖半个屁股的西服上衣，就是长到脚踝骨也不值这么多钱啊。

丹阳这时候眼里总闪着冷冷的光，下次学习成绩一定更好。

有人说，丹阳冷起眼睛时，很像她死去的妈。

这是丹阳心里的痛，她不喜欢别人提。

妈妈和爸爸是同学，同样读很少的书，但不同的是，妈妈仿佛没有白读书。当菜农变成城市无业穷人时，妈妈带着村民开始上访。

上访到第五年春天的时候，上访的队伍里只有妈妈一人在坚持。她去做一个知情人的工作，必须走过正在跑冰排的松花江，她知道很危险，还是过去了。返回时，一块冰排沉了下去，妈妈永远没回来。

那时丹阳 11 岁。

在之后的几年里，丹阳努力地回想妈妈平时跟她说的最多的话，竟然是：你要好好读书，好好读书。

想起这句话的时候，丹阳已经有了更多的理解能力，她知道读好书，自己就有智慧和能力解决一些问题。

这几乎是她学习的所有动力。

就在这时，她发现穷人有自己解决问题的方法。

秀秀，这个和她一样大的女孩子，突然穿起吊带黑纱裙子，大红色的高跟皮鞋，她纤细未发育成熟的身体和她衣饰焕发的风尘气息极不相称，但步态和表情已经完全失去了从前的样子。

秀秀美丽了，但不自然，如同秀秀家突然好起来的生活，极不自然。

邻居的眼神荡漾着艳羡的时候，丹阳彻底糊涂了。

还有更糊涂的事情。

二柱在私营企业的工作台上失去右手，律师帮他讨回 18 万元的赔偿，但几千块钱的律师费，二柱却坚决不给。

双喜叔以收购旧家电为生，一次交易时顺手拿了人家梳妆台上全套的首饰，为此蹲两年监狱。

这些人都怎么了？丹阳心里不住地问。

难道失去土地就失去了方向？难道没有钱就没了尊严？

高中三年，丹阳的脑袋里一直有这个问题在盘旋。

有相当长的时间，她打定主意要学法律当律师，为妈妈那样的人讨回公道。

可是，在填高考志愿的时候，她突然改变了主意，这个品学兼优的女孩子把所有的志愿栏，全都填上了和教育相关的大学。

对 面

进入这个城市后，我受聘于一家法制类杂志社做编辑。

坐在我办公室对面的是一个女孩，叫丽萨。

丽萨是个既浪漫又现代的女孩。

从我来这里的第一天开始，我就对她产生了十足的好感。那天，当我走进光线有些昏暗的办公室的一刹那，因为想着自己日后可能会身不由己地在这个地方做长时间的逗留，便感觉心头一沉。就在我为了自己的选择，心情突然变得有些糟糕时，门口突然传来一阵脆生生的笑。不等我抬头，随着笑声，一个靓丽的身影一下闯入我的视线。

"你好，我叫丽萨，你是新来的？"还没等我开口，丽萨的问候已经送到我面前。"你好，很高兴做你的同事。"为了配合丽萨的语速，在我还没有完全将她看清时，通过快速抢答，就把由阴转晴的心情呈现出来。

那天，丽萨上身穿一件露肩的炫彩棉麻衫，下身是一条稍稍过膝的蜡染牛仔裙，在她白皙的颈部和细细的手腕上，佩戴着闪动着真实色彩、极富个性的藏酷项链和手镯。她那嫩白的面孔上几乎见不到人工雕琢的痕迹，清丽中透露出挡不住的明艳。一见到丽萨，我仿佛突然看到了雨后那迷人的彩虹，再没有理由让自己不快乐了。

有丽萨在时，办公室里便处处春意盎然，而我在这种盎然的春意中，也总是能够找到最佳的工作状态。说丽萨是个新新人类，一点儿也不为过，她在穿戴中的自我创意与先锋时尚，常常招致别的女孩频频盗版。谈起"小资情结"，丽萨更是头头是道，几乎无人能敌。我戏称丽萨是游走在钢筋水泥的丛林中的一条活泼的小鱼，一个欢快的精灵。

丽萨称我是现代派作家，她很喜欢同我探讨一些话题。比如，"蓝调音乐""后街男孩""现代雅皮士""暴走族"；比如，"DIRTYDANCE""沙狐球运动""单人徒步旅行""新浪潮电影"……在我的感觉中，丽萨的小脑袋里总是充满了奇奇怪怪的想法，有时抽冷子问我一句，就叫我难以招架。可是，我心里又是多么喜欢与丽萨进行这种令人愉悦的交流啊！

因为丽萨，我爱上了办公室。只要丽萨在，有时，连下班我也迟迟不愿离开。因为丽萨，我在工作中发挥了极大的主观能动性，费尽心思全国各地约稿，尽心尽力地为杂志社工作着。丽萨哪里会想到，她几乎成为我在这个城市里生存的快乐源泉。

一天，由我做执行主编的一期杂志由于约到了几篇很有分量的稿件，在读者中引起反响，销量看涨。总编大喜，大大地夸奖了我。借着兴奋，我约丽萨去酒吧喝酒，丽萨爽快地答应了。在酒吧充满情调的灯光里，坐在我对面的丽萨依旧笑语欢声快乐似天使。我们对饮了几杯"喜力"之后，她那张年轻的脸变得更加生动了，一张酷似舒淇的性感的嘴唇也格外娇俏动人。此时，望着一袭红裙下，光艳照人的丽萨，我竟变得些心猿意马了。我开始想象，尽管这种想象有些夸张。我想象着我们在微醺的状态下，相拥着来到一张松软舒适的大床上……

或许是我的错觉，那一夜，丽萨始终情意绵绵地望着我。

原以为美好的开始一定会预示着美好的结局，可是，有一天发生了一件事，这件事彻底改变了我的选择。

那天，我从外面返回杂志社，当我接近总编室时，忽然听到从里面传来了一阵激烈的争吵。透过半开着的门，让我深感意外的是，我竟看到丽萨背对着门，一手指指点点着什么，一手卡着腰站在那儿，完全不见了往昔的美好。为了避免尴尬，我紧走了几步，但丽萨尖厉的声音还是避之不及地钻进了我的耳膜："总编，我跟你说，差我一分钱也不行，这是我应该得的，哼！谁也别装糊涂，要不大家的日子都过不好……"这时，在我背后传来了同事们的议论："瞧见没有，利益当前，分毫不让！""不知谁那么倒霉，撞在了她的枪口上。"我再也听不下去了，以极快的速度返回办公室。曾经代表着美丽、青春、性感的等一切美好事物的丽萨，就这样在我面前轰然瓦解了。

这件事毁灭了我对美好生活的追求啊！

我突然对这座城市充满了极度的失望。于是，我决定选择离开。

在我悄然离开这座城市的第二天夜晚，丽萨给我的手机打来电话。电话中丽萨天真地问我："为什么总编如此看重你，给了你那么高的薪水，你还要离开？"

我语调平淡地告诉她，我有了更好的选择，不想委屈自己。然后，我匆匆挂断了电话。

也许，丽萨永远也不会明白我离开的真正原因。

滋　味

一天，我熟悉的一位女孩，给了我一块口香糖。

女孩说今天是她的生日。

我就说祝你生日快乐!

之后，我就嚼女孩送给我的这块口香糖。嚼着嚼着，就满嘴的香香甜甜。

于这种香香甜甜的滋味之中，我就很想写这篇小说，一篇有关我和姐姐的小说。

那次，我去柳山参加一家杂志社的笔会。返程途中，车到阿城，我下了车，我要去看一看在这个城市里居住的姐姐。

去姐姐家的路上，经过一个菜市场，我就买了一只鸡，一条鱼。拎着这些东西，匆匆向姐姐家赶。

姐姐家离菜市场很远。我每次来，姐姐都是现往市场赶，弄回鸡呀鱼呀满满的一桌。这次，我顺便买来，姐姐就不必再辛苦地赶很远的市场了。

这样想着时，就到了姐姐的家。

姐姐见了我，一脸的兴奋。

姐姐忙忙地接过我手里的旅行包。当她突然看到我手里拎着的鸡、鱼时，就挺惊讶地问：你买的?

我点点头。

我就发现姐姐的脸色立即不愉快起来。

姐姐说你呀，你可真是叫我不知说什么好。到姐姐家来怎么能自己带菜呢？！难道是姐姐供不起你几顿饭吗？

我说姐姐我没那样想，真的没那样想。

没那样想，为什么自己买了鸡和鱼？

我说我真真正正考虑姐姐的家离菜市场很远，就顺便带回来，免得姐姐再辛苦地跑上第二趟。

姐姐说，这话不越说越外吗！你来我都高兴不过来，怎么能扯到辛苦上去？我可是你的亲姐姐呀！

正因为你是我亲姐姐，我才这样做呀！

好——好——好，我不说了，行吧？你自己好好想想，这事做得对不对！

做完菜后，姐姐又对我说，这事我怎么想都不是滋味。这次你自己带菜上门，难道说以前你来姐姐待你薄了不是？

姐姐说完，就有泪从眼内流下来。

我忙从沙发上站起，说姐姐你可千万别这样，弟弟确确实实没想别的，就是想姐姐的家离菜市场很远，就顺便带回来。

姐姐仍呜咽着说，你知道吗，弟弟到姐姐家来，自己带吃的，做姐姐的心情该是什么滋味？

我说这滋味一定很不好受。姐姐你别再说了，弟弟以后再不做这样的傻事。

这一晚上，我和姐姐的情绪都很低，都很闷。

翌日走时，姐姐到车站为我送行。临上车，姐姐从衣袋里掏出相当于我买鸡鱼时花费的票子，硬是塞进我的手中。

姐姐说弟弟你揣着，这样我心里的滋味就会好受些。

我哽咽着点点头，于很不好受的滋味之中，把票子揣进了衣袋。

车开走的那一瞬间，我发现车下的姐姐掏出手帕在擦泪。

看到姐姐这般，我的双眼也模糊了……

在我写这篇小说的时候，姐姐在车站与我离别时的那双泪眼，就又很清晰地浮现在眼前。

于是，就更觉出某些不是滋味的滋味涌于心间。

觉得再不是嚼口香糖的那种滋味了。

爱吹泡泡糖的女孩

女孩爱吹泡泡糖。

女孩的嘴里就总嚼着泡泡糖。

女孩吹泡泡糖时，两只乌溜溜的黑眼睛一转，上下牙齿轻轻一嚼，口中就吹出一个很圆的大泡泡。

这时，男孩子们就对吹泡泡糖的女孩说，你呀你真会吹，如果咱们这个小城搞一次吹泡泡糖比赛，你准会拿大奖。

女孩听后，伸下舌头，脸上浮出很惬意的笑。

女孩背着双挎肩书包上学时，嘴里也嚼着泡泡糖。不嚼泡泡糖就唱歌，唱"我想唱歌不敢唱，小声哼哼还得东张西望。高三啦还有闲情唱，妈妈听了准会这么讲。"读完高三，女孩高考名落孙山。

在家闲着的滋味不是那么好受，女孩感到日子好无聊好无聊，女孩就去歌厅唱歌。女孩唱《默默的祝福》《明天你是否依然爱我》。女孩唱歌时一脸的落寞，神态很认真，给人一种难以名状的感动，把一些失恋的男孩唱得泪流满面。女孩就掏出手帕，很坦诚地为失恋的男孩擦去脸上的泪花。之后，女孩就说，干嘛呀！哭，算是男子汉吗？其实，我们都是这个世界上的孤独人。我自小失去双亲，是别人抱养大的……女孩说到这里，自己竟也控制不住哭了起来。

一天，窗外有雨。女孩在淅淅沥沥的雨声中吹泡泡糖。吹着，吹着，女孩就挺成熟地想，日子总不能在吹泡泡糖中一个又一个地吹灭吧？于是，女孩就带着学费去省城拜师学烫发。学艺期满，女孩就返回小城，在一家旅馆的前厅接待室租了一小块地方，开了一个"泡泡糖发屋"。

泡泡糖发屋开业了很长时间，女孩的生意也不见兴隆。女孩就很仔细地想：要想生意兴隆，必须研究出在小城特别新颖的发型。女孩就开始天天研究发型。研究了一个月左右，女孩根据小城人的审美要求，研究出了一种很适应小城人的春夏秋冬四季发型。女孩率先做起这种发型。然而，女孩的一番苦心，却没有得到小城人的赏识，一天的时间里，也只是零星来几位顾客，更多的时间女孩是坐在发屋的凳上吹泡泡糖。

小城金秋节到来的前夕，市里烫发协会组织了一次"迎金秋理烫发大奖赛"，女孩报了名。

在比赛中，女孩在小城独一无二的春夏秋冬发型，赢得了大赛评委和专家们的一致好评。女孩在二十多位参赛者中名居榜首，拿了大奖。

从此，"泡泡糖发屋"备受小城人的青睐，每天的顾客络绎不绝，还有来拜师学艺的，来建议女孩开办理烫发学习班的。

然而，就在"泡炮糖发屋"生意红火之际，女孩却自行闭店休业了。

不久，人们就又看到女孩在蓝色的天空下，吹着泡泡糖，背着双拎书包，哼着歌上学了。这时，人们才明白，女孩又重读了。

有人就说女孩，你真傻，该赚钱的时候却不赚了。

女孩听后，就又很习惯地伸下舌头说，我现在的年龄正是不该赚钱的年龄。说完，女孩两只乌溜溜的黑眼睛一转，上下牙齿轻轻一嚼，一个很圆的大泡泡就又从口中吹出来。

美　好

父亲节的前一天，我乘车去看望住在城郊的父亲。

父亲虽然住在城郊，但是那儿的条件很好。社区被人称为富人区，住的大都是城里的离休干部。

他们退下来之后，儿女为其选择了空气清新、环境幽静的城郊作为颐养天年的好地方。

班车上大多是从城内返回来的老人。

车厢里气氛融洽，大家很随便地交谈着。

因为车上阿姨居多，所以大家聊的无非是哪家超市的吃食特价，或是自家儿女、孙儿等的趣事。

挨我身边坐着的是一位小个子阿姨，花白头发，肤色也很白。她本来在眯眼休息，一听聊到了儿女的话题，就坐直了身子，来了兴致。

这位阿姨嗓子尖亮："现如今都说养女儿好，女儿贴心，孝顺父母，我却觉得养儿子好！"

邻座一位戴着眼镜的胖阿姨摇摇头说："儿子再好，也是比不得女儿细心的，老姐姐。"

话音刚落，便听见有人附和着："女儿好，女儿细心"。

小个子阿姨也笑了，说："都好，都好。谁家的儿女都是好的，我只是对我的儿子特别满意。"

大家一笑，也就过去了。

不过邻座的胖阿姨似乎特别不以为然，她带着一口浓浓的江南味口音慢声细语地说："老姐姐，那说说你家的儿子怎么个好法吧，也好让我们大家好好羡慕羡慕！"

这话虽说没什么特别的意思，但让人听起来觉得不是那么舒服。

小个子阿姨的脸腾地红到了耳梢，她紧紧地攥住了手中的塑胶袋。

小个子阿姨说："我家的儿子好，儿媳也好，儿子每个星期都带着媳妇、小孙子过来看我，一过来就买好多的青菜、水果、海鲜等，把冰箱添的满满的。"

她接着说："我儿子个高，一米八的大高个呢！模样长得也帅气着呢！看了就让人喜欢。每次回来都抢着做家务，什么都不让我做。我儿子是军人，洗衣服特别干净，白衬衫比我洗的还好呢！我家小孙孙和他爸爸小时候长的一个小模样。小家伙可淘气了。我就喜欢我家淘气的小孙孙，越淘气越健康！"

小个子阿姨边说边笑，满脸的慈爱，脸色也红润多了，看起来很美。

终于，小个子阿姨结束了这个话题，把头望向了窗外。

车厢里又有其他阿姨拣起这个话题，说起自家的宝贝孙子是多么的惹人欢喜。

原来天下的母亲是一样的，说起自己的儿女时，便都能想起千种万种的好，说也说不完。

这让我想起了我已过世的母亲，她是不是曾经坐在公园的椅子上，一脸慈爱地和邻居们说着我的好——尽管我做得并不够好……

听着阿姨们的话，我的眼角有些湿润。

我偷偷地看了一眼我身边的这位小个子阿姨，虽然光阴已带走了她的韶华，但脸上那些细琐的皱纹却让我觉得她依然那么美丽。

车到了终点站。下车后，我的步子迈得很大，走得也很快。我去社区超市买了一些父亲平时爱吃的主副食。

出来的时候，我看见了小个子阿姨，她在我前面不远处慢慢地走着，她手中的那个大塑胶袋把她的身子衬托得更加弱小。

她在社区养老院的楼前停下，将左手提着的塑胶袋换给右手后，这才走了进去。

我有些茫然，并且有些不知所措。

有风吹来，好似一下吹醒了我。

角　色

《绿野》杂志是省一级对外宣传的一本边境月刊。

作家刘在这家杂志社任执行主编。杂志在他的主持下办得挺火。

作家刘是省内外很有名气的作家，但在编辑部里，他做事从不以名压人。他当主编的理念是：和谐为本，一切都讲宽松和谐。因此，《绿野》编辑部里的编辑、记者们，经常语笑喧阗。

这时，作家刘就对编辑们说："对，我要的就是这种效果，这样工作才有劲头。"

作家刘也发脾气。当发现编辑的文章应付差事时，便立即酸下脸来，啪啪拍桌子，摇着头大喊："狗屁文章！"

挨批评最多的是编辑部主任王。作家刘常把主任王传到自己办公室，对他说："我讲的宽松是气氛，并非是文章的宽松，懂吗？你主任是怎么把的关？就这鸟文章也敢往我这送审，还想不想干了？"

主任王站在那儿，弯腰低头，说："主编，我记住了。"主任王走时仍保持那个姿势。

作家刘喊住他说："你走路能不能把腰挺直，别像欠了谁一大笔钱似的。"主任王弯腰低头："主编，我记住了。"

作家刘只抓文章不管工作纪律。下属们迟到早退，他从不批评，甚至还说："把活给我干利索了，绝不许掉链子。你们犯点自由主义我兜着。"

作家刘自己也经常不按时上下班，每天下午在办公室很难看到他的影子。社长就找作家刘谈话。社长说："刘主编，你要律人先律己。听说你每月的选题都是口头布置，那怎么行！一定要开例会。"

作家刘申辩说："社长，你管这么多事干嘛？你要的不是杂志吗？我每月保质保量按时出刊不就得了。"社长说："道理是那样，但工作不是那样做的。"

作家刘就很不耐烦，起身就走。

社长本来还有话说，但见作家刘走了出去，便只好作罢。社长和作家刘的谈话，经常是以这样的方式结束。因为是知名作家，作家刘每年都要到省外开几次笔会。

上个月作家刘刚从北京、上海开完笔会回来，这个月又接到福建的邀请函。

作家刘想想得去参加这个笔会，便立即召开编辑部会议，布置他走后的工作，并告诉大家他很快就会从福建回来。稳妥之后，作家刘去和社长请假。

走进社长办公室时，作家刘突然感觉因笔会和社长请假的次数太多，便临时改变说自己老家乡下的姑姑有病，他要回老家探望。

社长点头应允。

作家刘外出笔会期间，社长见到编辑部主任王，叮嘱他："你们主编回老家这几天，编辑部的工作你要多费心一些。"

主任王听后一愣神，说："主编回老家了？"

不日，作家刘从福建飞回，还给编辑部每人带回一包福建白茶。作家刘告诉大家："别和社长说这茶是我送的，他不知道我去福建的事。"

一天，主任王走进社长办公室。

社长问主任王："有事吗？"主任王说："社长，现在很多杂志社的社长都有博客，我建议您也建个博客，便于和外界沟通交流。"社长听了挺有兴趣，说："我对网络很陌生，对博客更陌生，能行吗？"

主任王说："没问题，我帮你管理博客。"说着，主任王走到社长的电脑前，打开一个博客的页面，告诉社长："您先熟悉一下博客吧。"

社长就开始看博客，主任王在后面指指点点。社长握着鼠标点来点去就进入了作家刘的博客。社长显得很突然，回头问主任王："怎么，刘主编也建了博客？"主任王回答说："是吗？我也是刚看到。社长，您先看着，我回去工作了。"

社长专心地看着作家刘的博客，看着看着，社长的眉头皱了起来。社长在作家刘的博客上，看到了作家刘这次在福建笔会上的一些照片。社长关闭了电脑，打电话把作家刘叫来。

社长显得挺关心地问："你姑姑的病好了？"

作家刘很随意地说："好多了。"

社长仔细地、眼神很怪地审视了一下作家刘，说："没事了，你回吧！"

作家刘就站起来，琢磨着社长的眼神走了。

月底，作家刘的月奖金就被扣除了五百元。作家刘去找社长问为什么。

社长说："你说呢？"

作家刘听见社长的电脑传来贝多芬的《命运》交响曲，和自己的博客音乐一样。

作家刘就突然想起社长那天的眼神来了。

破　碎

从我懂事起，就常听父母唠叨："当初是因为你，而把大你三岁的姐姐送给了别人。"

我就问父母："为什么非得是因为我，而不是因为别的什么？"

母亲的眼里涌上一层泪花，说："那时候，闹灾荒收成不好，没有粮食，大家都挨饿。为了少一个和你争食的，保住你的命，我和你爸一商量，就把你姐姐送给了别人。"

听了母亲的话，我完完全全地明白了父母当初的"因为"——当初因为我是儿子，能延续家族，传宗接代，父母便把我留了下来。

因此，在我长大成人以后的许多个日子里，我简直是背着沉重的情感债过日子，内心里有许多对姐姐的歉疚。

我没有理由责怪父母。

既然不能责怪父母，就只有努力去找回大我三岁的姐姐了。

我问父母："姐姐送给了谁家，你们现在还记得吗？"

爸爸说："记得还好了。我是在车站上把你姐姐送给了外地的一对青年夫妇。"

爸爸说完，妈妈就在一旁流泪。

妈说："当初我们的想法怎么那么愚呢？"

爸说："就是，其实不把你姐姐送给别人，也不至于都饿死呀！"

我说："爸妈，事情都过去三十多年了，别后悔了。"

我常固执地认为世上无难事，只要努力总会找到大我三岁的姐姐。因此，每次出差的时候，在车上或旅馆里，我总要对三十多岁左右的女人特别留心，也特别愿意和她们闲聊。没准，兴许就能聊出许多意外的话题来。

前几天，我从外地出差回小城。在车上，坐在我对面的是一位三十多岁的女人。当女人的那双美丽的大眼睛，不经意地看了我一眼后，我的大脑神经就很特别地颤动了一下。

这个女人很文静，坐在那儿读一本书，时不时的双眼还看看车窗外。

说不清的原因，从看到这女人的第一眼后，我就对这女人感到特别的亲切。

我试探着和女人搭话。在我和这位女人聊了很多的话题以后，我就投石问路，说："大姐，您的父母真有福气，养了您这样好的女儿。"

谁知，女人听后，脸就一下阴沉起来，说："我是被父母抛弃的，到现在也不知道自己的父母是谁。"

听后，我的大脑神经就不由地又颤动了一下。我的心加速地跳动着，便急急地问："大姐，您的生父是不是姓陶？"

女人看我一眼后，挺平静地说："不，我生父姓刘，叫刘一轩。关于生父，我仅知道这些。"

女人说完，就抬头静静地看着车窗外的某一处。

我的心顿时就凉下来，心中刚刚升起的那一点希望瞬间便熄灭了。

车到一个小站，女人背起她那的行包，对我说："老弟，我下车了，再见！"

我点点头："再见。"

还未等女人走出车厢，我竟也背起行包下车了。

女人回头看见我，挺吃惊地问："你不是终点站下车吗？怎么在这个站下？"

我说："我也不知道为什么下车。总之，突然间有了下车的念头。"

女人听后咯咯地笑，说："你这老弟怪有意思的。"

其实，我中途下车纯粹是为了这位女人。很莫名其妙，我怎么感觉都觉得这位女人就是大我三岁的姐姐。

很快，我和这位女人并肩走出了站台。出站口的人群中，一个脸上长有络腮胡子的男人，挺着肥胖的大肚子，急急地奔我身边的这位女人走来。

近了女人前，男人打了一个响指，竟在众目睽睽之下"叭"的一声吻了这女人，还说："宝贝，可把你等来了！"

走一会儿，男人又问："你丈夫知道你上这儿来吗？"

女人说："不知道，我骗他说是到另一个城市去出差。"

男人听后就哈哈大笑，还嚷："真开心！"

男人和这女人勾肩搭背地走了。

我停下了。看着他们走得歪斜破碎的背影，听着他们一声又一声的怪笑，我的心顿时就酸酸楚楚的了。

我想：大我三岁的姐姐怎么也不可能是这样的一个女人呀？

不会！

我在心里再一次肯定。

教育诗

方娅的父亲是位作家。

在方娅很小的时候，父亲就常给她买各种儿童文学书籍，其意是想培养女儿对文字能够产生兴趣。

父亲希望女儿长大后也能成为一名作家。

但方娅并不买父亲的账，什么安徒生、伊索、格林都被方娅弃之一旁，令方娅感兴趣的倒是书中那一页页的插画。

于是，方娅一有空闲，就拿着笔临摹书中的每一页插画。

一天，方娅把一幅自己画的唐僧师徒四人取经的画拿给父亲看。

父亲看后甚惊，方娅还真的把师徒四人那"敢问路在何方"的味道在笔下给描绘了出来。

这不得不叫父亲正目凝视方娅了。

父亲也不得不认真地问方娅："方娅，你长大后想要做什么？"

只有七岁的方娅几乎不加思索地回答："爸爸，我要当画家！"

父亲听后点点头，没再言语。

从此，父亲就不加约束地任方娅的兴趣自由地发展。

一晃几年过去，方娅高中毕业，考入了一所艺术院校的动画设计专业。

记得是在方娅大二那年的夏天，方娅暑假回家。父亲发现女儿有两个晚上都在电脑前敲到深夜。

父亲还发现，女儿敲出的是一行行文字。

之后的一天中午，女儿把父亲请到电脑前，说："爸爸，我写了一篇小说，您给指点一下。"

父亲用疑惑的眼神看了看方娅，然后坐在电脑前读起来。

父亲一口气就把女儿的这篇一万多字的小说读完了。

读后，父亲再次震惊。凭感觉，第一次写小说的女儿出手不凡。

父亲就把这篇小说拿到了省作协的《阳光文学》主编那里。

不久，方娅的小说处女作就在《阳光文学》发表了。

三个月后，女儿方娅再次看到父亲时，问父亲："爸爸，我的那篇小说的稿费还没来呀？都三个多月了。"

父亲听后，稍怔了一下，然后对女儿说："看，我这一忙都忘了，稿费我早就领了回来。"

说完，父亲从钱夹里掏出钱递给女儿，说："给，稿费，五百元。"

女儿接过钱，说："呀！这么多，看来我还得继续写。"想了想，又把钱递给父亲说："爸爸，这钱我不要了，您爱喝酒，就用这钱买几瓶好酒吧，算我孝敬您了！"

父亲把钱推了过来，说："方娅，爸爸谢谢你的孝心，但是这钱我不能要，这是你的劳动，而且又是你的第一笔稿费。"

方娅便不再推脱……

转年，莺飞草绿的春天，方娅也许是因为那五百元稿费的动力，一口气写完了三部中篇小说交给了父亲。

果然，方娅说："爸爸，我想赚稿费，大学毕业后想开一个制作动画的公司。"

父亲点点头后，就开始读女儿的小说。

当父亲用了几个晚上，把女儿的小说读完之后，便按捺不住内心的激动，当即就把这三部小说分别投给了国内三家有影响的大型文学期刊。

后来，这三部小说有两篇被发表，其中一篇《带着龟龟去流浪》是以头题发表的。

再后来，《带着龟龟去流浪》被国内权威文学选刊转载，后又被评上该年度的中篇小说排行榜，引来文坛一阵震动，方娅也由此名声大噪。

一次，方娅应邀参加省作协举办的文学创作座谈会。

这次会议，方娅的父亲也来了，就坐在方娅的对面。

发言时，《阳光文学》主编的话，让方娅从内心深处很真实地体验了对父亲的那一份感动。

主编说："方娅取得的创作成绩，是我省文学界的骄傲。方娅的处女作是在我们杂志发表的，但说来很惭愧，由于诸多原因，方娅这篇小说的稿费我们至今还欠着呢……"

听此，方娅的心里一颤。

方娅抬起头向父亲看去，父亲像孩子一样地迅速低下头。

方娅一下恍然大悟。

那一刻，方娅比任何时候都读懂了父亲。

方娅的双眼潮湿了。

方娅再抬头看父亲时，父亲正面对着她微笑。

那笑容灿烂如花。

手 足

江湖江海是兄弟俩。像很多兄弟一样，两人的质地相去很远。江湖是那种怎么娇宠也惯不坏的孩子，天生持重沉稳；江海却打小被父亲一手娇惯成浑小子，直到十七岁时把父亲气死算是彻底定了型。

江海天不怕地不怕，除了长他十岁的哥哥江湖。

对江海来说，江湖是唯一一个打他而他不敢还手的人。原因很简单，只要他出了事，无论万水千山，无论酷暑严寒，江湖都会在第一时间赶到江海身边，给他收拾乱摊子。

江海再混也知道，这个世界上真心关心他并且有能力给他解决麻烦的只有哥哥。

像一切坏小子一样，江海娶了个好姑娘，生了个好孩子；像一切坏小子一样，江海以折磨妻子和岳父岳母为乐事，直到他们有生不如死的感觉。

哥哥江湖为此把江海打得鼻口流血，但他仍然不能做一个好丈夫。江湖就把江海的婚姻解散，放走好姑娘去重觅好人家，而把侄女领回自己家，由妻子精心养育。

江湖心里有期待，盼望着慈祥的时间老人可以重新给他个好弟弟，哪怕江海那时四十岁或五十岁。

可是四十岁时，江海从愣头青成了一个更加纯粹的流氓加无赖。

江海总是去饭店白吃白喝，饭店主人只好去找哥哥江湖。这样江湖每天都要迎着一股葱花味，从兜里给人店主掏钱。掏了一个月，当第三轮开始的时候，江湖冷眼面对讨账的人：成心吗？！我告诉过你们两次了，他再去白吃你们给我打电话，再一再二不再三，这账我不付了！

江海这时候吃喝嫖赌坑蒙拐骗外加吸毒，整个成了一废人。江湖抓到他时，他正给自己打吗啡。江湖照例给他一顿暴打，最后说：你滚得远远的吧，如果你还知道自己是父亲，为女儿想想，有你这样的父亲，你要她今后怎么做人？

江海走了，一走就是五年，音信皆无。江湖从来不提他，但是逢年过节，家里座机和自己手机骤然响起的时候，总是江湖第一个抓起电话。

2009年春节刚过，一个陌生的电话打来，深圳警方告知，江海死了，死在街心公园的木椅上。

警方说是这样找到江湖的，他们从死者身上发现电话号码本，按顺序拨了第一个电话。

随后警方通过电子邮件传来了死者照片。

江湖去深圳之前要侄女买双纯棉袜子：丫头，大伯要出差，想穿侄女买的袜子呢。心里想的是，弟弟是有后人的，弟弟上路时理应带上女儿的孝心。

江湖带了剃头用具，预备了新衣服，给弟弟江海收拾得干干净净整整齐齐。他一边给江海穿袜子一边告诉他：你的女儿很争气，学习好，性格也好，谁都喜欢她。

第二天，江湖拿上江海生前的照片去他经常出没的地方，江湖把那里的小饭店走了一遍，挨家挨户询问照片上的人是否有欠账。店主们拿过照片看了一眼就老熟人似的笑起来：东北佬，总在我这吃饭，没欠过钱啊。

江湖带着江海回家的时候，只想着藏好骨灰盒，不能让侄女看到；

可侄女第一眼看到他时，突然扑上来抓住他的胳膊大哭，吓了他一跳。

侄女呜咽着说：大伯，你怎么了？头发全白了，胡子全白了！

江湖这才站在镜子前认真地看了下自己。

看着一下好像老了十岁的自己，看着和江海生得一模一样的眼睛，江湖忽然流泪了，流了一脸又一脸。

心理学教授

心理学教授矫正是我的朋友。

矫正的婚姻一直不是很和谐，因此，没事时他总是找我倾诉他心中的苦闷。

矫正的妻子是搞教育学的，两个人争论的焦点，最多的是体现在学术观点上的分歧。

矫正说妻子的教育学太空洞，不实际。

矫正说，就连孔子都知道人多了怎么办。子曰："富之"，"教之"。

矫正还常在晚饭的桌上，开导妻子做人要厚道一些，不要瞎嚷嚷。人在不能温饱的情况下，教育就是一句空话呀！

妻子听后，立即拍案而起，说老矫我对你无话可讲。

说完，妻子夹了一些菜，放到碗里，就回自己的房间里吃去了（俩人一直在分居），还把门锁从里面扣上了。

矫正见妻子对他如此态度，感觉像是受到了屈辱。

矫正把饭碗"咣"地往饭桌上一放，走到妻子的卧室门口继续说，妈妈的，我说的没有道理呀？你想呀，一对靠拾荒过日子的夫妻，到了情人节，丈夫咬着牙给妻子买了一大束玫瑰。妈呀！这时候的妻子会有什么样的感觉？

妻子会说浪费呀！花这冤枉钱，不如买斤豆油，咱家有几顿菜都没放油了。

孔子的"不富不教"的理论，合乎了心理学家马斯洛的需求层次理论呀！

门被推开，妻子指着矫正说，老矫你有完没完。你那心理学好，把自己分析的都神经兮兮了，连说话的声调都娘们叽叽了，真叫我鄙视。

鄙视？你这是嫉妒，懂吗？从心理学角度分析，人本性深处，都不希望有人在各方面超越自己，包括夫妻。

放屁！你是疯子！你给我滚！说完，妻子把一本书砸在了矫正身上。

矫正把书拣起放到桌上，怒着脸告诉妻子，你不是鄙视我吗？告诉你我可以找个不鄙视我的人。

一次，矫正约了七八位男女朋友在一起喝酒。

我也是被约的朋友之一。

矫正的身边坐着一个女孩。

矫正对大家介绍说女孩叫蛮蛮，是他的女友。

我挺吃惊地看了一眼矫正，然后又看了看女孩。

女孩矮粗形，厚唇小眼睛，牙齿不白，皮肤也不白。天呀！矫正怎么会爱上这样的一个女孩。

喝了几杯酒，矫正告诉大家，蛮蛮是他的神！是他的命！

叫蛮蛮的女孩咧着嘴在那笑。

笑后，女孩说我正在和矫老师学习心理学呢。

接着，女孩像背诵似地说，在逻辑层面上，心理现象包括感觉、知觉、表象、记忆、思维、想象、情感和意志等……

大家听后，一阵哄笑。

矫正伸出他那只白胖的手，细声软气地的阻止大家说，笑什么？有现象必有其本质，我知道你们此时在想什么，但我给大家一个面子，这里我就不揭露了。

大家听后，就都不笑了，开始静下来。

矫正接着说，你们不知道呀！我太爱蛮蛮了。妈呀！那种爱你们是无法体会到的。你们知道蛮蛮给了我多大力量呀？这样比喻吧，给我一根棍儿，我能把天捅破了。

大家又是一阵哄笑。

矫正又是伸出白胖的手，阻止说，笑什么，真的。在蛮蛮面前，我总有一种冲动，想干一件漂亮的惊天大事，让蛮蛮知道我是一个真正的男人。

叫蛮蛮的那个女孩，坐在那儿仍然咧着嘴笑。

不日，矫正真的开始谋划一件大事。

他买来一把仿真手枪，戴上蒙面罩，在喝了半斤白酒的一天午后，他冲进了一家银行。

矫正双手平举着枪，对着柜台里的工作人员喊，钱快快地拿来！

他的话音刚落，银行保安的警棍便把他击倒……

在法院开庭审理此案时，法官问矫正抢劫银行的动机是什么？

矫正回答简洁明了：是爱情的力量让我这么做的。

旁听席上的人都说他是个疯子。

最后，法庭宣布：心理教授矫正，以抢劫银行未遂罪被判有期徒刑10年。

黑色误区

那时，女人是从农村嫁来的。

女人嫁给男人后，女人变得更勤快，贤淑。

结婚的第一年，男人上班的工资养她一个人。结婚的第二年，女人生下一男孩，男人上班的工资就养了两个人。

一个人养两个人，日子过得虽不是那么宽绰，却也不怎么拮据。有着勤俭持家习惯的女人，每个月下来，却还能把男人的工资开销的得略有盈余。

男人就很高兴，就常对别人说他找了一个会过日子的好媳妇。

男人白天上班，女人每天在家里照料孩子，还给男人洗衣做饭。

男人每天下班后，就能吃上热热的菜，喝上热热的酒。临睡前，女人还烧热热的水，给男人擦身洗脚。

女人每天都这样温顺，并且很认真地侍候着自己的男人。

日子在平静之中一天天走过。

平静的日子中，男人突然患一场重病。病愈后，男人就永远失去了劳动能力，不能上班工作，提前病退在家。

男人病退后开的那点工资，养女人和儿子就显得有些艰难了。

男人就天天木着一张脸，闷闷不乐。

女人就劝男人。

女人说："别愁，富有富的活法，穷有穷的活法，这个家我来养。"

女人就买了保温壶，在街上卖起冰棍。

一年后，女人又不卖冰棍了，在街口开了一个食杂店。

女人靠自己的勤劳，把家养的比上不足比下有余了。

这时，男人的脸开始漾开了笑容。

这时，女人的脸开始涌上了愁云。

终于，有一天女人狠狠心地对男人说："唉，我活得太累了，咱们离婚吧！"

男人听后，身心一惊。

女人就又说："我不是怕苦，也不是怕累，也不是养不了你。我只是总觉着，一个女人养家这也不是什么曲儿呀！"

男人就没说别的。

男人就和女人离了婚。

女人就把那个食杂店让给男人，男人就靠食杂店养自己和儿子。

不久，女人再婚。女人嫁给也是离婚还带着两个孩子的男人。

女人又开始给这个男人照料孩子，还给这个男人做饭洗衣。

这个男人每天下班后，也能吃上热热的菜，喝上热热的酒。临睡前，女人也给这个男人烧热热的水，擦身洗脚。

女人每天都这样温顺地侍候着这个男人。

但这个男人的性格有些粗暴，女人稍有不慎就要挨打。

挨累还要挨打，女人却不抱怨，不反悔。女人觉得这样过日子，挨这些打心里也是踏实、安稳的。

女人还常对别人说："女人怎么能养家呢！嫁汉嫁汉，穿衣吃饭，这是天理！"

酒 品

一个人孤独时，常想起我早些年在县城工厂时的几个朋友和一些事情来。

大莫、小军是我在工厂时最要好的朋友。那个工厂是大集体编制，归县二轻工业局管辖，大莫、小军和我都是通过招工考试进到这个工厂来的。此前，尽管我们仨同住一个县城，但却素不相识。

走进这个工厂之后，说不清什么原因，我们仨走得特别近。

下班后，我们仨经常去一家小酒馆里喝酒。那时，都是二十多岁，身体好，火力也旺，敢喝。我们仨经常是一坐下来，就得要喝上几瓶子白酒方肯罢休。最后的结果是，我和大莫经常醉得糊里糊涂，是怎么回的家都不知道。

第二天上班时，小军告诉我和大莫说，昨晚是我一个又一个把你们送回家的。

大莫不好意思地抓下头说，小军好酒量。

我在一边有些不服地说，咱俩喝多以后，那白酒就是凉水了，只知道往肚子里灌，谁还知道小军喝没喝呀！

小军显然不爱听我的话，说，爱信不信，反正我喝了。

在工厂时，我就开始写小说。那时，总写不发表，每天都有退稿。退稿有时把我的心情弄得很糟，精神疲惫不堪，也痛苦不堪。在这种情况下，大莫和小军就请我喝酒消愁。借酒消愁愁更浓，酒桌上，面对退稿的打击，我泪流满面。

这时，他俩就安慰我，劝我别灰心，还说有志者事竟成。

有一次酒后，我们突发奇想，也来个桃园三结义。于是，冬天的月亮地儿上，我们仨磕了头，拜了把子，成了兄弟。以年龄顺序排位，大莫称大，我为二，小军是三弟。结拜之后，我们仨真的是义气当头，哥仨无论谁有事，不往后看，只往前冲。

老大家父母是双职工，日子宽裕一些。老三父亲去世早，家里妹妹上学，母亲又无工作，日子过得很艰难。

我们在一起喝酒时，老大除了不让我和老三拿一分钱之外，平时还总从自己的兜里往外掏钱，贴补老三的家用。

我帮不上老三，家里的母亲常年卧病在床，好在有我和父亲上班挣钱支撑着日子，好歹比老三家强一些。

老大的举动，常让我和老三心里有无限的温暖。人生的旅途上，能遇到这样的好大哥，这比什么都值啊！

我们仨在电器维修车间，经常缠电机。老大和老三在六个月时间内，就已经熟练地掌握了嵌线的缝式、交叉式、同心式、双层、单层等程序了。而我工作了八个月，对这些程序也只是略知皮毛。

老大干活脚踏实地，老三是心灵手巧，我则笨拙如牛。

师傅经常对我们仨下断论，大莫和小军天生就是干活的料，说我不是工厂的这根葱，早晚得飞。师傅还说，大莫和小军在工厂能出息起来。内心里，我期待着师傅的话能够显灵。

光阴毫无遮拦地向前奔跑着，一晃七八年过去了，我们仨也相继娶妻生子成家了，我们兄弟的情分也并未因有了各自的家庭而显得生疏，依然如火一样旺盛地燃烧着。

又是几年后，师傅的话果然灵验了，老大当上了厂长助理，我当上了专职的团总支书记，老三当了车间主任。

这时的我，已在省内外报刊发表了很多小说。

在老大从厂长助理转正成厂长后的那年秋天，我因创作成绩突出，被调往省城搞专业创作。

搬往省城的前一天晚上，老三省外出差未归，老大给我辞行。

记得那晚儿，我和老大说了很多推心置腹的话，至今我还记得清。

我告诉老大，工作是工作，情谊归情谊，工作上的事，你也不能尽掏心窝子的话对老三讲。

老大听后，急了，拍桌大怒说，老二，你什么意思？莫非你走了让我和老三掰了不成？

我说，不是，我就觉得老三太冷静了，冷静的可怕。大哥，你想一想，我们哥仨在一起喝酒十多年，他竟一次没醉过。

老大横眉竖眼问我，你是说酒品见人品吗？我说是。

老大站起身，甩了我一句话，亏你还是个作家呢，老掉牙的理论！

说完，老大走了。

调来省城后，我和老大、老三时不时地通个电话，互相报个平安。

一年后，老三晋升为副厂长，这其中肯定不乏老大暗中的疏通、周旋。

有一段时间，为了完成一个中篇，我没有联系老大和老三。

有一天，以前县城工厂的一位同事来省城办事，我请他吃饭。

吃饭时，同事告诉我，你大哥被你三弟干下去了，他当了厂里的一把手。

我大惊，什么？

朋友又接着说，你大哥没拿你三弟当外人，什么事也不瞒着他。你大哥外边有一个情人，额外有一些花销，就被你三弟给记了黑账，捅到上面去了。

听到这个消息，我心里久久舒畅不起来，直到今天。

背　后

　　姐姐、姐夫从上海回到哈尔滨。按惯例姐姐、姐夫每次回来，我们都要回到故乡那座有暖阳的山坡上，给父母扫墓，陪二老说会儿话。

　　这次也没例外。

　　择了晴日，我们打了一辆出租车回到故乡。

　　扫墓之后，我照例要找朋友在县城安排我们吃一顿饭。

　　我在省城政府新闻部门工作，还是省内知名作家，经常到下面各市县采访，朋友是有一些的。

　　我打电话约了住在这个县城的朋友刘工程。

　　刘工程电话里告诉我，你就在山下等我，我马上开车去接你们。

　　等刘工程车来的间歇时，我简单地给姐夫介绍了一下刘工程这个人。

　　刘工程是他的绰号，意思是他啥工程都敢揽，大到几十层的高楼他干，小到路边的公厕他也不嫌。

　　几十分钟后，刘工程开着一辆黑色轿车赶来了。

　　我把姐姐、姐夫介绍给刘工程。

　　刘工程握手问好之后，把我们让上车，向县城驶去。

　　车上，刘工程对我说，袁主编，今天中午咱们不在县城吃，我开车拉你们进山，去我的养殖场吃一顿山村饭。

我点点头说，客随主便。

车驶进县城后，大约半小时，车就驶进了山区。

车内，看得见公路两旁的远山。远山似五彩纸一样，色彩斑斓，从我眼前画面般闪过。山下是成片的闪着金色光泽的稻田，还有黄绿相间的玉米田。

山里秋天的景色是迷人的呀！

车从公路上，拐进了一条窄小的土路，又驶进了一片横垄地，车如野马般在地垄上窜跃着，我们在座位上被颠起又落下。

好在这样的车程不算长，我们就到达了刘工程的养殖场。

养殖场是在山上的一块空地上，置有两间红砖房，房前是大片的松林，房后是菜园，菜园的左侧还有一鱼塘。

我观察了一下，菜园里种的有茄子、辣椒、豆角、玉米。

刘工程介绍说，菜园里的菜都是纯绿色的，不施化学肥料，吃着放心。我还养了几千只鸡、鸭、鹅，还有狗、羊。明年这时候来，你就能吃上这些了！

刘工程还说，我那鱼塘今年放上鱼苗了，再来就能吃上鲜鱼了。

说话间，养殖场的饲养员——一个描着白色眉毛的女人，拿着一木瓢，咣咣敲响了两米长的条形石槽。

声音响过，那些鸡、鸭、鹅便都雀跃着从山林间赶回来，到石槽前吃食。

刘工程选了一只鹅、一只鸭抓住，杀了。

那个白眉女人用开水褪掉鹅鸭毛之后，用刀碎成块，便将肉放在灶间的大铁锅里炖上了。

刘工程偷偷指着那个白眉女人忙碌的背影，和我压低声音说，她是我小老婆，今年29岁，给我生了个小儿子，6岁了，城里大老婆给照看着呢。我这个养殖场都是她打理，人挺勤快。她不粘着我，有合适的就嫁，前几天我给她介绍一个，她没看中。

说着时，白眉女人向我们这边走来，刘工程立即转移了话题，又和我说，都是当年的鹅鸭，肉嫩，一会儿就炖好，我的养殖场并不指他出钱，只是图个方便，省里的朋友来了，可以吃个放心。

不一会，一大盆的鹅鸭肉便端了上来，外加配菜柿子拌白糖，一大盆蘸酱菜，有干豆腐、大葱、绿辣椒、黄瓜、生菜，还炸了一碗农家鸡蛋酱。

刘工程拿了一塑料桶自酿的山葡萄酒，一一斟满后，我们就开喝！

鹅鸭肉的确很嫩，吃着也香。

席间，刘工程给我讲了几件他未来的大工程计划，我颔首称是。

酒足饭饱，打道回府。

刘工程执意开车送我们，被我婉言谢绝。

回来时，刘工程给我拿了两大塑料袋大锅烀的苞米，一桶山葡萄酒，四个猴头，松塔若干个。

回省城的客车上，姐夫问我，这个刘工程发表的小说多吗？

我告诉姐夫，刘工程不写小说，他不懂文学。

姐夫听后，显然很惊讶，又问，那他爱好啥？

我说，那小子什么都不爱好，只爱好钱。

沉默很久，姐夫说，这个刘工程有意思！

我说，有意思。

说完，我就开始琢磨，那个女人为什么描着两道白色眉毛呢？

女司机

城里的夏天闷热得很，屋里坐着脸都流汗，什么事情也做不下去，索性就买了火车票，从省城跑到小兴安岭腹地带岭避暑。

带岭是个林区小镇，这里有原始森林，空气清新凉爽。

于凉风习习的空气里，人就一下有了精神气儿，仿佛挣脱了死亡的枷锁，内心里一下对生活有了热望。

我住在离火车站不远的私人旅馆，老板娘早年是林业局楞场的检尺员，现在退休了。

我在外面小馆吃完饭后，回来没事儿，就坐在旅馆登记台前面的一个破旧的沙发上，和老板娘聊天。老板娘喜欢和我讲她当检尺员时的故事，说当年有很多木材商，经常偷着往她手里塞钱，那可都是一沓沓的钱啊！

我问，你都收下了？

她说，哪敢啊！那时年轻，要赶上现在就敢搂了。

说完，老板娘嘎嘎笑。

我问老板娘，此处有什么好景点？

老板娘说，去大青山呀，那山顶的石头可壮观了。

老板娘手指着旅馆门前停着的一排出租车，告诉我，那些车都是在这等活的，你自己去和他们谈价，去大青山来回最多二百元。

我走出旅馆，到那排出租车前，我选择了一个女司机（有安全感）谈价。

女司机告诉我，去大青山来回一百八十元。

我说，好，给你二百。

女司机推开车门，我上了车。

车奔大青山方向驶去。女司机说，大哥，你挺男人的，不还价，倒提价了，就佩服你这样的男人，不磨叽。

我说，区区二十元价差，有啥磨叽的，出门来玩图个顺利，你把车开好就行了。

女司机说，大哥，你放心吧！

车出了收费站，开始进入林区，一片一片很浓的绿荫从车前覆盖过来。这时，我才侧脸仔细端详下女司机，女司机苹果型脸，眼睛很大，是看着招人喜欢的那种女人。

车进入一条坡度很高的沙石路后，开始左拐右拐起来。

女司机告诉我，开始上山了。

这是一条盘山而绕的路。山路十八弯，这条路三十二个弯也有了。左拐右拐车也开始颠簸，我看一眼车窗外路旁深不见底的山涧后，内心就有些惶恐起来。

女司机车技娴熟，谈笑自如，为了减缓我的紧张情绪，她边开车边给我讲大青山的传说。

女司机说，相传，大青山顶峰有个不见底的大湖，湖里生长着一条倒鳞巨型大鱼，常年被一条铁链锁着；但倒鳞巨鱼也能兴风作浪，任何生灵都不能涉湖半步。无论什么动物接近湖边，它便浑身抖动，搅得铁链声声巨响，湖水泛起巨浪，动物们立刻被吓得逃亡。据说，这条倒鳞巨鱼，原是天上的神仙，因触犯天条，被贬人间，锁在这里受罚。据老人们说，新中国成立前只有抗联部队在大青山顶峰宿过营，所以，流传着这样的民谣：

带岭西南大青山，古老青山露云端。

抗联英雄多奇志，杀死鬼子万万千。

壮志未酬身先死，留下英名万古传。

传说讲完了，车也开到了山顶，仿佛到了云上，满山雾气缭绕，白白茫茫。山顶细雨飘飘，扑身湿脸，女司机从车里拿出一把红伞，我在伞下观石海，看远处雾浪如白龙翻滚。

巨石林立间，女司机用我的相机给我拍了很多种不同角度的照片。

其间，我见女司机接了个电话，她告诉对方她在陪客人在大青山，一会儿就回去。

在山顶逗留了一会儿，我们就回车下山。

我下山没了来时的那种恐惧，开始和司机说说笑笑。

到了山底，车突然停下。女司机说，油路不畅了。女司机打开车机盖开始检查，鼓捣了半天，回到车里，脚踩油门，仍打不着火。

这时女司机手机又响了，她接通后，不知为什么却告诉对方说，车快进城了。

然后，她下车又打开车机盖修理。这次鼓捣的时间长，大约有二十几分钟才返回车内，刚坐下她手机又响，她仍然告诉对方，车马上进城！

女司机放下手机后，我疑惑地问，你干嘛总骗人家说车快进城了？

她说，必须这样说，打电话的是我丈夫，怕他惦记。

女司机边说边挂挡踩油门，车就开动了。

车过了回城的收费站不远，在路边上有个拄着双拐的男人出现在我们的视野之内。

拄双拐的男人，腾出一只手来，很高兴地冲我们这辆车招手。

我问女司机，那个男人是谁？

女司机回答说，是我丈夫。

我很惊讶，好像女司机犯了一个天大的错误一样质问她，我不明白了，你这么漂亮的一个女人，怎么会和拄着双拐的男人过日子呢？

女司机听后，面部很平静地说，大哥，这话你可说错了，我当初嫁给他时，人家可没拄拐呀！

我一下语噎。

漂 亮

潘晓长得的确很漂亮，这可以从她走在大街上，人们给予她的注目礼找到佐证。

潘晓大学期间，追她的人可以用不计其数来形容，甚至达到在校园里，男生对潘晓前堵后截向她求爱。

但所有这些，都被潘晓的那双怒眼给吓退了。

偶尔，潘晓也会对追她的男生们露下笑脸，问，你喜欢我什么？

男生们的回答都惊人一致：你漂亮！

潘晓听后，笑笑走开。

令潘晓奇怪的是，全班男生几乎都在追她，而唯徐大军对她缄默不语，金口难开。

一个从农村考上大学的穷孩子，有什么了不起。好奇的潘晓就主动约了徐大军，见面就问，徐大军，男生们都在追我，你怎么不追？难道我不漂亮吗？

徐大军想想说，潘晓，你让我说真话还是假话？

潘晓说，废话，当然是真话。

徐大军就说，你长得并不漂亮，但你比其他女生会打扮，仅此而已。

徐大军这句话一下把潘晓噎住了，半天没说出一句话来。

就是这句话，让潘晓有意无意间喜欢和徐大军接触起来。接触多次后，潘晓才知道，这个平时不怎么言语的徐大军，竟然读过那么多书，对许多事物的分析，让潘晓听后都觉得极为新鲜。

这样，潘晓喜欢上了徐大军。

消息传出后，男生们差点没把肺气炸了，都说，他徐大军凭啥能耐夺得潘晓的芳心？真是邪门！

肺气炸也好，邪门也罢，所有这些都并未阻止潘晓走向徐大军的怀抱。大学毕业参加工作后，潘晓就和徐大军结了婚。

从女孩变成女人后的潘晓，尽心用力地操持着自己的日子。

潘晓和做女孩时一样，仍然保持着爱美的天性，喜欢打扮，喜欢名牌服装，喜欢化妆品。

有时下班吃过晚饭后，闲着没事，潘晓就又和徐大军问起以前的话题，你说我到底漂亮不漂亮呀？

正在看书的徐大军，头都没抬说，不漂亮，会打扮，仅此而已。

潘晓听后没话，扯开被子自顾自睡去。

有一天，潘晓和同事去逛商场，买了一条新款吊带白裙子，回家后穿上，在镜子前左照右瞧，问徐大军，你看我穿这裙子漂亮吗？

徐大军左看右看了半天说，不好！不好！整个儿一个村嫂形象。

潘晓一下没了兴趣，脱下裙子摔在床上，坐在沙发上生气，然后喊，徐大军，告诉你，今晚的饭你做吧！

徐大军说，好，我去做。

潘晓又喊，不仅是今晚的饭我不做了，以后所有的今晚的饭我都不做了！

徐大军说，好，以后所有的今晚的饭我都包了。

一次，潘晓单位聚餐，潘晓喝了一点酒，面色绯红地回到家。

潘晓很兴奋，告诉徐大军说，今晚在餐桌上，单位的每一个同事都夸我漂亮。

徐大军说，那是大家都在忽悠你。人最重要的是，应该知道自己是怎么回事。

潘晓说，徐大军，你的意思是我不知道自己是怎么回事？对吗？

徐大军肯定地点点头。

潘晓陷入了沉思。

从此，潘晓像变了个人，家里家外沉默寡言，不爱和同事逛街了，不喜欢名牌服装了，不喜欢化妆品了……

有一次徐大军去外地出差，潘晓在家收拾整理旧书刊时，竟意外发现徐大军读大一时的一本日记。

潘晓翻开日记，在其中一页上读到这样几句话：走入大学课堂已经有几个月了，但我最近上课总是魂不守舍，因为在我们班里，有一个很漂亮的女孩，她叫潘晓，上课时，我总在偷窥她……

潘晓合上日记本，眼里涌着泪水自语着，天呀！怎么会是这样？

潘晓忙跑到穿衣镜前看自己，鱼尾纹已然爬上了她的眼角。

几天后，徐大军出差回来，潘晓就向徐大军提出了离婚，那口气很坚定。

徐大军目瞪口呆地问，为什么？

潘晓回答简单利落，因为我漂亮。

纸飞机

　　朋友的上司是个女士，没事时，朋友总爱给我讲他们女老板的故事。

　　女老板身价数亿，在省城做房地产，现在又要投资杀进影视业。

　　我们女老板是怎么发家的呢？关于她的过去，我包括下面的一些员工都一无所知，甚至连媒体资深记者都挖不出来她过去的一点端倪。

　　朋友喝了一口茶，然后皱皱眉对我说，我们的女老板太神秘喽！

　　我朋友在女老板的公司负责宣传策划。在这一领域，总让人对成功女士的背景充满好奇。

　　我就对朋友说，你们文人，凡事总爱较真儿，什么事非要弄出个子丑寅卯来，其实没必要。既然你们女老板不爱对人讲自己的过去，那肯定是有自己的不便。如果你一定要探究，她一定不会高兴的。

　　朋友看一下我说，真是这样，有几次我和老伴提起这个话题时，她的脸色立即阴沉下来，我就没有再问。

　　朋友说的这个女老板，我在电视和报纸上见过她的宣传事迹。

　　女老板名叫方慧子，年近五十，是省人大代表，全国工商联抗震救灾先进个人，省优秀企业家、省光彩企业家、全国关爱员工优秀企业家……虽然头顶荣誉的光环，但从她的面容上却看不出一点居高临下的优越感。无论在报纸或电视上，她总是一脸微笑地面对这个世界。

　　朋友又说，我们老板心地的确善良，每年慈善爱心捐款都要几百万。她还多年资助一个乡村女孩。这个女孩叫小晶，家里父母多病，日子窘迫不堪。我们老板从小学就开始资助她，现在初中快要毕业了。

小晶是一个很有意思的女孩，从她接受我们老板资助那天开始，每年的春节都要叠一个五彩的纸飞机，给老板邮来。

老板懂得小晶的心情。这是一种美好的祝福，希望老板的事业像飞机一样，越飞越高。老板没事时，就喜欢把那一个个五彩的纸飞机拿出来，放到办公桌上，仔细地看，仔细地想，然后就舒心地笑了。我们老板不吝啬，对员工有承诺便有兑现。逢年过节，发红包搞福利，是她最上心的一件事。她常说：我的财富就是我的员工。

老板也有抠门时，我们公司每次聚餐后，剩下的饭菜都要让司机打包带走。对于一个身价数亿的大老板，此举着实让很多人不可思议。

后来，老板司机偷着告诉我，老板每一次打包让他带走的那些食物，都按照老板的吩咐，扔进她家小区门前的垃圾箱里了。

听后，我当时很吃惊，后来想想也不足为奇。一个老板在员工面前，树立一种节俭的形象，也是合乎情理的。

有一次，老板过生日，让司机去乡下把小晶接来。

老板还说，她今天特别想念小晶。

生日晚宴上，老板十分开心。当小晶唱完"祝你生日快乐"后，老板拿过麦克，很动情地唱了一首俄罗斯歌曲《喀秋莎》。

晚宴结束后，老板照例让司机把剩下的饭菜打包拎到车上。小晶乐呵呵地忙着帮司机把一包包食物打好。

车行驶到老板家门前的垃圾箱时，司机习惯性地把车停下，把那一包包食物拿出来，扔进垃圾箱里。

车里的小晶，惊讶地看着这一切，眼睛瞪大了。

这一年的春节，我们老板又接到小晶邮来的五彩纸飞机。

老板高兴地打开信封，却见飞机的机翼上写着：我的梦碎了！

从那以后，我们的女老板再也没有接到过小晶寄来的纸飞机。

恐　惧·二

认识女老乡，是通过一位朋友。

名片上介绍，女老乡郭月美在我们这个省会城市，在一大型商场经营女性服装品牌。

认识以后不久的一天下午，郭月美电话约我晚上吃饭，我答应了。饭后我们去 K 歌，边唱边叙乡情。

酒至兴处，郭月美点了一首《老乡》唱起来：

>……有没有钱寄给你爹娘
>
>想没想过何时回故乡
>
>老乡见老乡两眼泪汪汪
>
>问一问老乡你又要去何方
>
>吃过多少苦啊受过几回伤
>
>其实我和你一样总想闯一闯……

唱着唱着，郭月美哭了起来，想必她是想起闯荡省城多年的一些心酸往事吧。

我也想起了故乡的爹娘，想起他们被庄稼渐渐遮没了的身影。而我，大学毕业在省城参加工作后，又给爹娘寄过几回钱呢？

想此，我也哭了。

郭月美过来安慰我说，老弟，我们奋斗吧！不要悲伤，姐当年在老家被那个读研究生的死鬼抛弃后，一个人来到举目无亲的省城，这个坎不也迈过来了吗？只要我们奋斗，就会见到那片迷人的海。

郭月美喝了一口酒，又对我说，研究生算个啥！等姐赚了大钱，让研究生给我洗脚！

说完，郭月美哈哈大笑。这晚我和郭月美喝得酩酊大醉……

从此，我和老乡郭月美的联系就多了起来。

有一天，郭月美给我打来电话，让我去她的服装精品屋，说有急事找我商量，我如约而至。

精品屋四周挂满了女士服装，屋内东侧拐角处放着一张宽大的老板台，郭月美坐在那里。

郭姐说，老弟，姐有事求你。我外县有一服装女客户，欠我十万元服装款，这笔账有三四年了。姐明天凑巧有事走不开，麻烦你给姐跑一趟，把钱经管回来。

我提示说，把钱打到银行卡上就不用去人了。

郭姐说，那样可是好了，关键是你把账号给她，总不见有款打过来啊！刚才电话里我告诉女客户了，明天我弟弟去取钱，必须提现金，免得她再往账号上推。

我想了想，答应帮郭姐跑一趟。

第二天，我坐火车去了 A 县。五个小时后的下午，我到达了 A 县。

在指定的一个商场办公室，我见到了女客户。女客户是个胖子，一脸的横肉。她阴沉着脸说，你姐这人呀，太不讲究！进她货时可以叫我奶奶，货到我手就不是她了，一天能打八十个电话催款。

说完，把十捆钱从办公桌上推给我说，钱是刚从银行提出来的，没打捆。每捆一万，你核对一下捆数就行，银行是不会差事儿的。

我点点头，核对了钱的捆数，就把这些钱用报纸包裹起来，装进我的双挎肩背包里，然后，我打车直奔火车站，准备乘傍晚的火车返回省城。

在我排队买票的时候，我前面的一个胖子和一个瘦子男人，不知因为什么推推搡搡吵了起来。胖子和瘦子同时撞到我身上，把我撞了个趔趄，险些摔倒。我生气地喊道，别吵了，出门在外都多担当一些！

我喊完，胖子和瘦子立即停止了吵嚷。

等我买完票时，突然发现我的双挎肩背包，被人划开了一个大口子。我立即意识到不妙，果然那十万元现金不翼而飞。

我立即到车站派出所报了案，民警告诉我到家等消息。

回来的火车上，我闷闷不乐。这件事该怎么和郭姐说？这是说不清的事儿。没有别的办法，只好自认倒霉，自己拿出十万给郭姐赔上。

回到省城已是半夜。翌日，见到郭姐，我便把内有十万元的银行卡递给郭姐，并把密码告诉了她。

郭姐很是惊讶地问我，怎么带卡回来的呢？

我便把失窃的前后经过，讲给了郭姐。

郭姐听后手足无措，最后说，这样吧老弟，事情是我求你做的，我们各有责任，让你全部承担显然不公平，我们各担一半，姐收你五万。

我望着郭姐，感激她的深明大义，到银行把五万元钱划给了她。

此后不久的一天晚上，我一个人看电视，法制频道主持人说出的一个名字让我大吃一惊。

主持人说：日前南岗区警方破获了一起集团诈骗案，该案首犯郭月美常以老乡、同学、朋友为诈骗对象，设套骗钱五十余起。希望受害者主动和警方联系，提供证据。

我的脊背立时一阵发凉，想到了自己的那五万元钱。

随后的电视画面上，我陆续看到了一脸横肉的女人、胖子和瘦子男人，最后是郭月美的那张脸定格在画面上。

我发现，女老乡郭月美的那张脸越发沧桑了。

几天后，我忽然接到警方电话。民警问，你认识郭月美吗？

我说认识。

民警说，根据郭月美供述，她承认诈骗你五万元钱，请你速来签字认领。

我想了想说，她记错了。

说完，我挂了电话。

女诗人

认识女诗人李木，是在一次非文学聚会的一个饭局上。

当时，朋友对我介绍说，她叫李木，写诗的。

朋友又把我介绍给李木说，这是炳兄，写小说。

我和李木握下手，彼此点下头，李木还对我微笑了一下，就这样，我认识了女诗人李木。

李木高挑个，三十多岁的样子，脸很白净，一头长发随意地散在肩上。

整个饭局上，我发现李木很少说话。她一脸端庄，听别人讲话时很礼貌地不住颔首。

认识了李木，有了一些交往后，我知道李木是一个非常热爱诗歌写作的人。

李木曾对我说，为诗歌她可以放弃一切。

李木对诗歌的热情，还体现在她经常自掏腰包设些饭局，把一些男女诗人聚在酒桌上探讨诗歌。

我应李木之邀，参加过他们的几次聚会。

诗人的聚会很有些别具一格。

酒桌上，无论男女诗人，一律用大碗喝酒，酒至兴处，便有人站起朗诵自己的诗作，其余人皆拿起筷子，有节奏地敲着碗的边沿儿，这时李木站起来，在酒桌旁跳起舞来。

然后，像事先排练好似的，大家一起同声：来吧来吧，让我们一起跳个舞吧！

我还注意到，诗人们的着装很怪异，比如在炙热的七月里，一个披肩长发的男诗人，脖子上竟然还缠着一条长围脖；还有的穿着工厂里的粗布蓝工装，一女诗人穿黑色拖地的长裙子，上装是知青年代的草绿色军装。

一矮个子诗人的表情更怪异，他用一双白酒烧红了的眼睛，足足盯了我十分钟左右。就在我对他的眼神开始恐惧时，他却走过来，拥住我说，朋友，入伙吧！

我慌乱着点头。

后来，我还知道李木是一个才华横溢的女诗人。

李木不仅自己创作诗歌，她还把美国最著名的诗人阿什贝利译介到中国。知道这些后，我不由得对李木心生崇拜。

临近中秋节前夕，我接到李木的电话，她说她和一些诗人组织了一个"中秋烛光诗歌朗诵会"，让我前去捧场助兴。

末了，李木还补充说，这个诗会无官方参与，所有花销都来自于我们诗人的 AA 制形式。

诗会是在一个"麻辣人生"酒店举行的。

我如约赶到酒店。

午后秋日的阳光漫进大厅，也漫在诗人们兴高采烈的脸上。

我看见了诗人李木。我走过去，和李木打了招呼。李木问我，这个场地还行吧？我们花了两万块钱，趁下午没顾客的空档，租了两个小时。

我点着头，内心里不住地敬佩诗人们做事的这种洒脱。

诗人们把大厅四周的玻璃窗，挂上了黑色的窗帘，然后又在台上两侧布满了蜡烛。蜡烛燃着后，大厅里便沉寂下来。

烛光里，一个主持人走上台去，宣布诗歌朗诵会开始。

那个脖子上缠着一条长围脖的诗人，走上台朗诵了顾城的《这一代》：黑夜给了我黑色的眼睛，我却用它寻找光明。

接下来，诗人们还分别朗诵了里尔克、叶芝、艾米·罗厄尔以及自己创作的诗歌。

朗诵期间，我发现几个诗人在昏黄烛光的映照中，抖动着双肩掩面而泣。

最后一个登台的是女诗人李木。当时，李木和我坐得很近，我发现她刚起身时，放在桌上的手机"呜呜"地震动起来。

李木看了一眼，按了拒接。

台上的李木很投入地朗诵普希金的《假如生活欺骗了你》：

假如生活欺骗了你，

不要悲伤，不要心急！

忧郁的日子里需要镇静：

相信吧，快乐的日子将会来临。

台下的诗人们一起欢呼：相信吧，快乐的日子将会来临！

女诗人李木朗诵完，回到她座位上，手机又"呜呜"地震动起来。

李木看了眼手机来电，接听了。李木的情绪有些失控，她的声音很大，几乎是歇斯底里：告诉过你了，现在没钱，没钱！不是说好了吗？下月给你补上！

喊完，李木挂断了手机。

放下手机后，李木突然"哇"的一声哭起来，然后跑出了大厅。

大家猜测，女诗人李木一定是遇到了什么困难。

女乡长

女乡长叫王丽。

女乡长不是女乡长时，是在乐县的人大信访办工作。

一次，乐县人大主任来省城开会，我设宴招待。

乐县的人大主任是位老大姐，待人热情，以前我经常到乐县采访，都是老大姐帮我疏通采访的便利通道。

老大姐莅临省城，我做东宴请，自是情理之中。

记得那次宴请，老大姐带来她的属下七八余人，其中就有王丽。

酒桌上，老大姐家长式命令她的男女属下们，轮番给我敬酒答谢。

敬酒时，每个人都要讲几句诸如"感谢盛情，欢迎常到乐县做客"之类的客套话。

我点头一一承领。

轮到王丽敬酒，她的一番话倒是让我耳目一新。

王丽说，我们乐县沃野丰饶，是生态旅游之乡，盛产芸豆、马铃薯等。现在我们县政府以"创建和谐，共创财富"为工作中心，加大招商引资力度。炳老师是记者，无冕之王，应该是手眼通天，熟悉各界朋友，希望在招商上给我们牵线搭桥。您再到乐县时，我们自会有美酒奉上。

王丽讲完，大家一阵掌声。

王丽坐在我对面，看年龄也就三十来岁，如此伶牙俐齿不失时机介绍自己的家乡，就凭着这种精明，我断言她将来能干点大事。

想此，我端杯站起，对王丽打趣说，就你刚才的话，将来一旦有机会当个乡长绰绰有余。

王丽听后咯咯地笑着说，但愿借炳老师吉言，早日当上乡长。

那次聚会的半年后，我又去乐县采访。见到老大姐后，大姐告诉我说，炳老师，王丽借你吉言，真的去三合乡当乡长去了。

我听后，并未显出怎么惊讶，因为我有过断定，王丽是个干事的人。

大姐还告诉我，王丽参加公选竞聘考试第一名。

我当即就给王丽手机发了一条祝贺短信。不一会儿，王丽就把电话打过来，邀我去她的三合乡看一看。

我说，这次时间仓促，下一次吧。

一年后的一天，我突然接到王丽的电话，告诉我她来省城了，中午要请我吃饭。

中午，我在酒店大厅临窗的一个座位上，见到了王丽。

眼前的王丽和一年前相比，简直是判若两人。王丽苍老了许多，眼角添了几道皱纹，面容也显得很粗糙。

难道乡野的风真的就有那么硬，把一个三十岁的女人变成了四十岁。

坐下后，王丽对我说，我这次来是求你帮忙的。

王丽说她想在三合乡开发一个旅游项目，得在省里找个项目资金的门路。

我说，王丽，我早就看出你能干点大事。好，我尽力想办法。

王丽点点头说你费心了。

我们喝了几瓶啤酒后，王丽说，到三合乡当乡长我是有想法的，准备做几件像样的事情，可实际做起来真难啊！每天迎来送往不断，应接不暇；最多时，我一天接待过四伙客人。

我问，都去干什么啊？

王丽说，旅游呀，玩绿色，吃绿色，喝绿色。都是通过各种关系来的，来了就得陪，我平均一天得陪一斤半白酒，大量的时间和精力都荒废在这些事情上了。

我听得心里直发颤。

王丽长叹一声，一杯啤酒喝下后，眼里含着一层泪水。王丽见我愣愣地看她，忙解释说，对不起，我今天喝多了。

我马上说，没多，真没多。

翌日中午，我就把省里一个重要部门的处长帮王丽约妥了。吃过饭，我给他们安排到了茶馆就识时务地撤退了。

下午快要下班时，我的手机接到了王丽的短信：我在回县城的车上，项目搁浅，不过倒是见识了传说中的蛇吞象。

看完短信后，我明白了，王丽和处长没谈成。

之后很久我们没有联系。

几个月后，我和乐县的老大姐通电话时，大姐告诉我，女乡长王丽辞职了。

怀 抱

高考时，他仅以一分之差，与大学失之交臂。这样的成绩，如果复读参加第二年的高考，走入大学校门应该是很有把握的。

但他是一个倔强的人，没有复读。

他认为，人生的路千万条，不一定非得都走大学这条拥挤的路。

这样，他回到了家乡，和父亲一起种田。

他和父亲一样勤劳，每天日出而作，日落而归。

田野的风和黑黝黝的土地，很快就把他变成了一个地地道道的农民了。

不久，经人介绍，他把一个农村姑娘娶进了家门，开始实实在在地过起了日子。

让他对人生的重新抉择，是在几年后。

几年后，他听说当年考上大学的同学们，毕业后在省城都谋到了不错的职业。想一下自己，每天面朝黄土背朝天。凭什么？难道是自己的智商低吗？

他很快意识到自己的知识不能让土地给荒芜了之后，决定出发。

临行，他叮嘱妻子，在家好好伺候爹娘，他要去外面拼世界；拼赢了，就回来接他们去过幸福快乐的好日子。

贤惠的妻子频频点头说，放心走吧，我和爹娘等你！

他离开了家乡，去寻找生命中的另一块土地。

到了省城，他在同学的建筑公司打工，跑业务联系工程。

夜里睡不着觉时，他觉得命运就是捉弄人。当年高中同学时，他的这位同学与他的学习成绩相比，那真是有着天壤之别。

可是，人家考上大学了，自己落榜；人家当上老板了，自己打工。

命运就是魔术师手中的物件，变化莫测啊！

他在同学的公司里，像在农田里伺候庄稼一样勤奋。为此，他深得同学的赏识与器重。一年后，他被任命为公司的项目经理，薪水涨了；最重要的是，他有机会锻炼和熟悉一系列的工程程序。

几年后，他主动辞去了项目经理的职务，招兵买马，自己成立了建筑公司。在和同学握手辞行时，他说，老同学，感谢你在我困难时，出手相助接纳了我，此情今生不忘！

同学拍着他的肩说，同学之间不言谢，祝你好运！只是我应该提醒你，有些事不是你想象的那么容易，尤其我们建筑业，身后除了很深的社会背景外，其余就是用钱铺路！

他点点头，握着同学的手真诚地说，我记住了，谢谢你。

公司成立第一年，还算顺利，揽了几个小工程，略有盈余，但接下来就很艰难了，公司的里事，事无巨细，都要他事必躬亲，否则便漏洞百出。

他显得力不从心，疲于应付。

市政府大楼要重建，无论他的资质和实力，都不够竞标的资格，但他通过多种渠道的渠道，终于把竞标的资格拿到手。

他和几名工程师、项目经理，经过几天几夜的鏖战，制定出了一份他认为是标准上乘的竞标书。

竞标之日，意外中标。

事后他听说，那几家竞标的东家把钱拿的太大了，而决策者们怕贪事坐牢，便把标让他中了。某种意义上说，他是捡了一个金钱网下的一个大便宜。

他再次相信了命运，隐约之中，他感觉改变自己命运的机会到了。他激动，他兴奋，他的神经处于一种非常的狂热之中。

狂热之后，他突然很疲惫。是啊，他已经有一个月没有睡过囫囵觉了。

他去宾馆开了一个房间，准备睡上一大觉。然而，他躺在松软宽大的床上，却无论如何无法入睡，睁着眼睛熬过时间的每一个刻度。第二天他双眼红红，面色苍白，两腮深陷。看医生吃药不见效。连续三个晚上之后，他感觉魔鬼附身，痛苦不堪，精神随时都可能崩溃。

他几乎变了一个人，目光呆滞，行动迟缓；更甚的是，他无法工作，无法决策。见此情况，公司里的人就把他送回了乡下的家中。见到年迈的老娘，他哭了，双肩不住地抽动着，样子很委屈。

然后，他躺在老娘的膝上，老娘就抱着他，摇晃着身子哼着"娘的宝宝，睡梦中，微微地露了笑容……"

奇怪，不一会儿，他就安静了下来。慢慢地他真的睡着了，而且脸上还露出了笑容。

一天一夜后，他从娘的怀抱中醒过来。

醒来后的他，问老娘他是在哪里？

老娘告诉他，是在自己的家里。

他就让妻子陪他到外面去，他说他要去看看土地。

妻子陪着他走到村庄外的远处，时令已是冬季，大地一片雪野茫茫。

而他却指着远处，对妻子说，看，那片金色的麦田！

说完，他竟然孩子般蹦蹦跳跳，唱着一首儿歌，向那片麦田跑去了。

春天里

岳晓天倾力投资生产的儿童保健产品——娃娃钙口服液投入到市场以后，却无人问津，每天仅有不到一箱的销售量。

这让岳晓天很苦恼，他非常疲倦地把头仰在后背椅上。稍后，他又把头转向窗外。窗的外面正飘着漫天大雪。纷纷扬扬的雪花，让岳晓天觉得自己的思维更加浑浊。

岳晓天走出了办公室。他没有叫司机，一个人徒步在街上。他想在扑面的风雪中，冷却一下自己内心急躁的情绪。

当他行至到一家大型超市门口时，看见有很多人围在那里。岳晓天近了前，见很多人的中间围着一个农村老大妈。

老大妈身着土布衣，脚穿黄色球鞋，斜挎着一把旧吉他，正在唱"旭日阳刚"翻唱版的走红歌曲《春天里》。

老大妈歌唱的声音不算好听，但唱的却很用心。

岳晓天问旁边的人，老大妈为什么在这里唱歌？

知道的人告诉他说，老大妈每天都到这里唱歌，他儿子患了再生障碍性贫血，必须骨髓移植，才有活下去的希望。

还有人接话说，她儿子手术得需要七十万，老大妈是用这种方式为儿子赚手术的费用。

雪花仍在飘舞着，围观的人和老大妈身上都落了一层又一层的雪，有不少人在给大妈脚下的纸箱里投钱。

纷乱的雪花中，老大妈仍在唱着：虽然只有一把破吉他，在街上在桥下在田野中……

听到此时，岳晓天在心里已经做出了一个决定，然后他悄悄地退出了人群。

翌日，岳晓天就来到大妈儿子治疗的医院，确定情况属实后，岳晓天向院方表示，七十万手术费由他们企业捐赠。

院长听后显得很激动，他握着岳晓天的手说，好，我先替患者家人向您表示感谢！我们正在等待中华骨髓库消息，一有适合配型，我们马上手术。

几天后，院方告知了岳晓天手术日期。手术这天，院方主持了一个捐款仪式，并邀请了省电视台"爱心你我他"栏目到达现场，对全省观众直播捐款仪式和手术全过程。

捐款现场，节目主持人手持话筒，采访岳晓天，岳先生，我们对你们企业的这种大爱之举充满敬意，请问你们企业开发什么产品？

岳晓天回答说，娃娃钙口服液儿童保健品。

主持人又问，为什么选择儿童保健品做你的事业投资呢？

岳晓天对着镜头，想都没想说，健康从儿童开始。现场一片掌声，老大妈激动得泪流满面接过捐款七十万。

手术比预想的还要成功。从此，岳晓天和他的企业出了名。

让人想不到的是，转过年的春天里，岳晓天的儿童保健品在市场上供不应求。

亲爱的，让我们 AA 制吧

我有两个年轻的朋友，是一对。女的叫小英，男的叫小明。小两口有一个共同的爱好：文学。

在我辅导他们发表了几篇文学作品后，他们便和我走得很近。很快的，我们就成了可以做倾心之谈的那种朋友。

两个年轻人的爱情观很先锋，和我们很不一样，这可能也是代沟。

比如，我的工资卡长什么模样我都不知道，一直在老婆手里，我花钱得需仰视请示。可是小英和小明，人家不这样，人家实行 AA 制。

对于生活上的这种 AA 制分配，我很感兴趣，也很好奇。一次利用倾心之谈，我对他们的 AA 制进行了详细的问询。

我说，小明，你的工资怎么处理？

小明说，我们自己管理自己的收入。

我要更具象的答案：小明，你的工资卡在哪里？

小明从自己随身带的挎包里拿出钱夹，抽出一张银行卡，晃晃说：安兄，我的工资卡每天都装在我自己的钱包里。

我发自内心地说了声，霸道啊！我转身问小英：小明自己拿着工资卡你放心吗？

小英坦率地说：不是放心不放心的事儿，这是必须，我们信守这个。我们有各自的空间，自由又有尊严，甜蜜的爱情在这两者之间优美地游弋。

小明点点头，把小英的手放在自己的手里，两人相视而笑。

我发自内心地羡慕：他们的生活诗一样美啊！那水电网费怎么分配？我的问题继续在实际生活上下功夫。

两人同声回答：平摊。不管谁去交费，回来把单据放在餐桌上，对方回来一看，就拿出单据上数额的一半，放在桌子上。

吃饭呢？我真的不能想象一天三顿饭，这是件大事儿，而且可能比较难算。

小明代表二人回答：我们不做饭，在外面吃。

哦，这是我没有想到的。可是，接下来问题又有了：那在外面吃怎么付账？

这次小英代表二人回复：如果单独吃，不存在问题。两个人一起吃，费用除二。

呵呵，有趣啊！我观察着两个人的表情，他们尚在新婚当中，刚刚度过了蜜月，两个人坐在我面前的沙发上，十指相扣。

我突然想到，那他们在床上的事情是怎么量化的呢？这个问题不能问，太隐私。我换了一个：走亲戚，看父母，会朋友的费用怎么办？

小英笑了：同理啊，假如一个生日蛋糕 120 元，每人 60 元。

真的是世界很奇妙啊！看来 21 世纪是个数学的世纪，而且还是简单易懂的俗常数学。

那么假如一个人看上一个 80 元的蛋糕，而另一个人看上一个 120 元的蛋糕，这时候怎么办呢？

还没等我问这个问题，我听见小明说，亲爱的，你猜，你的生日我给你买什么礼物？小英立刻捂住小明的嘴，撒娇，不要说，不要说，那天我要个惊喜！

这天晚上回到家，看到在厨房里称王称霸的老婆，我就把小英小明的 AA 制分配方案，对老婆说了。

然后，我又对老婆说，亲爱的，我们也来个 AA 制吧！

老婆听后立即回敬道：屁！想都别想！

老婆的这句话，让我心里踏实了，真的是想都不想了。

晚上在床上搂着老婆热乎乎的身子，想，结婚 30 年了，连被子都没有自己盖一个的时候，更何况别的自由和空间呢。

后来，不知为什么，小英和小明不写作了，也就不再联系我了。

半年后，我听人家说，小英和小明离婚了。

离婚的原因，是因为俩人在一次 AA 制消费中，小明少拿了一元二角八分钱，小英就不依不饶，连续不断地吵了几天不公平。

时　光

人在经历了许多事情以后，活的就纯粹了一些。

如我，辞职经商，在经历了人海攻坚、剑扫江湖十几年之后，回望来路，我剩下了什么？答案只有一个：我剩下了金钱，其余什么都没有剩下。

有人说我成功了，但我自己从来不这样认为。

老婆几年前就和我分手了。

老婆临走时，眼睛不错神地盯着我说，和你在一起过日子害怕，你太过于心计，眼里只有钱！

老婆说的没错，我当时眼里只有钱，其他都是过眼烟云。

可是没钱行吗？在我幼小的记忆里，最难忘的是祖父常坐在院内的夕阳里，眉头紧锁，长吁短叹地总是反复叨咕一件事：闯关东的路上，为了保你父亲的命，我把你三姑卖了。

为此，长大后的三姑对此事一直耿耿于怀，在养父养母故去后，也一直不认祖归宗，和父亲及我们对面相逢不相识，形同陌路。

在我有了钱以后，曾经拿了一个二十万元的存折，亲自送给三姑，一是替祖父赔礼，二是为父报恩。

没有想到，真的没有想到，三姑的那张脸，冷得如深冬里的寒气，让我战栗不已。

三姑把那张折子扔进我的怀里后，没有一声言语，开门送客。

此时我才知道，钱并不代表拥有一切啊！

我彻底知道，我赚了钱的同时，也失去许多，至少失去了做人的朴素。为什么这样说？我有依据。

很早就想去大西北走一走，玩一玩，就约了商界圈里几个和我不错的朋友，一起出去玩，并言明所有的费用都由我来承担。

但那几个朋友听后，都支支吾吾，用"有事"搪塞着拒绝了我。

从那几个朋友目光闪烁不定的眼神里，我看出了一种不信任。

于是，就很孤独。

闲下来时，就免不了在泛黄的旧日时光里，搜寻我在工厂时一些朋友的名字——军子、米二孩、大莫……

大莫是我在工厂时代最好的朋友。

大莫个子高，足有一米九〇多。体质健壮，两条胳膊上的腱子肉，如同球磨机上的钢球一样硬实。

大莫是厂里的篮球队员，打中锋，投篮准、有威力。除了篮球，大莫还爱吹口琴，最喜欢吹的一首歌是加拿大民歌《红河谷》。

我下海经商之后，就和大莫少有联系，想来能有十年未见了。

去看大莫得去他的家里，我原来的工厂因连年亏损，被一私企老板收购转行干别的营生了。

好在大莫结婚时，我参加了他的婚礼，知道他家的住处。

一个晴日，我带了瓶茅台酒，在"一手店"买了些熟食，就驾车去了大莫的家。

凭着记忆，我找到了大莫的家。

我喊着大莫的名字，敲半天门，里面也没有应声。难道是大莫搬家了？待我刚要转身离去时，门开了。

门开处，闪出一个蓬头垢面的人。我见不是大莫，连忙道歉说对不起，我敲错了门，说完就要走开。

那人说，炳兄，没错，我是大莫。

我很惊讶，大莫？怎么会变成这个样子啦？

大莫佝偻着腰，把我让进了屋。

坐下后，我很仔细地打量着大莫的房间，很简易，一张床，一台电视，墙上挂着个绿丝绳网兜，里面是一个篮球，电视上面放着的是他那把旧口琴。

接着我又上上下下端详着大莫，发现他个子好像矮了半截。面色如土、骨瘦如柴这些词语，好像都可以用在他身上。

我问大莫，你怎么搞成这样？大莫一脸无奈地说，下岗了，再没找到工作，后来又得了病。我急忙问，什么病？大莫说癌，死刑。我又急忙问，那你老婆呢？大莫说，她不知我得癌的事，我逼着她离婚了，不想拖累她。

听完大莫的话，我心里非常难过，一个曾经一米九〇很帅气的男人，活脱脱让生活给糟蹋成这个样子。

我决定，出资二十万元，为大莫做手术。

无了心情喝酒，我把茅台酒和熟食留给了大莫后，就起身告辞。走出单元楼道，我抬头见大莫站在阳台上和我挥手。不一会儿，那首《红河谷》的曲调从阳台上飘下来。

我潸然泪下……

几天后，我带着一张二十万元的卡，去找大莫，准备给他办理入院手续，然后手术。没等到大莫的家时，我接到大莫用手机打来的电话。电话里，大莫很高兴地告诉我，他现正在医院复查，医生推翻了先前癌的结论，属于误诊。

我长吁了一口气。

电话里我对大莫说，那更好了，这二十万元咱们用来建设你往后的日子。

大莫听后，毫不犹豫地说，行！

嗜酒的人

　　我的一位朋友经营着一本杂志，是专门宣传民营企业家艰苦创业的励志型杂志。

　　一天，朋友打来电话说，老大，我在齐齐哈尔联系了一位民营企业家，是个大管道，钱粗，得请您大手笔出马撑面子。事迹写好了，人家能多给拿一些银子。

　　为了帮朋友多糊弄点银子，我立马答应，好！

　　一个晴日，朋友驾车，我们向齐齐哈尔行驶。

　　齐齐哈尔市我去过几次，位于省城西南部的松嫩平原上，车程距省城三个多小时，不算太远。

　　车内放着容中尔甲唱的歌曲《高原红》，我听着听着便进入了梦乡。

　　一路上，我睡睡醒醒，不知不觉中车便到了齐齐哈尔。

　　民营企业家委派办公室主任，给我们安排到一个星级宾馆住下来。晚上，民营企业家在江边码头的"江南渔村"酒店，给我们接风洗尘。

　　进入酒店时，我抬头看了下"江南渔村"的牌匾，在牌匾右下方落款竟是一位国家级领导人的名字。

　　我惊讶暗忖，这个酒店来头不小呀！

　　进入酒店里，我更惊讶，酒店里面的空间很大，犹如车站的广场，服务员都穿着旱冰鞋在大厅或廊道上，穿梭往来于各个房间传菜。

不用说，此酒店超常火爆。

进入我们用餐的房间后，一位中等个子、四十多岁的微胖男人从座位上站了起来，我想他就是那位民营企业家吧？

朋友把我和企业家做了介绍。落座后，我仔细打量民营企业家，他的头发不长，但却卷曲着，脸膛红黑，有趣的是，他的脖子上还挂了一条拇指粗的金链子。

不一会儿，十道菜全上桌，十道菜是十种鱼。民营企业家说，我们今天是鱼宴，专门吃鱼。

服务员指着桌上一盘碎块状的东西介绍说，这是鳄鱼。

我们大家便仔细地去看盘子里的鳄鱼。

民营企业家笑着说，是人工养殖的。

话毕，大家开始喝酒。

民营企业家很热爱自己的故乡，喝酒的间隙，他还不忘了把自己故乡的特产一一推介给我们。

他说，我们齐齐哈尔有一些品牌产品，如冰刀、猎枪、北大仓酒及丹顶鹤、麦饭石、龙江小米、港进粉丝、手工刺绣、芦苇手工艺画、桦树皮手工艺画等，有一些在世界都叫得响。他言语之间很是自豪。

喝了一口酒后，民营企业家又告诉我们说，1907 年齐齐哈尔还是黑龙江省的省会呢。

这时，我朋友适时地插话说，来，为你故乡的富饶和悠久干一杯！

几人一干而尽。我不善酒，只象征性地抿了一小口。

我朋友和民营企业家还有另外几位朋友，他们推杯换盏地喝着……

最后，三两一杯的酒，企业家喝了六杯，真是海量，近二斤酒啊！

结束时，民营企业家说，我这一生有两大爱好，一是喝酒，二是赚钱。没酒我活不了，没钱我更活不了。说着站起来哈哈大笑。

大家听后也站起哈哈笑着散去。

翌日早，本来宾馆有免费早餐，但我建议朋友说，我们去外面巷子里找小铺吃吧，体验风俗民情。

我们出了宾馆，走过两条街，在一个巷子口那儿，我们看到了一早餐铺，便进去了。屋子很小，只能放下三张桌的样子，但经营的早餐品种很齐全，有吊炉饼、水饺、面条、包子、炸大果子、粥、豆浆，还有几样炝拌小菜。

朋友安排了四个吊炉饼、两碗豆浆、一小盘豆腐丝、一碟椒盐花生米，我们就吃了起来；吃下一个吊炉饼时，打外面又走进来一个五十岁左右的男人。

男人在我们的邻桌坐下，他和小铺的老板娘说了几句什么，我没听清，可能是他要点的早餐。

稍后，老板娘给男人上来三根大果子，还有一杯三两多六十度的小烧酒，此外再无其他佐酒小菜。男人付了钱后，我看见他用筷子把一根大果子在中间折断，便咬一口大果子喝一口酒。如此反复，很快，男人便把那杯酒喝没了，大果子也吃尽了，起身走人。

奇人！真是奇人！如此喝酒的方式（并且是早晨）我还是平生第一次见。

见我目瞪口呆，老板娘就对我说，我们都不奇怪了，他每天早晨都来我家小铺喝酒吃大果子。

我说，这个人真有意思！喜欢喝酒也不至于那么节俭，连个小菜也不要一份。

老板娘笑笑说，他现在不行了，早些年他可是我们这个城市最早的千万富翁啊！

我听后，更加目瞪口呆了。

早餐后，我和朋友去那位民营企业家的公司采访。车行驶的路上，我突发奇想，某一天，那位卷毛头发、脖子上挂着拇指粗金链子的企业家，会不会也在一家小铺里，就着大果子喝散装小烧酒呢！

因为那家伙也是一个嗜酒的人。

疏　远

　　郭超和范稳是大学里的同班同学，又是睡在同一寝室上下铺的兄弟。

　　这样的关系，自然是构成好朋友的因素，除此之外，更重要的是郭超在求学期间每遇困难，范稳眼都不眨一下出手相帮。

　　郭超家来自农村，父母都是靠土地过日子的农民。郭超还有一弟一妹，一个读高中，一个读初中，日子窘困自不必说。

　　范稳家在一个小县城，父母都有工作，父亲还是国税局的局长；范稳又是独生子，与郭超家的生活相比，那简直是天堂与地狱之别。

　　大学读书那几年，郭超穿的衣服几乎都是范稳花钱给买的。

　　有时郭超当月的饭票不够了，范稳便悄无声息地给买来，放在郭超的床头。

　　范稳的举动，常常让郭超感动万分，眼里涌着泪握着范稳的手说，老弟，你是我的亲老弟呀！此情我会记住一生。

　　范稳听后说，你不用把这事挂在心上，朋友之间这都是应该的，否则就不叫朋友了。

　　郭超听后点点头，用力握了握范稳的手。

　　大学毕业后，郭超进了一个区机关；范稳因为热爱诗歌，去了一家诗歌杂志社当编辑。

几年后，郭超经过奋斗，当上了科长，而范稳却仍然是诗歌编辑。

此时，郭超与范稳都已结婚成家。

因为是好朋友，闲时或节假日，两家常在外面一起吃饭，无论是小馆子还是大酒店，都是郭超结账买单。

范稳每次站起来争着要买单时，心直口快的郭超爱人不容分说硬把范稳按在座位上，说这单必须你哥买，他是科长，经济实力肯定比你强；再说，他这是报答你当年对他的好。

听此，范稳看一下爱人，无奈地摇摇头。

又是几年后，郭超升了处长。

真是夫贵妇荣，再去酒店聚会时，郭超的爱人也跟着财大气粗起来，点起菜来轻车熟路，什么鲍鱼、海参、鱼翅、五粮液信手拈来。

吃饭时，郭超的爱人更是热情，用公筷不住地往范稳爱人碟盘里夹菜，说吃吧，别拘谨，这几个小菜不算啥！前天我和你哥请人家吃饭，光茅台酒就一下喝了七瓶。

郭超爱人此时声音突然提高了八度说，你知道现在茅台酒多少钱一瓶吗？说了吓你一跳！

范稳的爱人就真的被吓得双肩一耸动。

郭超的爱人还要说什么，却被郭超拦住了说，来，先喝酒，别净听你说了。

四个人各自喝了一口红酒后，范稳的爱人说，当官真好呀，几瓶茅台酒就够我们过一年的日子了，现在我连给我们家范稳买双鞋垫都得掂量一下买不买。

郭超接话说，弟妹这话太幽默了，至于吗？其实，我们也是口挪肚攒那几个钱，请人吃饭愣是装大方充大头罢了！

郭超爱人这时看了一眼郭超，插话说，说什么呢？听不懂。继之又把脸转向郭超说，哎，老郭，前段时间你拿回来的那两块劳力士给范稳一块吧，你不一直叨咕着要报范稳的恩吗？

郭超忙说，好，好，其实这表是一个朋友放到我这里，委托我保管的，但送给我老弟还是没问题的。

　　郭超爱人听后，愣了愣，用眼睛看了好半天郭超。

　　后来，让范稳夫妇奇怪的是，再聚会时，郭超就不带爱人来了。

　　问郭超原因时，郭超的解释是爱人工作忙。

　　渐渐地，郭超和范稳之间的联系就少了，后来竟达到互无联系了。

　　现在，范稳有时看着自己手腕上的那块上大学时父亲给买的电子表，不无感慨地想，当年和郭超上下铺时，我怎么就那样傻呢？

生 命

　　这是北方白雪皑皑的冬天，猎人汤大挎着那支爷爷留下来的老式猎枪，走在雪花飘飞的山林里。

　　这天，是汤大入冬以来狩猎日子最晦气的一天。踩着没脚面的雪，在林子里奔波了大半晌，却连个兔毛都没见着。

　　这是怎么了？偌大的林子里，兽们都跑哪去了？汤大这样想时，就靠在了一棵很大的榆树背上，掏出随身带着的面馍，又用手把积雪浮层上面的灰尘，很小心地拂去，就把手伸进雪的深处，抓出一团很白很白的雪，然后女人似的细心，揉成一个很圆很圆的雪球。

　　汤大啃一口面馍，就咬一口雪球，啃着，咬着……

　　吃饱后的汤大，看着手中没有一只猎物可背下山去，就突然想起作古多年的爷爷，想起爷爷说过的一句话：猎人进山，如果没有令人满意的收获，这是猎人的耻辱！

　　想到这，汤大就站起身，在苍茫的冬日里，顶着尖厉的风声，向林子深处走去。

　　他那猿似的长长的双腿，在林子里走起来很敏捷。不知走了多久，汤大觉着身后有异样的响动，凭着猎人的敏感，汤大迅速提枪转身。转过身的汤大，看到六十米以外有一只黑熊，在准备向他进攻。

　　汤大的神经就被这黑熊刺激得一下兴奋起来。他醉汉一般，瞪着两只发红的眼睛，冲黑熊吼道："来吧，老子等你多时了！"黑熊并不动，只是坐在那里静静地望着汤大。汤大平端着枪，枪口对准了黑熊的心窝，但汤大没敢贸然开枪，只是和黑熊对峙着。只一会工夫，黑熊就耐不住了，突然向前冲来。这时的汤大，怀着一种莫名的激动勾动了扳机。

糟糕！扳机没有勾动。再勾，仍然没动。熊是很聪明的动物，有思辨能力，它看汤大的肩头颤动两下后，并没有声响发生，就判断出汤大的枪出了问题，便迅猛地冲过来，一掌打掉汤大手里的猎枪，接着就又把汤大扑倒。

熊并不急于要吃掉汤大，它坐在汤大身上，用两掌抚弄着汤大的脸和肩。熊用舌头把汤大的脸舔得鲜血淋淋，耳朵也被熊掌掠去一只。

汤大本想挣扎，可这庞然大物坐在身上，使他丝毫动弹不得。汤大就闭上眼睛。有泪水从眼里流出。他知道这回肯定是熊口难逃。

汤大就睁开眼睛，想最后再看一眼蓝天衬托下的白色山巅。然后，再任凭黑熊以任何一种方式把他吃掉。

然而，就是这一眼，却似上帝感召一般，拯救了汤大的生命。

汤大在白色的山巅上，看到一个穿红袄红裤的女人走着。女人走得很慢，一扭一扭。女人的腰很细，臀却很丰满，叫汤大在熊的身下生出许多联想。汤大全身就激动不已，三十岁的光棍汉第一次这样细地瞧女人，也是第一次知道女人原来是这样的耐看。

男人的生命和女人生命的结合，一定是很滋润、很美丽的事情。汤大想。

汤大知道自己辉煌的生命里，还应该有很滋润、很美丽的事情呢！汤大就用心想逃出熊口的办法。急迫之中，汤大突然想到腰里的那把猎刀。汤大就偷偷很小心地用手把猎刀摸出来，趁黑熊还在得意玩弄他之时，把猎刀狠劲地、深深地扎进熊腹，黑熊的身子就整个一颤。汤大又迅速拔出刀，双腿向上猛劲一蹬，熊这个庞然大物就四仰八叉仰倒在雪地里。汤大又一个鱼跃跳起，扑在熊的身上，用猎刀一刀又一刀猛刺着熊腹……

熊没有一声哀鸣，便蹬腿归天了。

汤大以从来没有的亢奋，抹下脸上的血，爬起身，歪歪斜斜地向山巅奔去。他要追上那个从山巅上消失了的穿红袄红裤的女人，他要告诉这个女人，是她救了他汤大的生命。

毁 灭

　　星期天的下午，娟子从家里带来了妈妈包的酸菜馅饺子，还有一罐芥菜炒肉丝，都是孙晓爱吃的。

　　孙晓是娟子在剧团里最要好的姐妹，别人都说她俩是剧团里这一拨学员中练功练的最苦，也是最有希望的两个苗子，两人都专攻青衣。

　　娟子五官端庄，扮相清秀大方、嗓音清亮醇厚，身材高挑，在舞台上很是抢眼。走起细碎的莲花台步，常常如风摆柳叶一般好看。

　　孙晓呢，她生得模样乖巧可人，尤其是那一对毛茸茸的、汪着一汪水似的眼睛，看上去别有风情。扮上妆的孙晓往台上那么一站，就会站出一道很美的风景。她身段柔美，嗓音甜润，尤其在眼波流转之间，总似有诉说不尽的哀愁，怎么看怎么让人觉着心疼呢。

　　都说同行是冤家，可是娟子和孙晓却根本不把这句老话放在心上，平日两人出双入对，一起练功、一起喊嗓、一起拍戏。然后呢，再一起吃饭，一起逛街，一起嘻嘻哈哈，一起躲在蚊帐里诉说女孩子的小秘密。

　　孙晓家在农村，娟子知道孙晓家的条件不好，所以在生活上总是很照顾孙晓。

　　星期天的下午，剧团几乎很少有人，娟子穿过走廊，来到了宿舍门前。

娟子轻轻推开了宿舍的门，她刚要喊孙晓，却突然发现在孙晓那薄得近乎透明的蚊帐里，有两个人几乎赤身裸体地抱在一起。

当娟子看清是孙晓和团长时，她惊得差点儿没叫出声来。

几乎没有多想，吓晕了头的娟子，转过身，头也不回地提着东西跑了出去。

想到团长，娟子更觉气愤了。

几个月前，团长把她单独叫到办公室，说是想了解了解她的学习和思想情况。

团长还对娟子说，她和孙晓的基本条件都不错，都能吃苦，也都很用心，最后留谁不留谁，只能在她和孙晓之间选择一人。

那一次谈话，让娟子特别反感的是团长有些过分的举动，说话时不住地拍娟子的背，还拉起娟子的手摸索了半天不肯放下；最后，娟子忍无可忍地抽出了自己的手。

临走时，团长还不忘告诉娟子要把握住机会，有什么想法可以随时找他谈心。

那次谈话，让娟子的心里感觉特别不舒服。娟子想好了，没什么大不了的，这里留不下，就去别的剧团，绝不能受人的摆布和欺负。

这件事她一直憋着，几次想跟孙晓说，都没有说出口。"都怪我，都怪我没有及早提醒孙晓。不然，就不会发生这样的事了。"

娟子在心里深深地责备着自己。

娟子再见到孙晓时，孙晓只说："我没别的选择，家里穷。团长说，他喜欢我，可以离婚娶我，还可以帮我转正。"

之后，又对娟子说："娟子，对不起，今后，我不配再做你的朋友了。"

娟子没有吭声，她抬头看到了孙晓从前水汪汪的一双眼睛，此刻却是红肿的。

年终考核终于结束后，孙晓留了下来，转正成为正式的演员；娟子没能留下，一气之下，决定去别的城市闯荡。

娟子走时，孙晓去车站为她送行。

娟子对孙晓说："你想过以后吗？他能娶你吗？"

孙晓悠悠地说："为了一家人，我不能想那么远。我现在只能这样了，他答应让我挑大梁、唱主角。"

娟子再问："这就是你想要的？"

孙晓一直没有再开口。

车启动时，透过车窗，娟子看到孙晓在哭着向她挥手。

几年后，娟子重返故里。此时，娟子已经是她所在的那个城市剧团的业务团长了，她嫁给了一个农研所的人，生了一个女儿。一家三口，生活幸福。

重返故里的娟子，听剧团里的人对她说，孙晓出事了，她把团长杀了。剧团里的人还告诉她，娟子走后，孙晓确实在团里的几场大剧中担当过主角，但随着一次次堕胎，孙晓的身体每况愈下，就很难再担当主角的演出了。

这时，孙晓和团长的事被传得沸沸扬扬，因此，团长的老婆几次来团里闹过，还抓破了孙晓的脸。让孙晓更为恼火的是，团长又喜欢上了团里一个新来的女孩，这让孙晓很难以接受。于是，在一次缠绵之后，团长酣睡之中，孙晓用菜刀把团长给剁了。

娟子去省城女子监狱去探望孙晓。

当女狱警把一个女人带到接待室时，娟子上下打量了一下这个女人，对女狱警说："你搞错了，她不是孙晓。"

女狱警一脸的严肃，对娟子说："没错！"

娟子摇着头，在心里再一次肯定，这个女人不是孙晓。

就在娟子要转身离开时，那女人突然指着娟子大喊一声："黄亚芬！"

娟子听后，身子颤抖了一下。

娟子知道，这个女人喊的是团长妻子的名字。

目击证人

郸城电视台正在播报一条消息：昨日20点45分，在本市委机关大楼门前发生一起抢劫案，目前警方正在对此案侦破中。

为尽快破案，市公安局决定向社会公开通报案情，发动群众提供线索。现将警方提供的犯罪嫌疑人特征公布如下：该人男性，年龄在三十岁至四十岁之间，中等身材，有较强的奔跑跨越能力。警方希望广大群众积极配合，及时提供有价值线索者，奖励人民币一万元。

按理说，在这个城市里，每天发生的案子比这个危害性大的不在少数，可偏偏这个案子被提上了要案之列，还在广播、报纸、电视台上频繁发布消息。

也是，谁叫抢匪抢的不是地方，竟敢在老虎嘴上拨须，在市委机关大楼门前摆起了长枪呢！而且还不开眼，据说被抢的是省内某权威报社的一位知名领导。

想必是悬赏起了作用，第二天一早，就有一位叫霍大勇的男子来到市公安局，声称自己当时在案发现场附近经过，并且看见了抢匪抢劫的一幕。

霍大勇的出现，无疑是给忙了一夜的刑警们带来了极大的振奋。

刑警队长罗非立即向霍大勇了解当时的情况。

霍大勇说："我和朋友喝完酒，正往家走，突然听见有人喊抢劫了！

还没等我反应过来，就有一个人和我迎面跑了过去，冲劲特别强，差点把我撞个跟头。"霍大勇说到这，向上推了推眼镜，继续说："昨天酒喝的高了一些，双脚发飘，要是换作平时，我肯定追上去了！"

罗队长又问："那你还记得那人的长相吗？"

霍大勇说："当然有印象。"

罗队长就立即将霍大勇带到了刑侦科，指着小王说："霍先生，这位是我们刑侦技术的肖像高手，你只要把你看见的犯罪嫌疑人的体貌特征讲出来就行。"

霍大勇听后，看看小王，神情有些犹豫了。

罗队长就对霍大勇说："你不要有顾虑，我们警方对提供线索者是保密的。"

霍大勇见罗队长这样说，像下了很大决心似地，说："那好吧。我记得那个罪犯中等身材，不胖也不瘦。他抢完钱后，就向马路对面跑去。在向对面奔跑时，和一辆自行车撞到了一起，那个罪犯摔倒在地上后，突然手一撑，脚一踮，又猛地从地上窜起，双脚一下踏上马路中间的护栏，当时他的整个身体微微前倾，那架势，就像一只鹰。"

小王手握着电脑鼠标，轻轻地咳了一声，皱下眉头，对霍大勇说："请您尽量描述罪犯的长相，比如说发型啊、脸型是圆脸还是长脸、眼睛大小、鼻子特征之类的，你只要凭记忆把你看见的说出来就行，我的电脑里有七大类上千种典型五官，覆盖东西南北男女老少上万种中国人的面部特征呢。"

霍大勇坐在电脑前，低下头取下眼镜，用衣服的下摆随手擦了擦镜片。"嗯……"他刚要讲话，忽然想起了什么，又匆匆往口袋里掏了掏，掏出了一支香烟夹在指间，并不点燃。

思索了好半天，霍大勇坐直身子，一口气说出了罪犯的如下长相特征："他圆脸，方寸头，年龄不超过三十五岁，鼻子很大，也不是鼻子很大，就是鼻头的地方特别宽厚，眉毛很浓，嘴唇好像很薄。"

霍大勇指着电脑里的脸部模型说:"对,就是这样的,下巴再收一收,鼻头好像又大了点,眉毛再粗一些,再粗一些。"

一上午的时间,小王在霍大勇的帮助下,已经部分确定犯罪嫌疑人的面部特征,接下来还要要进行最后的五官组合处理。

剩下的工作小王能够独立完成,霍大勇便跟随罗队长去做笔录。

笔录结束后,罗队长起身握住霍大勇的手表示感谢。

霍大勇望着罗队长问:"那悬赏金……"

就在这时,罗队长的电话响起。

罗队长挂断电话后,门外冲进来几位刑警,一下将霍大勇按在沙发上,戴上手铐。

罗队长马上明白了什么。

他迅速的走向刑侦科,见那电脑上组合好的图像,明晃晃的框满了整个电脑屏幕,看看电脑屏幕里的霍大勇,再看看还在震惊中的小王,罗队长笑了。

糊　涂

　　快下班的时候，我接到同学小村的电话。

　　电话里，小村问："发仔，下班后有事吗？"

　　我说："没事。"

　　小村说："好，没事我请你到酒馆喝酒。"

　　下了班，我便向小村说的那家酒馆走去。

　　到了酒馆，小村已把菜安排好，我们便坐下来喝酒。

　　我和小村是同学也是最好的朋友，无事时经常到小酒馆里来喝酒闲聊。

　　有时，喝酒很伤感时，我俩便推心置腹，互诉衷肠，发一番人生有好多无奈的感慨。

　　酒喝得高兴时，还能亮开嗓子，伸出拳头来，喊几句拳令。

　　这也是（小人物）一种快乐的活法哩！

　　今天和小村喝酒，话题扯来扯去扯到爱情上了。

　　我说："小村，你我都是有妻子的人，别再谈什么爱情了，没劲。"

　　小村听后，把酒杯"啪"地一下往桌上一放说；"你这是谬论！有妻子的人就不能谈论爱情了？"

　　停了停，小村又说："第一次的婚姻大多都是失败的。第一次的婚姻那不叫爱情，应该说是情窦初开时朦胧状态下的冲动。"

我也反唇相讥，说小村的这番话是一派胡言。

小村说："一个成熟男人的第二次爱情，那才叫真正的爱情。情感的第二次爆发，能唤发人的青春与激情，能使人感到生命的意义不在于当官不当官，不在于吃好穿好，而在于生存时的那种爱情的质量高低。哎呀，我不和你说了，你没有这种体会，和你说了你也不会明白。"

见小村这样说，我忙问："看来你现在是有这种机会了？"

小村双眼闪着亮亮的神采点点头。

我又问："和你产生第二次爱情的那个女人是谁呀？"

小村说："是咱们初中时的同学丁宁。"

"丁宁？丁宁不是嫁到另一个城市去了吗？"

小村说："完全正确，丁宁是嫁到另一个城市。但千里有缘来相会，一切都躲不过缘。"

接着，小村就和我讲了他前几天到丁宁居住的那个城市出差，如何和丁宁邂逅街头，又如何请丁宁吃饭，然后把丁宁带到他下榻的宾馆。在宾馆的房间里，俩人抵御不住情感的诱惑，终于越过了线。

喝了一口酒，小村又接着说："其实，读初中时，我就在心里默默爱着丁宁，只是不敢表白。"

我说："那时，丁宁确实是一个不错的好女孩，文文静静，学习好，人还漂亮。"

小村好像没有听到我的话，仍自顾自地说："感谢生活圆了我学生时代的梦。在那个城市，丁宁陪了我7天，那几天的日子真美好。我们彼此不需要承诺，爱就是爱，在保持维护双方家庭的情况下，彼此都能容纳对方……"

这天晚上，我和小村喝了好多的酒，小村又和我讲了许多他和丁宁的事情。

后来，每逢和小村喝酒，小村必谈丁宁，不是说丁宁给他来电话了，就是说他给丁宁打了电话。小村说他俩在电话里相互倾诉思念之情，甚至丁宁在电话里哭着请求小村再去她居住的那个城市看看她。

我为丁宁的这样痴情而感动了。

一个男人能遇到这样痴情的女人，算是一种幸福哩。

不久，我出差到北京，顺便探望了一位初中时的老同学。

闲谈中，老同学说了一件令我非常吃惊的事情。

老同学说："咱们同学之中属丁宁最惨，她死了。"

"什么？她死了？"

老同学说："是的，10年前就死了，被强暴她的歹徒刺了16刀。"

"你怎么知道？"

"到现在我还和她的哥哥有通信联系。"

从北京回来的路途之中，我越想越糊涂，丁宁在10年前就死了，可小村说的他现在正和丁宁相爱又怎么解释呢？

到家后，见到小村时，小村又很兴奋地对我说："哎，昨天丁宁又给我打来了电话，让我再去看她。"

听完小村的话，我愈发糊涂起来。

学　问

妻年龄小我四岁，人长得很漂亮，那白白净净的面容，很容易叫人联想起抖颤着的白色玉缎，叫人看后爽目清心。

女人的漂亮是一种财富，这话一点不假。妻正因为拥有了这笔"财富"，所以结婚多年来一直凌驾于我的头上。

如果把我家比做一个工厂，妻就是厂长，这家也是厂长负责制，凡大事小情都由妻一个人定夺取舍。

女人爱美，尤其漂亮的女人。

妻每遇外出或参加朋友的婚礼时，总要在穿衣镜前涂了又涂抹了又抹，穿完这件换那件，直到自己认为满意为止。

之后，妻就在我的面前走上一圈，然后问我："你看我的妆化得如何？"

我看看后，说："越发光彩动人了。"

妻就又问："这身衣服穿得又如何？"

我说："你就别问了，你是天生的衣服架子，穿啥都好！"

"真话？""真话。"我说。

妻听后，很高兴地拍一下我的肩，哼着"小妹我心有所想，嫁人就嫁哥哥这样"，然后又很高兴地走出门去。

有一天，妻在穿衣镜前打扮完毕，又走过来问我，妆化得如何？衣服穿得怎么样？

我就说："你干吗在穿着上总这样讲究？随便一些不更好吗？"

妻就说："在衣着打扮上，最能体现一个人文化与修养的高低，这一点你大概永远不懂。"

看着妻那种盛气凌人的气势，我便突然产生一种用刻薄的语言，压一压她那嚣张气焰的想法。

于是，我就说："如果打扮好了是好，打扮不好那就是精神不正常。"

我发现妻挺认真地听着我的话。

我就又站起来说："比如你今天的妆就化得特糟，简直是糟糕透顶！"

妻的肩头颤了一下。

我又说："你这身衣服穿得也叫人咋看咋不顺眼，你自己没有感觉到吗？"

果然，我的刻薄语言压住了妻的傲慢气势，妻坐在那里一直不语。

我胜利了。我得意扬扬。

自此以后，我在妻面前总是反其道而行，妻认为好的，我说坏，妻认为坏的，我说好。渐渐，妻在大事小情上也听起我的指挥来了，而且听得非常恭顺。

一天晚上，月色很美，妻小鸟依人般地伏在我的胸前，问我："你认为我漂亮不漂亮？"

我说："你不漂亮，你长相很一般，甚至够不上一般。"

妻就又问："那以前你怎么说我漂亮呢？"

我说："那完全是为了讨太太的欢心而说的假话。"

妻说："得了吧！我怀疑你是有了外遇，现在看我才不顺眼了。"

我说："我可没有那么大的魅力去勾来一个女人。"

妻说："你可要好好爱我，不然你会亏心的。"

我说："放心吧，我一定会好好爱你，一生无悔！"

妻就抱紧了我。

看来世上的有些事情不一定都得顺着女人呀！

重　要

女孩叫小奇。

小奇是从南方考进北方这所学校的。

小奇长的娇娇小小，一张娃娃脸，充满了甜甜气气的味道。

一个喜欢小奇的男孩，曾经这样描述过小奇：走近小奇时，感觉她的那张脸，就像春天田野里刚露出头的小草，给人满鼻子香气，很迷人。

这个喜欢小奇的男孩，曾经给小奇写过一百首诗，但并未得到小奇的回眸一笑，便觉得大跌面子，一赌气退学回了南方。

当同学问起小奇为什么不爱这个男孩时，小奇回答说："我不喜欢南方男孩的那种柔气。"

就这样，在大学毕业前夕，小奇爱上了同班的一个北方男孩。

北方男孩叫坤，长得高高大大，帅气中透着一股刚毅的气质。

在校园那棵榆树下的阳光里，小奇常把自己瘦小的背部贴在坤的胸膛前，然后自豪地说："这感觉特踏实！"

坤听后，那种自豪的表情就溢满他那张黝黑色的脸。

小奇和坤经常去校园附近的那家"老鼠爱大米"的酒吧喝卡布其诺咖啡。

小奇常在慢慢地啜饮之间，向坤描述家乡的美好。

北方正值雪飘曼舞的二月寒冷中，小奇却讲起此时家乡成都的梅花开了，郁金香开了。

这怎么可能？坤满目疑惑。

小奇就把自己的手机递给坤说："这是妈妈前天在公园拍的，用彩信给我发来的。"

没去过南方的坤，看后一脸的惊奇。

小奇对坤讲得最多的是成都的串串香，每一次见面都要讲。

小奇说："我们那儿的串串香，可真叫串串香，香死了。我每次吃都能吃掉一百串。"

小奇把坤讲得喉结都动了。

小奇就"嘻嘻"地笑，说："看，嘴馋了吧？别急，以后我带你去成都吃个够。"

……

毕业了，小奇要回南方的成都谋职。

无疑，坤面临着选择。

最后，在爱情和故乡面前，坤选择了爱情，随小奇踏上了向南的列车。

火车载着小奇和坤，在两条乌黑的铁轨上，奔驰了两天之后就到了绵阳。

到了绵阳几乎就快到了成都。

这时，在小奇和坤之间发生了一些意外的事情。

因为一件不是什么重要的事情，小奇和坤吵了起来，吵得很激烈，双方各不相让。

火车到达成都后，走出站台的小奇也没理坤，自己打了一辆出租车走了。

坤是个很倔强的男孩，他没喊小奇，只是孤零零地站在火车站前的广场上，看着小奇坐着的那辆车渐行渐远……

而后，坤也打了辆车。

司机问："去哪？"

坤说："随便。"

司机就开着车带着坤随便地逛街。

驶过几条街后，在背离主街的另一条小街，坤发现有许多串串香的牌子挂在门顶的上方。

坤就想起了小奇经常向他炫耀的成都串串香。

时值正午，恰好坤也感觉到饿了。

坤叫停了车，走进了一家串串香店。

坤在临窗处找了一张小桌坐下来。坤发现这家的大厅里，几乎是桌桌爆满。

坤就想，难怪小奇这么夸赞串串香。

坤要了 20 个牛肉、20 个鸡肉、20 个木耳串。

不一会，锅内的红油加辣的汤开始沸腾。

坤就把牛肉、鸡肉、木耳串放到汤锅里。

这种方式吃串、坤还是第一次吃。

尽管是第一次吃，但坤在吃了不到十串之后，就感觉索然无味，于是，坤就走出了这家串串香的店。

坤热爱诗歌，崇拜杜甫。

坤打车来到了"杜甫草堂"。当坤在草堂内转游到"诗史堂"内，正在默读"安得广厦千万间，大庇天下寒士俱欢颜"时，小奇的电话打到了坤的手机上。

小奇在电话中的语调有些哭叽叽的："坤，是我。吵架的事情是我不对，你能原谅我吗？"

坤拿着手机沉默。

小奇就有些着急："说呀！你在哪儿，我去找你。"

坤告诉了小奇，俩人约在"杜甫草堂"的正门见。

坤来到正门等小奇。小奇来后悄悄地从后面用双臂揽住坤的腰，把脸轻轻地贴在坤的背上，甜声甜气地说："我再也不惹你生气了。"

原本还在生着气的坤，一下就不生气了。

小奇和坤牵着手又游览了草堂内的"水竹居""浣花祠""少陵碑亭"。

游至傍晚，小奇对坤说："走，我带你去吃串串香。"

坤说："别去了，我中午去了，没吃出什么香来，不像你说的那么好吃。"

小奇执意要去，说："走吧，中午是你一个人，两个人吃的味道是绝对不一样的。"

坤就和小奇去了一家串串香。

小奇要了二百多串。

坤担心吃不了，便阻止。

小奇说："保证吃得掉。"

串串香在火锅里煮熟了后，他们就开始吃。

吃了一会儿后，坤就好像找到了感觉，串串香在他的嘴里一串串地消失。坤吃得满脸流汗，低着头只顾一个劲儿地吃。

这是小奇第一次看见坤的贪婪的吃相。

两个人真的吃掉了二百串。之后，坤用纸巾擦着嘴边的油渍，说："吃的过瘾，真像你说的香死了。"

坤问小奇："怪了，中午我怎么没吃出这种感觉呢？"

小奇笑眯眯的反问坤："你说为什么呢？"

坤答："不知道。"

小奇用手指刮了一下坤的鼻子，说："大——笨——蛋！"

小奇和坤说笑着走出串串香。

走出来后的坤，回头又看了一眼这家串串香店，于是，在心里记住了成都的串串香。

感　动

中年男人到达这个城市的时候是中午。

中年男人在旅馆办理完住宿手续后，正好是中午 12 点。

中年男人走向旅馆一楼前厅的电话机前，对看电话的一个中年女人说："我挂一个长途。"

中年女人点点头。

中年男人便抓起放在服务台上的电话稍停一下便开始拨号。

很快，电话通了。

由于不在电话间，男人讲的话看电话的中年妇女听得很真切。

中年男人说："我好想你。我一定争取早办完事回去。"

说完这些话后。中年男人开始对着话话筒点头，听对方说话。

不一会儿。中年男人开始讲话。

中年男从说："喂，一定要听我的话，注意保护自己的身体，医生给开的药一定要按时吃……"

中年男人挂断电话，付完电话费后回自己的房间去了。

这个中年男人在这家旅馆住了五天。在这五天之中，中年男人每天中午十二点左右都要挂一次这样的电话。

第五天的中午，看电话的中年女人发现电话机旁的中年男人很兴奋。中年男人对着话筒喊："喂，喂，喂，告诉你一个好消息，这里的事我终于办完了。明天我离开这里，后天就能到家了。喂，你今天的身体情况怎么样？……很好我就放心了，吻你！"

中年男人付完电话费后，刚要走，看电话的中年女人叫住了他。

中年男人问："怎么，电话费错了？"

中年女人摇摇头，说："不是那个意思。先生，我是想问你，你每天的电话都是打给你太太的吗？"

中年男人点点头，说："是的。我是单位的采购员，每天都奔走在外，太太的身体又不好，没法子呀！"

中年女人听后，带着一脸羡慕的神色说："你太太真有福气，祝你们幸福常在！"

中年男人说声"谢谢"就走了。

中年男人走后，看电话的中年女人开始在心里恨起自己那个也是采购员的丈夫来。丈夫每年也几乎是常年在外，而自己又天天守着电话机，却一次也接不到丈夫打来的电话。想到这儿，中年女人骂了丈夫一句：这个没心没肺没肝的蠢猪！

骂后，中年女人又为那个中年男人对自己的太太那样知疼知热感动得落泪了。

其实，中年男人对看电话的中年女人说的话是谎言。

中年男人每天打的电话都是打给他的情人的。

木　像

旧时宾州府南街口有一家喻户晓的名店，名曰"季氏雕坊"。

"季氏雕坊"老板浙江东阳人氏，姓季名文博。

季文博祖上几代专营木雕艺品，先祖是木雕界有名的祖师爷，曾与当时的"雕花皇帝"杜云松、"雕花榜眼"楼水明齐名。

季文博从小志向高远，好学上进，八岁学徒，秉承祖业。二十岁时，季文博便以一组人物木雕"醉八仙"而名冠东阳。

人怕出名猪怕壮，此话倒也不假。出名后的季文博遭到族人的嫉妒、排挤，一赌气带着妻儿老小、细软家私离开东阳，投奔宾州府"周记木器行"的周老板。

此前，季文博与周老板也仅有一面之交。当时，周老板去东阳采购木料，因黄杨木紧俏，周老板在东阳城跑了月余也求购不到。怎么办？家里已经签下一单生意，就等着这木料了。

周老板在客栈愁眉不展时，有当地朋友来告诉周老板，东阳木雕名家季文博备有上等的黄杨木，只是不知道人家肯不肯卖。

周老板听后，右手指轻弹一下袖口，又轻叹一声："事已至此，行不行也得一试。"

朋友引荐，周老板见了季文博，把自己的难处和盘托出，并愿意出高价匀兑一些黄杨木。

岂料，季文博一口应诺愿意帮忙，而且是以进价转卖，难事迎刃而解。

周老板感激不已，非要多加些银两。季文博说："生意人讲究的是取财有道，我绝对不做乘人之危之事！"

这样，周老板就顺利购入这批木料，完成了家里的那单生意。

季文博远离故土，投奔周老板来此安置家业，自是让周老板喜出望外，他还正愁季文博上次雪中送炭之恩无以回报呢！

周老板把季文博一家安置在府上住下，便陪同季文博在城内选地购宅，最后在挨着南街口的临街买了三间门面房。门面房的后院两边是简房，季文博十余米长的木雕工案就摆放在这里，案子上置放着大小手锤、刻刀百把，地面上还堆放着磨石数块、蜡粉、染料百余袋。

"季氏雕坊"开业那天，周老板请了宾州府的商贾豪绅与各界名流前来捧场。

一阵鞭炮响过之后，周老板与季文博就带着这些脸面人物去了城内的"仙鹤酒肆"吃酒饮茶至夜半。

"季氏雕坊"开业不久，生意就红火起来，原因有三：一是季文博是木雕高手，二是周老板的鼎力相助，三是县城的有钱人家很讲究住居及祠堂的雕刻装饰。

季文博除了接一些屋檐门窗的雕刻活计之外，还雕一些反映民间生活的耕种、收获、桑蚕、纺线、织布、放牧、狩猎、裁缝、商贾及花鸟鱼虾、蔬菜瓜果之类的壁挂、条屏置于店面出售。

谷雨时节，县城的"裕生堂"老板林道明筹办六十大寿。此人算得上是宾州府的商贾人物，又是周老板多年的至交。因此，周老板上街沽了两壶老酒，来到"季氏雕坊"，与季文博对饮进餐，商量送林老板什么寿礼方为妥当。

商量结果：季文博雕刻一个林道明本人的木像。

周老板说："以木像为礼不俗，最主要是木像出自木刻高手，算是艺术珍品！"

因了周老板的这层关系，季文博与林道明也吃过几次酒，来来往往，说来也算是脸熟的朋友了。

季文博专选了材质坚实，木纹细密的木雕良材龙眼树，为林道明雕刻木像。

季文博连熬数夜，精雕细琢，终于在一天的拂晓把木像雕刻完毕，然后将其染为棕褐色，经磨光打蜡，一个活灵活现、栩栩如生的林道明木像，在窗外晨光的映照里显得光亮异常。

翌日，季文博把木像拿给熟人和周老板看，看过的人都说太像了，简直是如同从林道明的脸上扒下来一般。

周老板赞不绝口："高手！高手！"

为了给林道明的大寿增添意外惊喜，事前周老板并未把季文博雕刻木像的事情告诉林道明。

在林道明寿辰之日，周老板与季文博一同前往祝寿。

进了林府，周老板和季文博一同向林道明道喜，然后周老板打开精致的礼盒，拿出木像，送给林道明。

周老板说："林兄，您看这木像是谁？"

林道明手擎木像，左看右瞧半天，说："是谁呢？看着么眼熟啊！"

季文博在一旁说："林兄，您再仔细看看，这是何人？"

于是，林道明手托木像，复又细瞧，仍然瞧不出是谁。

周老板急了，刚要告诉林道明这木像正是他本人时，季文博阻拦说："罢了，罢了。"然后转身离去。

回到家的季文博，立于简房的工案前凝思默想：别人都认得出木像是林道明，为何林道明本人竟认不出来是自己呢？

季文博百思不得其解，最后认定是自己雕刻的木像出现了败笔。

是夜，季文博躲开家人，悬梁自尽。

冯大吹

　　冯大吹有四十多岁的样子，是从开封府来到苇子沟的。

　　来时，带着老婆和两个孩子。在苇子沟住了几年后，冯大吹的那个高大女人，又给他生下三个孩子。

　　五个孩子加上冯大吹和老婆就是七口之家了。于是，日子就显得极其艰难起来。

　　冯大吹好像很不在乎日子的艰难，每天的晚饭后，仍有闲心去"二子茶铺"里闲聊神吹。

　　冯大吹有嘴荐子功夫，坐在茶铺胡编胡吹几个时辰，编和吹出的东西也不会重样的。

　　苇子沟的人知道他说的话净是瞎吹，但也愿意到茶铺来听他神吹瞎侃，为此给"二子茶铺"招徕了不少茶客，二子就给冯大吹的每晚上的茶费免了。

　　冯大吹来的就更勤，吹的也就更来劲了。

　　冯大吹给人家吹他年轻时的事。他说自己二十岁时，二百来斤重的大麻袋，扛上肩就能走上三十里路都不用歇气儿；还说他在老家，一个人赤手空拳打死过老虎。

　　大伙知道他把武松打虎的事硬往自己身上贴，就捧着肚子笑。

　　冯大吹见大伙笑，就说："莫笑，还有比打死老虎更神的事情呢！那时俺在老家，有一天，一只羽毛鲜艳美丽的大鸟从我家门前飞过，恰巧被我家孩子见着了，孩子就哭着吵着和我要那只美丽的大鸟。没法，为了哄孩子不哭，我就豁出力气去追那只大鸟。"

说此，冯大吹不讲了。

大伙急着说："快讲，到底追上那只鸟没有？"

冯大吹点着一根烟，吸了一口，又看看众人说："那只大鸟硬是叫我给追得活活累死了。"

大伙听后，发出一阵叹气之声。

冯大吹给苇子沟"裕生堂"的陈爷跑差，所谓的跑差，就是给陈爷跑腿学舌。跑好了，事情办成了，多得点赏金；跑不好，事情办不成，陈爷顶多责备几句也就罢了。

这样的差事冯大吹也倒是蛮愿干，因为他凭着自己的三寸不烂之舌，事情十有八九都能办成。

冯大吹有时看陈爷脸色好时，就和陈爷说："陈爷，你的这几间房子算个啥东西！俺老家开封府的乡下，还有俺十间大瓦房呢！那才叫房子呢。门脸全是用上好的木料雕刻的龙和凤。"

陈爷听后甚惊，后又疑惑地问："这事情是真的？"

冯大吹说："骗你干啥，你又不能抢了俺的大瓦房。"

陈爷就不问了。

后来，苇子沟的人问起这事时，他还和人拍着胸脯子，说："俺老家的那十间大瓦房，在你们这是找不到的，那才叫真正的房子。"

说到这，冯大吹的眉头皱起来，双眼凝视不动，神思好像沉浸在对房子的回忆之中。

后来，也不知怎么搞的，冯大吹突然得了肺病。

得了肺病的冯大吹，辞了"裕生堂"的差事，在家养病。

初得病时，冯大吹只是不住声地咳嗽，后来就开始咯血，那血黏稠，黑色的。

冯大吹的高大女人，每天就一个劲地哭。

冯大吹就说："哭有啥用，我死后你可要找个好人嫁了呀！"

高大女人就搂着冯大吹的脖子，哽咽着说："俺不嫁。俺领着孩子们过。"

苇子沟的一些人，自发性地凑了点粮食给冯大吹送来，顺便也看看冯大吹的病情。

冯大吹见此情景，不无感动地对大伙说："平时和大家说的那些话都是瞎扯，过着苦日子，不扯干啥去？扯扯也宽心呀！"

停了停又说："其实，俺老家没什么十间大瓦房。"

冯大吹从来到苇子沟后，十几年中，就说了这么几句真话。

汤 爷

汤爷年轻时叫汤大。

土改时，汤大是农会主席。汤大带着农民们分了本屯地主刘老虎家的田地后，就又把刘老虎和他的儿子刘小虎捆起来，押到屯西的大杨树下。

几声枪响，地主刘老虎倒在血泊之中，结束了自己罪恶的生命。

农民们一阵欢呼。

就在土改工作队员举枪要射向刘小虎时，汤大喊了一声："慢！"

工作队员就放下枪。

汤大说："刘小虎的罪行没他爹大，他不该毙。"土改工作队队长就依了汤大，没有毙刘小虎。

围观的人说："这个汤大真混，他八岁就进了刘老虎家打长工，吃没吃好，穿没穿上，叫刘老虎剥削了三十年，如今倒救起人家崽子的命来了。"

汤大听后，并不理会，只是命令农民们把刘小虎架回去。

刘小虎拣了一条命。当他知道是汤大救了他的命时，就来找汤大。见到汤大，刘小虎扑通跪下，说："多谢救命之恩！"

汤大坐在椅子上，挥挥手，说："什么恩不恩的，以后要听我的话，好好做人，接受改造！"

刘小虎一个劲点头，说："那一定，那一定。"

从此以后，刘小虎老老实实接受改造。汤大叫他干啥，他就干啥，叫他向东，他不敢向西。

屯里哪家有个事，跑道送信，只要汤大吩咐一声，刘小虎就乖乖地去。

成立生产队时，汤大当选上生产队长。汤大每天派工时，都把队里的最苦、最脏、最累的活分给刘小虎干。

刘小虎没有怨言，每次都把汤大分给他的这些最苦、最脏、最累的活，完成得干净利落。

汤大见后相当满意，就拍着刘小虎的肩，说："干得很好，就照这样接受改造吧。"

刘小虎又一个劲点头："那一定，那一定！"

……

一晃，几十年过去，汤大上了年纪，我们开始叫他汤爷。

上了年纪的汤爷，闲在家里憋闷时，就派自己儿子把刘小虎唤来，叫刘小虎陪他唠嗑儿，给他捶背。

这时的刘小虎已是五十多岁的人了，但他在汤爷的面前，却像孩子一样的听话。

他心甘情愿给汤爷捶背，心甘情愿陪汤爷唠嗑儿。

汤爷的儿子见后，就有些难为情，说："爹，您以后别总支使刘小虎，这多不好。"

汤爷听后，说："屁，我救他刘小虎两次命，土改时救一次，'文革'时救一次，我和他之间是有个人感情的。"

……

汤爷八十岁那年的秋天，得场重病，一病未起。生命弥留之际的最后一刻，刘小虎赶到汤爷的病床前。

刘小虎问汤爷："汤爷，有件事您必须告诉我，不然我死也不明白。

您为什么救了我刘小虎的两次命？"

汤爷对刘小虎的问话，好像早做了准备。刘小虎的话音刚落，汤爷就说："我救你是为了用你，懂吗？你爹用了我三十多年，我也用了你二十多年，咱们之间就算扯平了。"

话毕，汤爷就咽气了。

人　心

那时正逢战事，A 和 B 同在国军某团从军。

A 和 B 都是国军某团的少校军官，俩人又是相交甚笃的好朋友。

AB 军官做事干练沉稳，善思善辩，老道成熟，计谋过人。

AB 军官如此不凡，深得团长的赏识。

团长有一女儿，名叫小倩，年方十八，容貌娇美。团长有意在 AB 军官中择一女婿，做女儿的终生依托之人。

择来择去，团长选中 A 军官做自己未来的女婿。

这样，A 军官就自然成了团长家的常客。

这时，B 军官的心里就感到失落落地很虚空，总呆坐在一个地方阴沉着脸抽烟，想事。

一想，想好久。

一天晚上，B 军官邀 A 军官喝酒，A 军官拒绝说："对不起，今晚和小倩约好了，陪她去散步。"

B 军官就未强求。A 军官去了。

望着 A 军官远去的背影，B 军官掐灭手里的烟头……

A 军官陪着小倩走在一条幽静的小路上。

正走着时，小路旁侧的树林里，冲出一蒙面持刀人。

未等 A 军官回过神来，蒙面人已从 A 军官的身后，用胳臂揽住 A

军官的脖子，刀抵在 A 军官的胸前。

小倩目睹此景，在一旁吓得抖颤不停。

蒙面人指着小倩问 A 军官："我是劫色不劫财，你是要命，还是要她？"

A 军官说："当然要命。"

蒙面人问："那她就归我了吧？"

A 军官点点头。

蒙面人就又对小倩说："小姐，你的朋友为了保命，而舍弃你，那就别怪我不客气了。"

蒙面人说完，把 A 军官一下推到了小倩面前，就动作敏捷地闪进树林，跑得无影无踪。

A 军官掩饰着惶恐，扶住小倩说："小倩，刚才我们是虚惊一场，现在没事了，我们走吧！"小倩怒目圆睁，甩给 A 军官一个嘴巴，说："伪君子！"

说完，就径自走了。

小倩和 A 军官分手了。

后来，B 军官就顺理成章地成了团长女儿小倩的男朋友。

一天夜晚，B 军官陪小倩也是在那条幽静的小路上散步。

走着走着，B 军官也遭到蒙面持刀人的拦劫。蒙面人也指着小倩问 B 军官："我是劫色不劫财，你是要命，还是要她？"

B 军官没有马上回答，但看到胸前的刀子时，就没有犹豫地说："我要命。"

小倩在一旁听后，大声喊起来："天呀，我怎么净遇上软骨头的男人呢！"

说完，就疯了般地向前跑去。

蒙面人和 B 军官一时都呆愣在那儿。

不一会儿，蒙面人也敏捷地闪进树林跑远了。

几十年过后，在一次当年投诚起义将士参加的聚会上，已成为Ａ老人和Ｂ老人的他和他相逢了。

Ａ老人和Ｂ老人的两双手紧握在一起。

回忆往事，Ａ老人和Ｂ老人都感慨万分。

Ａ老人说："当时，你我都不该雇用蒙面人，搅乱对方的好事呀！"

Ｂ老人说："这事主要怪我。"

Ａ老人说："这事谁也不怪，要怪就怪当时我们不应该是好朋友。"

Ｂ老人点着头。

Ａ老人就又说："好朋友之间往往就是这样，你有我也该有，我得不到的，你也别想得到，这就是人心呀！"

Ｂ老人想想后，就点头称是了。

名　医

梅子涵是苇子沟的名医，这是苇子沟的人公认的。

梅家是鼎鼎有名的中医世家。关于梅家的来历有很多版本，最普遍的一种说法是，梅子涵的祖父梅春鹤早年是宫里医术高深的御医，后来因为无意被牵扯进宫里的一个事件，不仅丢了差使，还险些丢了性命，就一狠心跑到了东北的苇子沟。

许多年下来，梅家在当地已是屈指可数的殷实人家了。

梅子涵自幼聪颖，勤奋好学，白天从塾师攻读经书，晚上随祖父、父亲学医。他对医学有着特殊的爱好，在弱冠时就已通读了《本草纲目》《千金方》《内经》《难经》等医学经典，这便为日后行医打下了扎实的基础。

在祖父的教导下，梅子涵的医术日臻成熟，各科兼能，得到远近推崇。祖父过世后，梅子涵独挑大旗，继续光大着梅家祖传的医德医道。凡是来他医室治病者，不待启口言明病情，他已在视行、听声、切脉、望色中，即能揭示是何病症，言之确凿，就似见到病人体内的五脏六腑一般。对于疑难杂症，有的就在患者平日不良嗜好中找到得救之法；有的并不示方，只告患者谨慎起居饮食，化病于不药之中。

大凡别人医不好的病，到最后就只能求到梅子涵的门下，如果梅子涵再治不好，这个人恐怕就时日不多了。今天来的病人是这样的，家里已经为他备好了入殓的棺木和寿衣，来这里是因为仰慕梅子涵的大名，抱着"死马当活马医"的心情来此一试。

梅子涵一边细听家人讲述病人的病史，一边走上前为病人细细切脉，回头开出一个方子，而这方子外人是难得一见的，只留作自家的医案。随后，梅子涵又亲自到后院自家药房配药，梅家的这一规矩始自于梅春鹤。待药配好后，梅子涵又亲自将药煎好，要病人立时服下。他嘱咐病人的家人："如果此人能在子夜时分醒来，说明还有存活希望，不然就真的无药可救啦！"

说来也奇，这位病人在服下药不多时，便有了动静，不到子夜时分，只见他已能微张双眼。此后数日，几服药服毕，病人的状况竟一天好似一天，最后竟能自己起身了。病人的家人为此感激不尽，特地将一面写有"妙手神医，起死回生"八个烫金大字的匾额送到了梅子涵的府上。

梅子涵治病救人的奇事轶闻，在苇子沟几乎是妇孺皆知，人们都尊称他为神医，称他的医术为仙术。经他手医好的病人到底有多少，就连梅子涵自己也记不清了。

多年行医下来，有一件事一直深深困扰着梅子涵。这就是他始终没有找到可以传承他医术的合适人选，

梅子涵膝下有一儿一女，但这一儿一女对祖传的医术竟都毫无兴趣，谁也不肯去接续梅子涵的衣钵。

岁月如驷之过隙，转眼梅子涵已年届花甲，眼看着祖传的医术就要在他这一代失传，梅子涵心急如焚。无奈之下，他只好登出启示，招徒传艺，最终从应招者中挑选了两个人跟自己学医。这时的梅子涵恨不能在一日里，就把自己的所知所学都毫无保留地教授给徒弟，但他又深知欲速则不达这个理，这最是急不得的事，只能慢慢来。

不料，天有不测，三年之后，梅子涵突然患病，他自己给自己配了一服药，服下却未见好转。不久，病情竟日益加重。两徒弟见状痛心不

已，于是各自小心翼翼为师父切脉、诊病，并各自开出了一个方子，可踌躇半晌，竟都不敢轻易给师父下药，都怕自己药方不当，而延误了师父的病。

几日后，梅子涵病势加重，两徒弟只得跟梅子涵的家人商量，把师父送进省城的一家中医院。一名年轻的中医在诊过梅子涵的病后，马上开出了方子，谁料，不等药煎好，梅子涵就断气了。

师父突然撒手人寰，两徒弟心存疑惑，便追问那位年轻的医生，问自己的师父究竟患的是什么病，竟会这么快就走了！那位医生告诉他们，其实也不是什么大病难病，只是一般普通的肺热，但因医治不及时，虚火上升转而成了急症，如果当初医治及时是不至于搭上性命的。

两徒弟听后立时都红了脸，愧疚地低下头。

后来，当省城的那位年轻的医生得知被自己诊治的人，就是苇子沟大名鼎鼎的梅子涵时，禁不住大惊，继而摇头叹息：“想不到救人于起死回生的一代名医，自己竟然死于轻如鸿毛的小病之上，可悲呀！”

猎 人

远处时不时响起隆隆的炮声，枪声也一个劲地像炒豆似的劈劈啪啪。

刚从外面到苇子沟避风的那个猎人对村里的人说："无要紧事就别到处走，那边打得紧着哩！"

猎人在苇子沟住下后，就常去熊瞎子沟打猎。

猎人好枪法，说打熊瞎子的眼睛就绝打不上鼻子。

猎人每猎一物，从不独食，将肉煮熟后，送这家一碗，那家一碟。苇子沟的人吃着喷香的肉，啧啧夸道："猎人心肠好！"

一日黄昏，村东的黄土岗上尘土飞扬，伴着一阵马蹄声日本兵开进了苇子沟。

苇子沟顿时鸡犬不宁。人一阵骚动。

猎人就挨家挨户告诉："莫慌，莫慌！"

是夜，全苇子沟人无事，日本兵在这里住了下来。

又一日，日本兵把苇子沟人赶到大院。日本小队长要吃熊肉，硬逼着前排的二子爹带日本兵去猎熊。

二子爹不答应，日本小队长就气得叽里咕噜地乱喊，指着架在房顶上的机关枪对全苇子沟人说："不带路的，你们统统死了死了的！"

人群仍一阵沉默，日本小队长刚要对架机枪的日本兵下令，站在后排的猎人却突然走出去，对日本小队长点头哈腰地说了几句什么。

日本小队长哈哈大笑，并对猎人举起了大拇指。

苇子沟的人被解散了，都知道是猎人答应带日本兵去猎熊，人们就一个声地骂："孬种！软骨头！汉奸……猎人心肠坏！"

猎人带日本兵上路了，村里人恨得咬牙切齿，恨得真想近前捅猎人几刀子。大伙说："宁可全村人都被机枪扫死，也不当那狗奴才。"

从此，苇子沟人待猎人再不是和和气气，都冷眼瞧他，骂他。后来不知哪日，猎人竟神秘地失踪了……

不久后的一个子夜，苇子沟突然响起枪声，子弹"啾啾"地怪叫到拂晓才停下来。

日本兵被打得死的死，逃的逃，苇子沟人盼望的八路军队伍开进了城。

连长找到苇子沟的人问："你们苇子沟来过的那个猎人呢？被问的人摇头说不知道。"

有几个年轻的后生跑来对连长说："那小子当汉奸，被我们骗到地窖里把他给闷死了。"

"什么？！"连长听后大惊，从枪套里霍地抽出枪："娘的，我毙了你们！"

枪口对着年轻的后生，连长的手在颤抖。最终，连长还是把枪慢慢地举过头顶，喊声："指导员！"就对天连放了三枪。

一个小兵告诉苇子沟的人，猎人是他们的指导员，奉上级命令先到这里保护群众的。

连长在苇子沟的北山，为猎人立了一块墓碑后，就又带着队伍向南进发了……

烈　士

四起，落叶被风裹挟着旋起又摔下，呜呜地悲鸣。

这是苇子沟 1935 年晚秋的一个傍晚。

福升商号的老板倪士亭和太太李婉花，被押在伪警察署一间闲置不用的房子里，外面有两名伪警察看守。

倪士亭和李婉花倚墙席地而坐，李婉花的身体在倪士亭的怀中就像窗外仍挂在树上的残叶，瑟瑟发抖。

窗外下起了雨——一场霜降前的冷雨。

雨打在窗棂上噼啪作响，一股冷气便从窗子的缝隙中窜进来。

李婉花的身子抖索更厉害了，她毅然地从丈夫怀中挣扎出来，双臂交叉抱住肩头，像是要稳住自己。

倪士亭再次把太太揽在怀里，他的心很乱，在日本留学五年的倪士亭，最清楚等待他们的是什么。他低声说："记住，你什么也不知道。"沉寂了一会，他把散在李婉花脸前的长发拢在耳后，说："不管遇到什么，我们都不能出卖组织，打死也不能说。"

李婉花直起身子，半跪着把嘴贴在倪士亭的耳边，说："放心吧，打死也不说！"

倪士亭长吁了一口气。

翌日，苇子沟的日本宪兵队队长西岛赶到伪警署，他要亲自审讯倪士亭夫妇。

倪士亭被带到刑讯室。

倪士亭看了一眼西岛，什么都没有讲，挥下手，示意他们动手吧。

各种刑具几乎用遍，也未能让倪士亭张嘴说话。

倪士亭被打得死去活来，但他脸上仍是从容平和，一双眼睛清亮如常，目光如剑直指西岛的那张紫红的脸。无奈，西岛摆摆手，意思是将其拖走。

李婉花的哭声让倪士亭清醒过来。见倪士亭醒来，李婉花攥着拳头说："士亭，你一定要挺住，挺住，多少生命都在我们的手上。"倪士亭闭上眼睛，心里长叹一声："婉花，婉花，你哪里知道，我最担心的是什么？是你！"

夜深了，李婉花沉沉睡去，但倪士亭却无法入睡，他心里在激烈反复地斗争着。他在决定一件事情，这件事情的完成，将意味着他背着痛苦走完他今后的一生。

没有时间犹豫不决了，倪士亭下了最后的决心。

倪士亭跨上李婉花的身体，双手死死地卡住她的脖子，直到李婉花瞪着一双惊恐的眼睛停止呼吸。

倪士亭伏在妻子身上无声啜泣："婉花，你是女人，你扛不住，那个罪不是常人能受住的！如果出了差错，我们组织的损失就更大了⋯⋯"

李婉花的尸体被李家哥哥拉走后，葬在了苇子沟的北山上。

第二次审讯变本加厉的严酷，但倪士亭仍牙口紧闭。

接下来一连数日，却没有审讯，倪士亭像是被人遗忘的废弃物，没人理睬，吃饭都没人管，实在忍熬不住饥饿时倪士亭拼命敲打门窗。

他的时间都用来看窗外的落叶，一阵疾风扫来时，落叶成阵，飘忽如他熟悉的岛国缤纷的樱花，一阵清幽的琴声响起，是《樱花》曲调，单纯如生命单一的终结方式：死亡！

这样的景致和心情久久徘徊不去，如同那单调的琴声，一遍遍提醒他，生命若樱花，终将成泥。

西岛第三次提审倪士亭时，在他的脸上已经看到死尸般的枯槁之色。

优雅宽敞的单间，桌上摆满了酒菜，舞女们一旁侍奉。西岛笑眯眯地看着他，酒菜的香气伴着琴声飘逸。

倪士亭端起酒杯，犹豫地玩味着，最后一饮而尽。舞女们蜂拥而上，把倪士亭架到屏风后面去了……

之后，苇子沟地下组织相继惨遭破坏，十几名地下党员遭到日本特务的枪杀。

上级组织研究决定，立即派人铲除叛徒倪士亭。

奉命执行除奸任务的是苇子沟抗日游击队的一名侦查员。腊八那天早上，一场小清雪过后，侦查员尾随着倪士亭的脚印，跟踪到苇子沟的一家大烟馆，在床上捉住了倪士亭。

手枪顶在了倪士亭的脑门上，侦查员正要扣动扳机时，倪士亭说："慢，我知道我罪有应得，但要澄清一个事实，我太太李婉花是我亲手杀害的，她不是叛徒。"

讲完，倪士亭被一枪毙命。

侦查员向组织汇报了倪士亭杀害李婉花的事情，但苦于无人证明倪士亭的话是否真实，便将此事搁置下来。

苇子沟新中国成立后，当年那两个看守倪士亭夫妇的伪警察，主动向政府证明坦白了李婉花的被害经过。

李婉花被追认为革命烈士，她的遗骨被安葬在苇子沟革命烈士陵园。

杨说书

杨说书是后到苇子沟安家落户的。

搬到苇子沟的杨说书住的那两间草屋里，每晚上都坐满了苇子沟的老少爷们和娘们儿来听书。

在听书人中，有一个是最痴迷的，那就是冯寡妇。

有一段时间，杨说书总拎着酒瓶子去打冯寡妇家烧的包米酒，一喝就喝得两只眼睛红红的，趔趔歪歪地从冯寡妇家走出来，边走边唱。

冯寡妇见杨说书喝得走路腿都软，摇摇晃晃，便跟了上去，扶住杨说书，说送他回家。

把杨说书扶进家门，然后，冯寡妇慢慢地向外走，待走到门口时，杨说书突然跑上去将冯寡妇抱了起来，一直抱到炕上。

杨说书和冯寡妇折腾了一夜。

杨说书去外地说书有些日子了。几个月后，杨说书回来了，回来时还带着个挺漂亮的女人。

晚上说书时，杨说书指着他带回的那个女人，对大家介绍说："这是我新娶的媳妇，叫红妹，请大家以后多照应！"

清晨，汤爷刚从被窝里出来，杨说书就跑来告诉汤爷，说那女人把他的钱和衣物洗劫一空，半夜里偷偷跑了。

那女人走后，杨说书就又去冯寡妇家喝酒，喝过之后，冯寡妇就又扶他回家，就又在一起缠绵。

几日后，杨说书就又外地去说书了。

一天，杨说书正讲着书时，一个汉子背着一个女人走进屋来。

杨说书抬头看时，愣住了。原来那汉子背着的女人，竟是洗劫他财物后逃跑的那个叫红妹的女人。

杨说书见是红妹，没有搭理她。

那个汉子见此情景，就把红妹放在炕沿儿上，然后在一旁喘着粗气。

红妹看着杨说书说："杨大哥，俺知道你到这来说书，就叫哥哥背着我来赔罪来了。"

说完，红妹叫哥哥扶她下地。哥哥把她从炕沿儿上扶到地上，红妹就给杨说书跪下来，叩了三个头说："杨大哥，我错了，我对不起你。"

讲完书散了场子后，别人告诉杨说书，说红妹不改偷摸撒谎恶习，还和好多男人瞎扯。她的男人把她的腿打残后，便休了她。

杨说书听后甚惊，自言自语：红妹和我说过她没男人呀！

后来，杨说书见红妹也怪可怜的，思来想去，决定要把红妹重娶回来……

这次杨说书出去讲书的时间很长，傍年根底儿才回来。

第一个发现杨说书回来的是汤爷。汤爷站在院子里，就听不远处的路上有"嘎吱嘎吱"的声音传过来，就放眼望去，见是杨说书顶着纷扬的雪花，拉着一辆轱辘车挺艰难地一步一步向这边走着。

到了近前，汤爷才发现，杨说书车上拉的竟是那个骗了杨说书的女人。

回来后的杨说书很少给苇子沟的老少爷们儿娘们儿说书了，只一心服侍红妹，做饭，擦身，端屎，倒尿……冯寡妇见后，就骂杨说书是个不得好死的男人。

这以后不久，战事发生。

日本兵占据苇子沟这一年八月的一天下午，夕阳血盆一样的红，两个日本兵疯狂地追赶着冯寡妇。

汤爷见了，忙着关闭了自己的屋门。苇子沟的好多人家也都吓得关闭了自己的屋门。

没有一个人敢站出来，替冯寡妇拦挡一下。

冯寡妇见无处躲藏，就想起了杨说书，就往杨说书家跑去。

冯寡妇推开杨说书的门时，杨说书正给红妹擦身子，见冯寡妇这样慌慌张张，就忙问："咋回事？"

"后……后面有日本兵追我。"冯寡妇气喘吁吁。

"你躲起来。"说完，杨说书就抄起一根木棒躲在门后。等第一个日本兵刚冲进门时，杨说书就一棒砸下来，那个日本兵就歪了几下倒在地上。这时，第二个日本兵手里的枪响了，紧接着又是一连几枪，杨说书就像球般地被甩在锅灶前，红殷殷的血就在胸前漫延开来。

冯寡妇得以趁机逃脱。

新中国成立以后，苇子沟变成了县城。

据县城的文史资料记载：苇子沟神枪冯女，生时年月不详，二十六岁其夫病故守寡。日本兵占据苇子沟后，冯女险遭日本兵凌辱，说书人出手搭救，冯女躲过一劫，被逼梁山，投了虎头山胡子头占山好的门下做了女匪。

后来，占山好这股土匪，被赵尚志所领导的珠河游击队收编。一九三四年四月中旬，在三岔河与日军交战中，冯女率兵多次打退敌人的进攻，完成了保卫第三军司令部的任务。冯女为彻底消灭敌人，夺取战斗的胜利，在率战士冲向日军阵地夺取机枪时，不幸中弹牺牲，时年二十八岁。

三岔河战斗结束后，她的战友把冯女烈士的遗体安葬在三门高家南河坎的丛林中。

这位可敬的神枪冯女就是冯寡妇，这是经当地政府调查验证后得出的结论。

让姨奶想疯了的那个人

让姨奶想疯了的那个人叫孙保会。

这个名字我记得这么清楚，是因为我听了太多遍。

那时候，我的疯姨奶和我奶奶盘腿坐在炕上，穿着同样黑灯芯绒大襟袄，两尊小佛一样端坐着。

两位老太太总是因为那个叫孙保会的人争论不休。

姨奶说：孙保会啊，这人真是让我捉摸不透。我们住的地方离火车道近，远远听见火车的鸣叫声，孙保会侧耳听着，火车开上松花江大桥了，轰鸣声震得屋子颤抖，他才带上毡帽出门，你猜怎么着？

我在地下给弹弓换皮筋，看见奶奶撇撇嘴没吱声。

姨奶接着说，孙保会上了火车道，火车正好开过来，他一伸手，双脚弹起，只见西服后襟一飘，人就站在火车的脚踏板上了，一股白烟，就跟火车一起没影了。

奶奶说，你见了，尽是胡说。

姨奶没理奶奶的话茬，双眸凝望窗外的远处，说，孙保会啊，真是狠心，你说他怎么那么狠心？竟是个地下党，跟我牙口缝没露。我嫁了他五年，整整五年。

奶奶说，要不怎么说你傻呢？蠢呢？跟人家过了五年，还不知道真名实姓，家住何方，到底是干什么的，啥也不知道。

姨奶仍自顾说，孙保会啊，他对我可好了。陪我烫长发，领我下馆子。我过生日，他问我要什么？我说要金戒指。他就带我去金店，挑来选去，折腾半天也不买，我都生气了，摔了门出来，孙保会在身后跟着我拐进列巴店后面，他说，看看你的手吧，我一看，呀！左手无名指上有一只亮光闪闪的金戒指。

奶奶瞪一眼说，疯话，你看哪个地下党干这样的事情？

姨奶又是没理奶奶的话，继续说，孙保会啊，和他交往的人各个有模有样，料子西服，铮亮的大皮鞋，贼眉鼠眼的人都近不得他身前。

奶奶说，呸，好不害臊，还有脸说呢！一个大姑娘家家的跟人跑了五年，这就是多供你上学的结果。

姨奶这会儿的眼里有了些许的泪花，说，孙保会啊，我是真想他，那几年可把我想坏了。

奶奶说，呸，这么大岁数了，还不说正经话。爹带着人拉你都拉不回，让你等吧，又等五年，那人还不是人影不见？

姨奶说，你说也怪，怎么一句话没留就走了呢？再也没见到，我怎么找也找不到。

奶奶说，把你玩了呗，到底不是明媒正娶。为了个浪子，你疯了一辈子，值吗？

这时候我把弹弓收拾好了，抬头看着疯姨奶，她仓皇落寞的脸上有浅浅的泪痕，不知为什么，我的心突然动了一下。

姨奶见我看她，笑了。

奶奶突然也笑起来，那年我十二三岁。

前几天，等着退休闲得无聊，我便会无来由地想起许多旧事，一时心血来潮，在百度里输入“孙保会”三个字，一下子现出若干条，我随意点开一条，上书：孙保会，原名孙祚麻，地下党哈尔滨滨江站站长，九一八后多次组织破坏日满铁路运输线，秘密接送抗联将士往返各战区。1935年8月8日炸毁滨绥铁路苇子沟段，使整列军用物资毁于大火，为东北抗联秋季战役的胜利做出了重要贡献。孙保会 1937 年 4 月 5 日被捕，牺牲于北满特别区警务处，时年三十一岁……

我想我该补充一句，姨奶一生漂泊，没有再结婚。年老时（我小的时候）经常住在我家或大舅爷和二舅爷家。

1967 年某月某天，姨奶独身从大舅爷家去二舅爷家时走失。

麻　五

姥姥说："人生最大的痛苦，莫过于感情上无法弥补的缺憾。"

接着姥姥就给我讲了下面的这个故事。

那时的苇子沟方圆几百里都有人知晓的。苇子沟有个叫麻五的，那年他十八岁，瘦瘦的干巴的脸上布满米粒大的坑坑，那是小时候出"花疹"，爹娘没精心侍弄留下的。

麻五当时给苇子沟的大户刘振奇家做长工。刘家的大小姐小香子那年也十八岁，长得俊俏，叫人看一眼，就想再看第二眼。

天晓得，麻五不知中了哪门邪？竟看上了小香子。

一天傍晚，小香子坐在院内的石凳上乘凉，麻五在担水。担完水后，麻五就走到小香子身旁。

好一会，小香子才发现身旁站着麻五。小香子就不耐烦地问："麻五，你到这做啥？"

"陪你。"麻五毫不犹豫地说。

"陪我？咯咯咯……"小香子笑得前仰后合。

"嗯。俺想娶你。"麻五说。

"什么？"小香子不笑了，转瞬间那本来就很大的眼睛就瞪得更大了。

"是，俺想娶你。"麻五的口气更坚定。

小香子就"啪啪"给了麻五两嘴巴，打得麻五愣愣的。

小香子说："娶我，下辈子吧！不看看你那麻脸，不看看你那穷家。告诉你，再打俺的主意，小心叫俺爹把你打发了。"

小香子说完就气鼓鼓地要走，麻五拦住，说："我知道这事肯定不成，但俺说出后，死也不悔了。"

麻五说完就进屋睡觉去了，小香子却站在院内呆呆地愣了半天。

不久，小香子就出嫁，嫁给了苇子沟的第二大户刘大头家的四儿子刘虎。

嫁出一年后，小香子给刘虎生了个姑娘。生下孩子不久后，小香子就患了病。有一个走街串巷的老中医给小香子诊治，说小香子患的是一种妇女病。老中医给小香子开一种药方子，方子里有一种草叫香香草，这香香草必须到离苇子沟五里路以外的奶头山上去采。

奶头山素以高且又陡峭闻名。

小香子的丈夫不敢去采，苇子沟的人也不敢去采。人们说："那是个连山羊都上不去的地方，弄不好会把命丢了。"

几天后，不幸的事情发生了，人们在奶头山下抬回了麻五的尸体。小香子去看时，发现麻五的手里紧紧地攥着一把香香草。

小香子立时就昏了过去。

有人说："麻五是在采香香草下山时，抓着的那根树藤突然断裂才丢了性命。"

后来，小香子服了用香香草配制的中药治好了病。病愈后，小香子就失去了生育能力。

丈夫刘虎休了她，她抱着小姑娘回了娘家，从此就没有再嫁。

故事讲完后，姥姥哭了，哭得很伤心。

后来听妈妈说，故事中的那个小香子就是我姥姥。

镶牙左

苇子沟的镶牙左，原来不叫镶牙左，叫镶牙左是后来的事情了。

镶牙左原来叫左狗剩。

左狗剩小时候得麻疹，几天下来烧成个死孩子，爹就把他扔乱坟岗子了。

娘惦记着儿，夜里睡不着觉，就去乱坟岗看，发现儿躺在那儿正嗷嗷的哭呢！

娘就把儿喜滋滋地抱了回来。

病好后，爹拍着儿的小屁股蛋儿，乐呵呵地说："儿命大，该着左家不断后。狗嘴里捡了条命，就叫狗剩吧。"

左狗剩八岁这年的春分时节，苇子沟流行一场怪病，爹娘全死了。

苇子沟还死了很多人，而左狗剩再次躲过人灾活了下来。

左狗剩成了孤儿。

没了爹娘的孩子苦，从此左狗剩开始东一家西一家地讨饭吃。

用左狗剩自己的话说：苇子沟家家户户都吃了个遍。

苇子沟的人说：狗剩这孩子机灵懂事，眼里有活儿从来闲不着，吃饭不但看人脸色，而且净挑剩菜剩饭吃。

左狗剩吃百家饭长成了大小伙子，只是后天的缺欠没办法，他还是瘦瘦弱弱的。

长大了的左狗剩，去苇子沟王大膏药的药铺当了伙计。

寄人篱下的日子终究不好过，左狗剩不爱言语、胆小怕事。

一只老鼠在他面前跑过，他都要吓得大叫一声。

苇子沟的爷们就都嘲笑他，说他是连半个女人都不如的男人。

左狗剩当了药铺的伙计不久，日本兵进驻了苇子沟，人们开始心惊肉跳的过日子。

临近年关，铺子里要进一些紧缺的药材。别人拖家带口事事忙，只有左狗剩光棍一条没什么牵挂。左狗剩做事又不张扬、稳当，以前跟王大膏药也去过几趟哈尔滨，王大膏药就把这事儿交给了他。

那时去哈尔滨不是一件容易的事，沿途经常有胡子出没打劫，弄不好会把命都搭上的。

小年儿那天早上，左狗剩喂饱了马，套上了爬犁。

王大膏药特意嘱咐他说："把钱藏好，早去早回。"

左狗剩点点头，坐上爬犁，挥鞭"驾"的一声，马爬犁便沿着雪道一溜烟儿地上路了。

一路上，他牢记着掌柜的嘱咐，紧赶慢赶，没出什么事。

挨近韩家洼子眼瞅着快要到哈尔滨时，马突然停下，站在那儿"喷儿喷儿"地打起了响鼻。

左狗剩看过去，原来雪路上横倒着一个人。

左狗剩坐在马爬犁上没动，他朝那人喊话，那人丝毫动静没有。

左狗剩立时吓出一身冷汗，以为自己中了胡子设下的埋伏。

他使劲勒了勒马缰，想掉头往回跑，可又一想，掌柜托付的事还没办。犹豫了半晌，左狗剩咬咬牙，慢慢走下爬犁，拿起一根木棒，一步一步向那人走了过去……

家里的王大膏药急了，这左狗剩走了这么多天怎么还不回来？

有人说："莫不是拿钱跑了吧？"

王大膏药十分肯定地说："不可能！这孩子我是看着长大的，他不是那样的人。等等吧，但愿别出什么事。"

果然，十几天后，左狗剩回来了，还带回了要买的药材，只是跟王大膏药交待完这次买卖差事后，左狗剩就离开了苇子沟。

数月后，左狗剩又回到了苇子沟。此时，左狗剩的一身行头光鲜体面，看上去很是精神干练，言谈举止间了无旧日委琐的影子。

没多久，苇子沟就多了一家专以镶牙为主的牙所，它的主人就是左狗剩。

这在苇子沟还是独一份，相继治好了十几个别人治不好的牙病之后，左狗剩便出名了。

镶牙左的名字在苇子沟被人叫开了。

镶牙左人好，不忘本，逢年过节还不忘带着礼品去王大膏药家去拜年，就是当年他吃过饭的那些人家，遇到困难他都要出手相帮。

日本人也经常光顾镶牙左。

长了，就有闲言，说镶牙左不该给日本人治牙，没骨气。

镶牙左听后，说："我是牙医，对牙不对人。"

不知从哪一天开始，日本兵营里有人陆续失踪，活不见人，死不见尸。日本人就加强了苇子沟的治安管理。夜里，日本营还增加了岗哨。

然而，这些都无济于事，苇子沟的人隔三岔五地就能看到日本人的人头被悬挂在东门的城墙上。

有一天，人们竟看到了四个日本兵的人头，被一截铁线串联在一起，挂在城墙上。

日本人在苇子沟挨家挨户大搜捕，结果一无所获。

一切来得似乎是那么突然，镶牙左失踪了。随着镶牙左的失踪，人们在城墙上看到了日本人悬赏镶牙左的告示。

苇子沟的人这才知道，一切均是镶牙左所为。

苇子沟的人开始不无敬佩地议论镶牙左：那么胆小瘦弱的镶牙左，哪来那么大的劲儿，一个人拿下四个日本人的头呢？

苇子沟的人怎么也想不通，所以这一直是个谜。

新中国成立后多年，苇子沟人在县志上看到这样一条记载：镶牙左原名左狗剩，1916年生于苇子沟城西门外。左狗剩在一次去哈尔滨的途中，路救珠河游击队指导员，后被发展成为共产党员，受组织派遣，到苇子沟以牙所做掩护，从事党的地下交通工作。在做地下交通工作时，暗杀日本人无数，后身份暴露撤离，转战汤旺河、小兴安岭各地，1945年在萝北县歼敌战斗中牺牲，时年29岁。

燎　原

莲花嘴子张子厚是位说书先生，嘴巧如簧，有口吐莲花之功，人送雅号莲花张。

莲花张怀里总有几个泛黄折皱了的小唱本儿，时不常地，只要寻思出点门道来，就掏出一个本来，拿出红铅笔，在唱本旁边写上几个字，或者画一个旁人看着莫名其妙的符号。

莲花张唱着说古道今的时候，却也并不看大家一眼，神情很是投入，而且每晚的故事从来不会重样的。

莲花张不是苇子沟的人，讲话辽南口音，人们都猜他从辽宁来，还带着一个十七八岁的大辫子丫头小凤。

刚入冬，爷俩就来到了苇子沟，租了苇子沟套户赵大傻的北炕，天天唱三国，讲水浒，苇子沟里的老少爷们把漫长寒冷的冬夜都耗在莲花张的那张嘴上了。

深夜散了的时候，总有毛头小子蹭蹭挨挨地不愿意走，落在最后，往灯影儿后面看上一会儿；有时，从炕席上骨碌碌滚过来几只冻山梨停在小凤做针线的笸箩旁；有时，从黑暗中飞来一条红头绫子。

莲花张装作没看见，起身去外头白雪皑皑的园子里撒一泡长尿，长叹一声，仰头看一阵北斗七星才回屋。

第二年开春的某一天，赵大傻去山里起套子一夜未归，回家后却不见了房客莲花张，只见南炕上放着一块大洋。

莲花张爷俩走了，谁也不知道去哪里了。

上秋的时候，苇子沟里有二十多个小伙子齐刷刷地奉村主任王大磕巴之命去县城修碉堡。王大磕巴因为组织得力，日本人还奖励他一项日本军官帽。王大磕巴得意得不行了，像租来的似的，天天戴着。

八月十五过后，地里的庄稼都收拾利索了，突然有一天，苇子沟那二十几个修碉堡的小伙子都不见了。一等三天，一个孩子的影子也不见。苇子沟的人就炸了，二十几个小伙子的家长就跑到村公所管王大磕巴要人，叫嚷着必是让王大磕巴这个败类把孩子们卖给日本人了。王大磕巴不承认，和大家撕巴起来，胆大的家长在混乱中抢了王大磕巴的日本帽子，扔到一家猪圈去了。

可是，苇子沟那二十几个孩子还是下落不明。

其中有个叫大桩的小伙子是陈寡妇的独生儿子，陈寡妇十八岁守寡就守着她的大桩，可还是没拴住！陈寡妇就天天不分昼夜地哭泣、号啕。

套户赵大傻是个老光棍，不下套子的时候，夜里听着陈寡妇刺破夜空的号啕，就很难入睡，勉强睡了也胡乱地做梦，。一天，他做了一个很奇怪的梦，梦见莲花张照常在赵大傻的北炕上唱古书，先唱了个三国的故事，说的是借东风，火烧小日本儿；然后又唱水浒，讲的是武二郎景阳冈上痛杀日本小猪头。赵大傻和大家伙大声叫着好，结果把自己叫醒了。醒过来，他听着陈寡妇的号啕就再也睡不着了，拿起烟袋锅儿，装一袋烟抽起来，想着自己这个梦也是够怪的，谁不知道借东风是火烧曹营呢？谁不知道武松景阳冈打老虎呢？啥梦啊，这不扯嘛。

突然他想起来了——

梦里的场景不是他赵大傻编的，那是莲花张讲的啊！

赵大傻正这么寻思着，就听见苇子沟县城方向一声巨响，接着天边一片火光，烧了大半宿，把赵大傻的窗户都照红了。

第二天，听说县城的碉堡被炸掉了，日本人的炸药库也被炸得只剩一地漆黑的灰了。

苇子沟 新中国成立后，当年失踪的那二十几个小伙子，其中有几个回到了县城，参加土改运动的前期准备工作。

其余的都随着莲花张一起南下了。